# मनु शर्मा
# की
# लोकप्रिय कहानियाँ

# मनु शर्मा
# की
# लोकप्रिय कहानियाँ

*संचयन*

**हेमंत शर्मा**

प्रभात
पेपरबैक्स
www.prabhatbooks.com

*प्रकाशक*

**प्रभात पेपरबैक्स**

4/19 आसफ अली रोड, नई दिल्ली-110002

फोन : 23289555 • 23289666 • 23289777 ❖ फैक्स : 23253233

इ-मेल : prabhatbooks@gmail.com ❖ वेब ठिकाना : www.prabhatbooks.com

*संस्करण*

प्रथम, 2017



*मूल्य*

एक सौ पचहत्तर रुपए

अ.मा.पु.स. 978-93-86300-46-1

*मुद्रक*

आर-टेक ऑफसेट प्रिंटर्स, दिल्ली

---

**MANU SHARMA KI LOKPRIYA KAHANIYAN**

Published by **PRABHAT PAPERBACKS**
4/19 Asaf Ali Road, New Delhi-110002

ISBN 978-93-86300-46-1

₹ 175.00

# आमुख

मनु शर्मा की कहानियाँ हमारे दौर के समाज का आईना हैं। हमारे रोजमर्रा के जीवन का प्रतिबिंब हैं। इनमें कुछ भी बनावटी नहीं है। न जबरन किसी 'वाद' की तरफदारी, न बेवजह की झंडाबरदारी। मनु शर्मा की रुचि मनुष्य में रही है। किसी 'वाद' में नहीं। 'वाद' या 'इज्म' मनुष्य से बड़े नहीं होते। कबीर या रसखान का कौन सा वाद था? लोकहित के पाले में खड़ा हो लोकचेतना को व्यक्त करना ही इस रचनाकार का धर्म है। उनकी कहानियों में जीवन की समस्याएँ हैं। बदलता परिवेश है। आधुनिकता की दौड़ में घुटती मान्यताएँ हैं। 'जो जहाँ है जैसा है' की शक्ल में। लेकिन सबकुछ सहज भाषा में। जिस तरह तू बोलता है, उस तरह तू लिख, सूत्र के साथ।

मनु शर्मा के लेखन की सबसे बड़ी विशेषता जीवन और समाज पर उनकी पैनी दृष्टि है। यह दृष्टि जहाँ पड़ती है, चरित्र, परिस्थितियों और माहौल का एक हूबहू एक्स-रे सा खिंच जाता है। उनकी कहानियाँ जीवन के कटु यथार्थ की जमीन पर रोपी हुई हैं। इनमें न दु:खांत का आग्रह है, न सुखांत का दुराग्रह। कहानी खुद तय करती है कि उसकी शक्ल क्या होगी। इन कहानियों को पढ़ते हुए लगता है कि मानो पाठक एक यात्रा पर निकला हो और उसके अनुभव जीवन के तमाम द्वीपों से गुजरते हुए समाज और काल में फैल गए हों। और पाठक इन घटनाओं का चश्मदीद गवाह बनता है। इस वृत्तांत का सम्मोहन इतना कि पाठक को पहले शब्द से लेकर अंतिम विराम तक एक अजीब किस्म के चुंबकत्व का बोध होता है। यही मनु शर्मा की कहानियों का यथार्थ है। उन्हें आलोचक भले न मिले हों, पर पाठक भरपूर मिले।

मनु शर्मा की रचना-यात्रा शुरू तो हुई कविता से, पर जल्दी ही वे आदर्शोन्मुख रोमांटिसिज्म से इतर जीवन के कटु यथार्थ से दो-चार होते हुए कहानियों की ओर मुड़ गए। उनका बचपन गरीबी और अभावग्रस्त था। उन्होंने लाचारी और गरीबी में जीवन के यथार्थ और उसके आयामों को न केवल देखा वरन् भोगा भी। इसलिए

अभाव, उससे संघर्ष और जिजीविषा उनकी कहानियों के कैनवास के रंग बने। उन्होंने मनुष्य और समाज के बदलाव देखे। गुलाम देश का सत्याग्रह आंदोलन, क्रांतिकारियों की रणनीति, देश की आजादी, बँटवारे की त्रासदी, मजहबी जुनून, विचारधाराओं का टकराव, सबकुछ उन्होंने अपनी आँखों देखा। इसलिए उनकी कहानियाँ इस भोगे हुए यथार्थ से अछूती नहीं हैं।

उनकी पहली कहानी 1945 में 'पाखंड खंडिनी पताका' पत्रिका में छपी। दूसरी कहानी मिर्जापुर से छपनेवाली पत्रिका 'मतवाला' में प्रकाशित हुई। यह वह पत्रिका थी, जिसके संपादक महाकवि निराला थे। बाद में उनकी कहानियाँ 'माया' और 'आज' में छपती रहीं। इस संकलन की ज्यादातर कहानियाँ 'आज', 'कादंबिनी', 'जनसत्ता' और 'साप्ताहिक हिंदुस्तान' में प्रकाशित हैं। मनु शर्मा की शुरुआती कहानियों में लोकचेतना, समाज की विद्रूपता और उनका अपना भोगा हुआ जीवन बिखरा पड़ा था। पर ये कहानियाँ उतनी 'रजिस्टर' नहीं हुईं। लेखक ऐतिहासिक और पौराणिक अखाड़े के मजबूत खिलाड़ी रहे हैं, जब उन्होंने इस पर लिखना शुरू किया तो हिंदी कथा-साहित्य में उनकी धूम मची।

उनकी रचना-प्रक्रिया उनके अपने अनुभवों का संसार है। अपनी रचना प्रक्रिया के बारे में वे स्वयं लिखते हैं, "अपनी रचना-प्रक्रिया के बारे में लिखने का मतलब अपने बनाए आईने के सामने खड़े होने का खुद अहसास करना है। मेरे लिए ऐसा अहसास गैरमामूली, रोमांचक और झंझटों में डालने वाला है। पहली बात यह कि मैं आईनासाज नहीं, आईना बनानेवाला भी नहीं। कभी खड़ा भी हुआ तो दूसरों के आईने के सामने। उसी में अपनी सूरत देख ली। लोग कहते हैं, जैसी सूरत होती है, आईने में वैसी ही दिखलाई पड़ती है। पर मेरे मामले में सदा उलटा हुआ है। जैसा आईना रहा, वैसा ही मैं लोगों को दिखलाई पड़ा। तमाम आईने मुझे अपने ढंग से उपस्थित करते रहे।" शायद यही मनु शर्मा के लेखन का यथार्थ भी है।

हिंदी कहानी में आज जो विस्तार और विविधता है, वह सिर्फ भाषा-शैली की नहीं, कंटेंट की भी है। आज कहानी में आडंबर और साज-सज्जा तो कम हुई है, पर ज्ञान के फैलाव के साथ उसका दायरा बढ़ा है। अनुभव और अभिव्यक्ति के लिहाज से आज की कहानी काफी आगे बढ़ी है। संस्कृति, समाज, बाजार, विज्ञान के अनगिनत अनुभव कहानी का कथ्य (कंटेंट) बने हैं। मनु शर्मा की कहानियों में भी मनोविज्ञान की गहन परतों के नीचे छुपे वे रहस्य शामिल हैं, जो हमारी जिंदगी को किसी रिमोट की तरह नियंत्रित करते हैं। फिर भी वे दृष्टिगोचर नहीं हैं।

बदलते समाज में ऐसा होना असहज नहीं है। विकास के साथ ही बदलते जन-जीवन में और गहराई आती है। उसका आत्मसंघर्ष जनसंघर्ष में बदलता है। यह

बदलाव साहित्य को और ज्यादा पैना तथा धारदार बनाता है। कहानियों को जीवन की समस्याओं से जोड़ने का प्रयास पहले-पहल प्रेमचंद ने किया था। उनकी शुरुआती दौर की कहानी 'पंचपरमेश्वर' (1916) और आखिरी कहानी 'कफन' (1936) तक की विकास-यात्रा में जीवन की ऐसी ही समस्याएँ देखी जा सकती हैं।

आजादी के बाद देश को शिक्षित, विकसित बनाने का एक अलग तरह का आंदोलन चल रहा था। उस समय की हिंदी भी उर्दू के साथ विकसित होने की कोशिश में थी। उस वक्त की कहानियों को देखें तो प्रेमचंद तब के एक आदर्श यथार्थवादी कथाकार थे। देश आजादी के बाद औद्योगिक क्रांति, कृषि क्रांति के सपने देख रहा था। गाँवों से लोगों का तेजी से पलायन शहरों की ओर हो रहा था। आजादी के तुरंत बाद हुए हिंसक विस्थापन की तुलना में यह एकदम अलग था। पर यह सबकुछ सिर्फ रोजी-रोटी के जुगाड़ की ही लड़ाई नहीं थी।

महानगरीय सभ्यता, बेरोजगारी, पारिवारिक टूट और शिक्षित औरत की बदलती छवियों से हिंदी लेखक अछूता नहीं रहा। यह दौर था कहानी के मध्यमवर्गीय यथार्थ-बोध और चेतना के बदलाव का। उस समय जो कामयाब कहानीकार थे, निर्मल वर्मा, मोहन राकेश, कमलेश्वर, भैरव प्रसाद गुप्त, राजेंद्र यादव, धर्मवीर भारती आदि। इन्होंने न केवल रचनाओं पर ध्यान दिया, बल्कि आलोचना पर भी अपनी पकड़ जमाई और उसके अभिप्राय स्पष्ट किए। इसी दौरान स्त्री रचनाकारों की अपनी कहानियाँ भारतीय कहानी क्षितिज में फैलती हैं। कृष्णा सोबती काफी समय से लिख रही थीं। शिवानी लोकप्रिय लेखिका थीं। यह साहित्य की उर्वरता का स्वर्णिम दौर था।

मनु शर्मा की जिन कहानियों को इस संग्रह के लिए मैंने चुना, उनमें उनका लोकजीवन और अपना भोगा यथार्थ तो है ही, इसमें पौराणिक कलात्मक लेखन की वे कहानियाँ भी हैं, जो शर्माजी के संपूर्ण लेखन का प्रतिनिधित्व करती हैं। मुकम्मल तौर पर कहा जाए तो इन कहानियों में समय के साथ कदमताल करते परिवर्तन के हर क्षण को पकड़ने की कोशिश है।

इस संग्रह की पहली कहानी 'लँगड़ा हाजी' हालात से बेबस एक इनसान की जिंदगी की वो तसवीर है, जो भीतर तक बेचैन कर देती है। एक लँगड़े भिखारी की कहानी, जो नियति का फासला तय करते हुए पहले दिल्ली से मुंबई और फिर हवाई जहाज के जरिए हज करने की खातिर सऊदी अरब तक पहुँच जाता है। इस पूरे सफर में उसे जो भले-बुरे लोग मिलते हैं, जो उतार-चढ़ाव आते हैं, वो सब मिलकर जिंदगी को जीने और समझने का एक नायाब नजरिया पेश करते हैं। लँगड़े हाजी की अपने कुत्ते से दोस्ती संवेदनशीलता की बारीक लकीरों में खो जाने की खातिर पर्याप्त सामान मुहैया कराती है। धर्म के सौदागरों पर यह कहानी करारा व्यंग्य है।

जो भोले-भाले लोगों को अपने चंगुल में फँसाकर उनका दोहन करते हैं। यह कहानी पहली बार 'जनसत्ता' में छपी थी।

कहते हैं, इनसान अपनी प्रवृत्तियों का दास होता है। 'महात्मा' कहानी इसी तथ्य को बेहद दिलचस्प तरीके से रेखांकित करती है। 'महात्मा' नाम का बहुरूपिया सीरत वाला एक शख्स अपने शब्दों और हरकतों के जाल में लोगों को फँसाते हुए एक रोज खुद को ऐसे ही एक चक्रव्यूह में घिरा पाता है। फिर भी वह अपनी केंचुल उतारने को तैयार नहीं होता। प्रवृत्तियों की ऊँची दीवार फाँद सकना इतना आसान भी नहीं।

हमारी जिंदगी का यान कितनी ही छोटी-छोटी बातों पर टिका होता है। हालाँकि एक बेहद कठोर सच्चाई यह भी है कि यही छोटी-छोटी सी दिखनेवाली बातें कभी-कभी जिंदगी से भी बड़ी हो जाती हैं। यह मनोविज्ञान का वह सच है, जिसे हम सभी अपनी-अपनी जिंदगी में जीते तो रहते हैं, बस गौर भर नहीं करते। 'गुमशुदा' कहानी एक ऐसे ही शख्स की दास्तान है, जो फकत एक टी.वी. की सनक में पागल है। टी.वी. का यह जुनून उसकी जिंदगी की हर प्राथमिकता पर हावी रहता है। एक रोज एक्सीडेंट में बुरी तरह घायल होने पर वह बतौर मुआवजा खुद के टी.वी. पर नजर आने की फरियाद कर बैठता है। फिर एक दिन टी.वी. पर आती है एक गुमशुदा की खबर, जो कुछ ही देर में उसकी तलाश की गुहार के साथ दम तोड़ जाती है। मनु शर्मा की लिखी 'स्पर्श सुख' कहानी दबी, दमित इच्छाओं की चोर दरवाजे से निकलने की छटपटाहट की प्रतिध्वनि है। यह स्पर्श-सुख एक विकलांग लड़की के हाथों तमाचा खाकर जब तक टूटता है, यथार्थ की चहारदीवारी फाँदकर भागती कल्पना की रंग-बिरंगी दुनिया नंगी शक्ल में सामने होती है।

'रोशनी कहाँ गई' कहानी एक प्रोफेसर की आदतों में शुमार उसके अबूझे से दार्शनिक पक्ष की पड़ताल करती है। अपनी इसी रहस्यमयी दार्शनिकता के चलते उसे रोजमर्रा की जिंदगी में हास्य, मूर्खता और हैरानी सरीखी संज्ञाओं से दो-चार होना पड़ता है। ये प्रोफेसर भी एक रोज रोशनी ही जैसी नियति को प्राप्त होता है। रोशनी जहाँ से आई, वहीं चली गई और प्रोफेसर की रूह भी।

इतिहास बस इतना ही जानता है कि गुरु द्रोण की दक्षिणा के तौर पर एकलव्य ने अपना अँगूठा काटकर दे दिया था। मगर उसके आगे क्या हुआ? मनु शर्मा की कहानी 'दीक्षा' इस कौतूहल से परदा उठाती है। एक दिन एकलव्य अपने पिता के साथ उन्हीं गुरु द्रोण के आगे वही अधूरा हाथ लेकर हाजिर होता है और दीक्षा की गुहार करता है। राजसी वैभव में लिपटी एक आचार्य की अहंमन्यता को वनवासी बालक की निर्दोष निष्ठा साक्षात् चुनौती देती है। यह कथानक एक ऐतिहासिक घटनाक्रम के जरिए इनसानी महत्त्वाकांक्षा और स्वार्थ-लिप्सा के आवरण में लिप्त

आचार्यत्व को उसकी वास्तविक स्थिति का साक्षात्कार कराने का उपक्रम है।

ऐतिहासिक पात्रों की समकालीन, तात्क्षणिक और सनातन प्रासंगिकता के संदर्भों में मनु शर्मा के साहित्य का कोई सानी नहीं है। 'एक माँ मरी है' ऐसी ही कहानी है, जो कंस के इशारों पर नन्हे बच्चों का गला दबानेवाली उसकी अनुचरी महादेवी की दुविधा और पश्चात्ताप के शोक से भरी हुई है। कंस के हाथों पति प्रद्योत का भविष्य सुरक्षित रखने की खातिर पाप पर पाप करती महादेवी आखिरकार एक रोज पश्चात्ताप की अग्नि में स्वयं को खाक कर देती है। फर्क यह होता है कि कहानी के आखिर में निपूती, कलंकिन और अभागिन नहीं, बल्कि एक माँ की मौत होती है। दुधमुँही शक्लों को निर्दयता से मौत देनेवाली महादेवी के एक माँ के रूप में रूपांतरण की बेहद सम्मोहक तसवीर पेश करती है यह कहानी। वही महादेवी, जिसे इतिहास पूतना के नाम से जानता है।

'अश्रव्य चीखें' कहानी आचार्यत्व की परंपरा, पुस्तकों के प्रति अगाध स्नेह और आतिथ्य-सत्कार की विरासत के प्रति प्राण न्योछावर कर देने की एक शिष्य की प्रतिबद्धता की अनूठी मिसाल है। एक रात पुस्तकालय की खामोशी तोड़कर ये अश्रव्य चीखें बाहर आ जाती हैं और लेखक के मानस को झकझोर देती हैं। 'बिल्ली का न्याय' आज की भ्रष्ट राजनीतिक व्यवस्था पर करारा प्रहार है। एक साधू के हाथों चोट खाई बिल्ली उसे दंड स्वरूप मिनिस्टर बनने का पुरस्कार दिलवाती है, ताकि वह अपने पद का दुरुपयोग करते हुए जमकर पाप करे और अगले जन्म में बिल्ली ही बने। वो बिल्ली अपने पिछले जन्म में मिनिस्टर ही थी। 'अगाली' कहानी सरकारी तंत्र में कामकाज को लटकाने और उलझाने की अंतहीन प्रक्रिया की बेहद दिलचस्प दास्ताँ है। कटहल छीलने का तंज गाली है या नहीं, इसे तय करने में एक संस्था के भीतर रपटों, नोट्स और फाइल का अभेद्य तंत्र खड़ा हो जाता है और नतीजा बेहद ही हास्यास्पद निकलता है।

'काशी के हिप्पी' की कहानी शहर के दर्शन में घुल-मिल चुके विदेशियों की जीवन-शैली का बनारसी पक्ष सामने रखती है। पाश्चात्य संस्कृति में पले-बढ़े ये लोग काशी की बेलौस जीवन-शैली में इस कदर घुल-मिल जाते हैं कि खुद काशीवासियों के लिए एक उदाहरण बन जाते हैं। 'सोर्स जो काम न आया' कहानी हमेशा सोर्स-सिफारिश के जरिए सिस्टम को तोड़ने-मरोड़ने वाले एक ऐसे शख्स के जीवन का चिट्ठा है, जो एक दिन अपनी ही चालबाजियों से गच्चा खा जाता है और अपने ही लोगों को फँसा बैठता है। इसी तरह 'ग.बो.' कहानी एक वाचाल किस्म के चिपकू शख्स की फेविकोल की तरह दूसरों से चिपक जाने की फितरत का दिलचस्प ब्योरा है। ऐसे लोग हमारे आसपास ही पाए जाते हैं, जो कभी अपना काम निकालने की

खातिर तो कभी आदतन ही दूसरों से जोंक की तरह चिपक जाते हैं। एक शिक्षित परिवार में यह मान्यता है कि किसी काम के होने से पहले अगर गधा बोल दे तो वह काम बड़ी सहजता से होता है। कामयाबी मिलती है। यह सोच इस हद तक गई कि घर का मुखिया खुद के जन्म के बाबत पूरे आत्मविश्वास के साथ कहता है कि माँ प्रसव पीड़ा में थी। तभी गधा बोलने लगा और उसे सहज तरीके से प्रसव हो गया। यह कहानी पढ़े-लिखे ससाज के अंधविश्वास पर गहरी चोट करती है।

'मुंशी बरकतलाल' हास्य-व्यंग्य में डूबी हुई कहानी है, जो समाज के भीतर खिलंदड़ी की आदत और पहले से फुँके हुए व्यक्ति को थोड़ी और आँच दिखाकर मजा लेने की प्रवृत्ति पर केंद्रित है। कुँवारे मुंशी बरकत लाल अपनी बढ़ती उम्र के साथ इसी प्रवृत्ति के चारे में तब्दील हो चुके हैं। वहीं 'सर्कस सुंदरी' कहानी में एक नकचढ़ी और सौंदर्य अभिमान में डूबी हुई सुंदरी को उसकी ही टक्कर का एक शख्स मिलता है, जो उसके लटकों-झटकों और मिथ्याभिमान को अपने शरारतीपन से चूर करने की कोशिश करता है। संग्रह की अंतिम कहानी 'गुलामी एक प्रेमिका की', धन-दौलत और उम्र लुटा चुकने के बाद एक तवायफ प्रेमिका के हाथों दुत्कारे जाते एक प्रेमी के विवश समर्पण की अनोखी दास्ताँ है। सबकुछ गँवा चुका यह प्रेमी अपनी प्रेमिका की इस हद तक मान-मनौव्वल पर उतर आता है कि वह उसका चाकर तक बनने को तैयार हो जाता है, बशर्ते वो उसे अपने पास से भगाए नहीं। इस उम्र में अब वह जाए भी तो कहाँ!

मनु शर्मा की कहानियों का फलक खासा विस्तृत है। ऐतिहासिक चरित्रों पर उनका काम अविस्मरणीय है। इन कहानियों में भी वही ऐतिहासिकता अपने इंद्रधनुषी आकार में प्रतिध्वनित होती है। ऐतिहासिक न्याय और अन्याय दोनों ही यहाँ अपनी लुप्त ज्वालाओं का सिरा ढूँढ़ते मिलते हैं। भाषा और शैली में जरा भी उलझाव या ठहराव नहीं है। ये कहानियाँ जितना रस एक बौद्धिक मस्तिष्क को देती हैं, उतना ही सम्मोहन एक आम पाठक के भी हिस्से आता है। इन कहानियों का एक सबल दार्शनिक पक्ष भी है, जिसकी सबसे बड़ी ताकत उसकी सहजता और ग्रहणशीलता है। लेखक अपने पाठकों के साथ शुरू से आखिर तक एक रिश्ता जोड़कर रखता है। कहानियाँ खत्म हो जाती हैं, पर रिश्ता खत्म नहीं होता। मनु शर्मा की कहानियों की सबसे बड़ी ताकत यही है।

कोई भी संकलन अपने आप में समग्र नहीं होता। यह संभव नहीं है कि हर पाठक उससे संतुष्ट हो। यह संकलन भी उसका अपवाद नहीं है। इन कहानियों को चुनने में इस बात का ध्यान रखा गया है कि लेखक की संवेदना की सघनता इसमें आ जाए। उसकी अनुभूतियों का विस्तार यहाँ दिखे। लेखक की अनुभूतियों में पाठक अपने

अनुभवों का हिस्सा देख सके। जो लोग मनु शर्मा को नहीं जानते, उन्हें भी लेखक के प्रतिनिधि लेखन का सुख मिले, मैंने इसकी कोशिश की है। अगर यह संकलन लेखक के बाकी साहित्य में आपकी उत्सुकता जगा सके तो मेरा प्रयास सार्थक होगा। आलोचना के क्षेत्र में पराजित एक लेखक की ये अपराजित कहानियाँ हैं। आप पढ़ें। पढ़ते रहें। फिर तय करें कि इस लेखक के साथ न्याय हुआ है क्या?

**—हेमंत शर्मा**

25 दिसंबर, 2016
कोसामुई, थाईलैंड

# अनुक्रम

# लँगड़ा हाजी

मुहल्ले की पुरानी टूटी मसजिद की तरह लँगड़ा हाजी भी वृद्ध और टूटा हुआ है। लँगड़ा होने के साथ वह लूला भी है। लूला होना उसके नाम का हिस्सा कभी नहीं बन पाया। उसकी लूली शख्सियत पर कब और कैसे लँगड़ापन हावी हुआ और कब और कैसे वह लूले खाँ लँगड़ा बन गया, किसी को पता नहीं; पर जो कुछ हुआ है, इसी साल-डेढ़ साल के भीतर हुआ है। महज लूला कहने या लँगड़ा कहने से उसकी पूर्णता का बोध नहीं होता। उसका संपूर्ण व्यक्तित्व 'विकलांग' की शब्द सीमा के भीतर आ सकता है, पर उसकी अलमस्त शखसियत के सामने यह शब्द भी हल्का है।

लँगड़ेपन और लूलेपन को अनिवार्य रूप से ढोता वह एक मुकम्मल इनसान है। मसजिद की चहारदीवारी के भीतर नमाज पढ़ने की जगह के पिछवाड़े एक सँकरी कोठरी है। इमारत की मरम्मत और हिफाजत के औजार-फरसे, चूना छूने की बालटी, बंबे के रबर के पाइप आदि को अपने में सँजोए यह अँधेरी कोठरी ही लँगड़े हाजी का रैन बसेरा है। उस कोठरी में दो और जीव रहते हैं। एक मसजिद की देखभाल करनेवाले शराफत हुसैन की बकरी और दूसरा उसका कुत्ता। ये दोनों उसके बहुत करीबी हैं।

सुबह, जब रेडियो अपना समाचार प्रभात समाप्त करता, ठीक उसी वक्त गली में उसकी आवाज सुनाई पड़ती, "दे खुदा के नाम पर दे, जो दे उसका भला, न दे उसका भी भला!" मैं तुरंत उठकर अपने घर के बाहरी फाटक की ओर आ जाता। दोनों घुटनों पर रबर के मोटे टुकड़े बाँधे और दोनों हाथों की लकड़ी की मोटी हथौरी के सहारे वह वैसा ही ढुलकता चला आता दिखाई देता जैसे नियति की ठोकर खाकर बुरे वक्त का कोई खाली डिब्बा ढुलकता चला आ रहा हो।

मैं कुछ बोलूँ या न बोलूँ वह मुस्कराता हुआ मेरे द्वार पर चला आता और आदाब बजाता। बहुधा वह द्वार खुलने की प्रतीक्षा भी करता। ज्यों ही मैं बाहरी चहारदीवारी

का जँगला खोलता, वह मेढक सा फुदकता हुआ सीढ़ियाँ चढ़ने लगता; आज भी जब वह सीढ़ियाँ चढ़कर भीतर आया, तब उसके पीछे भीख माँगने का खाली कटोरा दाँतों में दबाए उसका कुत्ता भी था, जिसे उसने 'जमालू' नाम दे रखा था। अकसर यह चाय का वक्त होता, मैं भी उसके साथ चाय पीता। पहले मैं उसके कटोरे में चाय डालता, पाव रोटी के दो टुकड़े देता, फिर अपनी चाय की प्याली उठाता। रोज की तरह आज भी वैसा ही हुआ।

आज की चाय काफी गरम थी। मैंने उसे सावधान करते हुए कहा, "चाय बहुत गरम है। जरा सँभलकर कटोरा उठाना।"

"इसीलिए मैंने अभी तक मुँह नहीं लगाया है।"

"कहीं ऐसा न हो कि तुम्हारे मुँह लगाने से पहले कुत्ता ही मुँह लगा दे।" "कुत्ता चाय नहीं पीता, हुजूर। वह दूध पीता है।" उसने कहा और व्यंग्यात्मक हँसी हँसने लगा। मैं कुछ बोला नहीं, केवल उसकी आकृति की फैलती-सिकुड़ती झुर्रियाँ देखता रहा।

लँगड़ा हाजी एक पुरलुत्फ इनसान है। मैंने उसे कभी किसी बात पर अफसोस करते नहीं देखा और न कभी उसे अपने जीवन की अभावग्रस्तता के बारे में चर्चा करते ही सुना। वह हर स्थिति को खुदा की नियामत समझता है और 'जाही विधि राखे राम ताही विधि' की जिंदगी जीता है।

एक दिन मैंने उसे टोका, "मियाँ तुम भी बड़े अजीब आदमी हो! इतने दिनों से हमारी-तुम्हारी मुलाकात है, पर तुमने कभी अपने बारे में चर्चा नहीं की। किताब की तरह बेठन में बँधे-के-बँधे रह गए।"

"क्या चर्चा करता! कुछ चर्चा करने को हो तब न।" उसने मुस्कराते हुए कहा, "मेरी जिंदगी बेठन में बँधी नहीं बल्कि एक खुली किताब है, जिसका हर पन्ना हरेक के सामने है।" फिर वह अपने कुत्ते को सहलाते हुए बोला, "दुनिया में इसके सिवा अब मेरा कोई नहीं है।"

"पर हर समय तो ऐसा नहीं रहा होगा, क्योंकि कोई भी इनसान बिना वल्दियत सकूनत के नहीं होता, कुत्ते तो हो सकते हैं।"

मेरे इस व्यंग्य पर वह मुस्कराया, फिर बोला, "कभी मेरा भी परिवार था।" बड़े सहज भाव से उसने उँगलियों पर गिनाते हुए कहा, "एक मैं, एक आपा (बड़ी बहन), एक अम्मा और एक अब्बा।"

उसकी बात खत्म होने के पहले ही मैंने उसे चिकोटी काटी, "बस एक ही अब्बा।"

वह जोर से हँसा। दाढ़ी-मूछोंवाले उसके चेहरे पर जलजला सा आ गया। बोला,

''मास्टर, तुम भी बड़े मजेदार आदमी हो। सीधी उँगली से ही हाँडी में से घी निकाल लेते हो।'' अब उसने अपनी जिंदगी की किताब का पन्ना उलटा। सचमुच उसके दो अब्बा थे। उसकी अम्मा ने एक शोहर छोड़कर दूसरा कर लिया था। लँगड़ा हाजी और उसकी बहन पहले शौहर की संतानें थीं। इस सत्य को उसने मजाकिया अंदाज में कहा, ''पहले रहेन बेहना (जुलाहा), फिर भए दरजी। आगे अम्मा की मरजी।''

इस स्पष्टवादिता ने मुझे बहुत देर तक हँसाया। मेरी जिज्ञासा शांत तो नहीं हुई, पर कुछ क्षणों तक मुखर भी नहीं हो पाई। मैं चुपचाप इस सत्य के सहारे अनुमान की भित्ति पर उसके अतीत का रेखांकन करने लगा।

वैशाख की धूप अब सिर चढ़ने लगी थी। मैंने उसे वहाँ से हटकर दालान में आने को कहा। वह कसमसाया, ''अब चलने दो, मास्टरजी।''

''क्यों, तुम्हारा जाना जरूरी है क्या?'' मैंने कहा, ''आज दोपहर का तुम्हारा खाना मेरे यहाँ ही होगा।''

वह चुप हो कुछ सोचने लगा।

''ऐसे खामोश हो गए जैसे कहीं तुम्हारी नौकरी हो और ड्यूटी पर जाना जरूरी हो।''

''एक तरह की नौकरी ही समझिए। मुझे भीख देनेवाले कुछ ऐसे हैं, जो ऐन वक्त पर मेरा इंतजार करते हैं।'' वह थोड़ा रुककर फिर बोलने लगा, ''यह गली आगे जहाँ सड़क पर मिलती है, वहीं एक दरोगा साहब रहते हैं। उनकी मेम साहब एक दिन कह रही थीं कि तुम्हारी आवाज सुनकर मैं अपनी घड़ी ठीक करती हूँ। सवेरे ठीक साढ़े आठ बजे तुम हमारे दरवाजे पर आवाज लगाते हो।''

''तब तो तुम्हारा सबकुछ नियत समय पर होता होगा।'' मैंने मुस्कराते हुए कहा, ''तुमने कभी अपना वक्त बरबाद नहीं किया होगा, वक्त ने भले ही तुम्हें बरबाद कर दिया हो।''

वह कुछ नहीं बोला। तब तक उसका कुत्ता विचित्र ढंग से आवाजें निकालने लगा और उसकी दाढ़ी चाटने की कोशिश करने लगा। वह उसे हटाता, पर उसकी जीभ एक जिद्दी मक्खी की तरह बार-बार वहीं पहुँच जाती, जहाँ से उसे हटाया जाता।

''अभी तक तो शांत था, फिर अचानक तुमसे यह इतनी मुहब्बत क्यों दिखाने लगा।''

''यह मुहब्बत नहीं दिखा रहा है, बल्कि कुछ खाने को माँग रहा है। आखिर जानवर है न। इसे भूख बरदाश्त नहीं। और फिर यह हम आदमियों की तरह तहजीब भी नहीं जानता कि कब, कहाँ और किससे माँगना चाहिए। बस भूख का एहसास हुआ नहीं कि चालू हो जाता है।''

मेरे पूछने पर उसने बताया कि बस एक रोटी और थोड़े दूध से इसका काम चल जाएगा।

''कल रात के चावल और दाल से भी इसका काम चल सकता है?'' मैंने पूछा।

''यदि उसमें गंध न आई हो तो।'' वह बड़े संकोच के साथ बोला, ''आखिर कुत्ता है न।''

रोटी तो थी, पर मुझे पता चला कि सारा दूध चाय में खत्म हो चुका है। मैंने निस्संकोच उसे अपनी लाचारी बता दी। तब उसने एक तरकीब बताई, ''थोड़ा पानी डालकर आप उस कटोरे में घोलें, जिसमें आपने दूध रखा था। पानी में जरा सी भी सफेदी आ जाएगी तो उसका काम चल जाएगा। उसी में एक रोटी भिगो दें।'' मैंने वैसा ही किया और वह बड़े आनंद से खाने लगा। कुत्ते को देखते हुए मेरे मुँह से निकला, ''आखिर हम लोगों के धोखे में यह आ ही गया।''

''आदमी कुत्ते को धोखा दे सकता है, पर कुत्ता आदमी को कभी धोखा नहीं देता।'' उसने हँसते हुए कहा और मैं उसकी हँसी देखता रह गया।

□

''बात वहीं छूट गई थी कि तुम दूसरे अब्बा के घर चले आए। तब तुम्हारे हाथ-पैरों की गति यही थी?''

''नहीं।'' उसने कहा, ''लँगड़ा तो मैं जन्म से था, पर लूला नहीं था। मेरी माँ को दूसरा मर्द करना शायद अल्लाह को मंजूर नहीं था।''

''पर तुम्हारे यहाँ तो चार-चार शादियों का रिवाज है।'' मैंने कहा।

''हाँ है तो।'' वह चुप हो सोचने लगा। वह गंभीर हो बोला, ''खैर, हमें पचड़े में पड़ने से क्या मतलब! बात तो हमारे लूले और लँगड़े होने पर अटकी थी।'' उसने एक सूत्र को छोड़कर तुरंत दूसरा सूत्र पकड़ लिया, ''हाँ तो हम उन दिनों कोयला बाजार के एक मकान में रहते थे। मकान की पहली मंजिल पक्की थी और दूसरी मंजिल एकदम कच्ची, बाबा आदम के जमाने की। जब सड़क पर कोयले से भरा कोई ट्रक गुजरता था, तब दीवारों से 'भभूत' झरने लगती थी और ऊपर की टिन खरखराने लगती थी।

''मालिक पहली मंजिल में रहता था और हमारा परिवार दूसरी मंजिल में।'' वह कहता गया, ''जब तेज हवा के साथ बारिश आती तो खड़खड़ाहट और बढ़ जाती। हमें लगता, कहीं टिन ही न उड़ जाए। पर कई बरसातें हमने उसी में बिताईं। क्या करते, लाचार थे।

''आखिर एक दिन वही हुआ, जिसका हमें डर था। एक बरसाती रात को तूफान के साथ बारिश आई और हमारे उस पनाहगाह की धज्जियाँ उड़ गईं। टिन ऐसी गिरी

कि अम्मा की गरदन ही कट गई। वह जुंबिश भी न कर पाई। आपा का भी पेट कट गया था। मैं मिट्टी के नीचे दबा हुआ बड़ी देर तक उसकी कराह सुनता रहा, पर करता क्या? मेरे दोनों हाथ बेकाबू हो चुके थे। यह संयोग ही था कि वहाँ अब्बा नहीं थे।''

''तो अब्बा कहाँ थे?'' मैंने पूछा।

''वे हनीफ कव्वाल की मंडली में कव्वाली गाते थे। वे उस वक्त पहली मंजिल में उसी का अभ्यास कर रहे थे।'' फिर वह चुप हो गया। मेरे बिना कुछ कहे संकोच के साथ फिर बोलने लगा, ''मेरे अब्बा का गला बड़ा अच्छा था। उसी पर रीझकर मेरी माँ ने उन्हें अपना बना लिया।'' फिर उसकी आँखें पसीजने लगीं, गला रुँध गया।

फिर कुछ गले के नीचे उतारते हुए बोला, ''मेरे दोनों हाथ दीवार के नीचे दबकर टूट गए। माँ चली गई। आपा भी चली गई। रह गए मेरे अब्बा, वे क्या करते? लोगों ने कहा कि प्याज पीसकर, हलदी-चूना मिलाकर गरम करो और गरम-गरम ही लगाकर घौपत्ते से बाँध दो, ठीक हो जाएगा।

दो दिनों तक मैं वैसा ही बँधा रहा। दर्द बढ़ता गया। एक रात मैं छटपटाता ही रहा। मकान मालिक के यहाँ पड़ोस की एक हिंदू लड़की आया करती थी। उसने जब देखा तो उससे रहा नहीं गया। वह तुरंत अपने पिता को बुला लाई। उन दिनों राजघाट में हड्डी बैठानेवाला बैठता था। उस लड़की के पिता ने मुझे वहाँ ले जाने को कहा। फिर वह अचानक चुप हो गया। उसकी मनःस्थिति जैसे उस घटना को सोचकर काँप उठी। अल्ला न करे, कोई ऐसी मुसीबत में कभी फँसे। अरे, वह हड्डी बैठानेवाला था या कसाई। उसने मेरे दोनों हाथों को इतना तेज खींचा कि मेरी जान ही नहीं निकली और सबकुछ हो गया। फिर एक दवा लगाकर मेरे दोनों हाथ खपच्ची से बाँध दिए। पंद्रह दिनों बाद उसने फिर बुलाया था पर मैं नहीं गया। कौन मौत का सामना करता? वैसे ही खुदा के नाम पर हाथों को छोड़ दिया।

फिर उसने हाथ उठाकर दिखाए, ''देखिए मास्टरजी, यदि मैं जन्म का लूला होता तो ये हाथ किसी काम के न रह जाते। ये टेढ़े जरूर हैं, पर मैं इनसे सारे काम कर लेता हूँ। छोटा-मोटा सामान उठा लेता हूँ। हथौरी के सहारे आसानी से जमीन पर खिसक लेता हूँ।''

उसके बोलने का प्रवाह अचानक रुका तो मेरे मुँह से निकला, ''अल्लाह ने भी तुमपर कैसे-कैसे जुल्म ढाए हैं।''

''ना, ना, ना। ऐसा मत कहो, मास्टर,'' वह एकदम झुँझला उठा, ''ऐसा सोचना भी गुनाह है। हजरत मुहम्मद रसूलल्लाह सल्लाह अहलै वसल्लम ने फरमाया है कि अल्लाह तो रहीम है, करीम है, परवर-दिगार है। आदमी तो अपने कर्मों का फल भोगता है।'' वह अचानक बोल पड़ा, ''अच्छा, मैं चलता हूँ।''

''क्यों, इतनी हड़बड़ी क्या है ? खाना खाकर जाना।''

वह बड़े संकोच में पड़ा, ''यदि मैं आकर खाऊँ तो क्या कोई हर्ज है ?'' मैं समझ गया कि इसे कहीं किसी जरूरी काम से जाना है, जिसकी याद इसे अचानक आ गई है। मैं चुप ही रह गया। उसने कहा, ''माफ कीजिएगा, यदि मैं भगोती के यहाँ नहीं पहुँचा तो वह बेचारा भूखों मर जाएगा।''

''यह भगौती कौन है ?''

''इसे मैं लौटकर ही बताऊँगा।'' एक रहस्य मुझे थमाकर वह घिसटते हुए सीढ़ियाँ उतरने लगा।

मैंने सोचा, यह भी एक अजीब इनसान है। संदर्भहीन लगनेवाला इसका जीवन अनेक संदर्भों से भरा है। जिंदगी के एक अफसाने पर वह कितने अफसाने लपेटे है। फिर भी वह किसी अफसाने पर न गम का इजहार करता है और न खुशी का। सबकुछ झेलता हुआ बड़े तटस्थ भाव से जीता है। इसके जीवन का रास्ता जिन गलियों से गुजरा है, उनमें से कई आगे बंद थीं। जहाँ बंद रास्ता मिला, उसने मुड़कर दूसरी डगर पकड़ी; पर किसी से कोई गिला नहीं, कोई शिकायत नहीं। सारी विपत्ति को अपनी करनी का फल मानकर आगे बढ़ता रहा।

लगभग डेढ़ घंटे बाद वह लौटा।

आते ही मेरी जिज्ञासा ने जोर मारा, ''कहाँ गए थे ? यह भगौती कौन है ?'' वह मुस्कराया, ''जैसे ठेलेवालों के कुछ निश्चित ग्राहक होते हैं वैसे ही हम भिखारियों के भी कुछ निश्चित दाता होते हैं। रोज यदि उनके दरवाजे पर आवाज न लगाओ तो वे सोचने लगते हैं कि आज क्या बात है, जो लँगड़ा नहीं आया। उनके यहाँ तो मुझे जाना ही पड़ता है।''

''फिर, भगोती तो हम भिखारियों की दुनिया का एक सदस्य है; मेरा दोस्त है। इधर कई दिनों से वह बीमार है। दोपहर तक जो मिलता है, मैं उसे ही दे आता हूँ।

''तब तुम्हें दवा-दारू और देखभाल भी करनी होती होगी ?''

''नहीं, यह काम हमारी दुनिया के और लोग करते हैं। जब कोई ऐसी विपत्ति में पड़ता है तो हम लोग आपस में बाँटकर उसकी देखभाल करते हैं।''

उसकी सारी बातें मैं ध्यान से सुनता रहा। उसे भी इसका कुछ एहसास हुआ। ''क्या सोचने लगे, मास्टरजी, कि यह हिंदू मुसलमान की करीबी कैसी ? दरअसल हमारी दुनिया में न कोई हिंदू होता है और न कोई मुसलमान। सब-के-सब भिखारी होते हैं, मुसीबत के मारे हुए। हममें कभी सांप्रदायिक दंगे नहीं होते। फिरके होते हैं, पर फिरकापरस्ती नहीं होती। एक-दूसरे का काम आपसी मदद से चलता है।''

''पर हमने तो भिखारियों को भी लड़ते देखा है।'' मैंने कहा और हँस पड़ा। वह

बोला, ''हममें दो तरह के भिखारी होते हैं। एक तो हमारी तरह दरवाजे-दरवाजे जाकर भीख माँगते हैं और दूसरे जो किसी मंदिर या मसजिद के द्वार पर बैठकर, या उसके आस-पास ही आसन जमाकर भीख माँगते हैं। उनमें जमीन के लिए लड़ाई होती है। एक जहाँ बैठता है, दूसरे की क्या मजाल कि वहाँ बैठ जाए। उसे वह अपने बाप की लिखाई समझता है। अपनी जमीन न होते हुए भी जमीन के लिए लड़ते हैं।'' बड़ी वितृष्णा थी उसकी मुस्कराहट में।

दोपहर हो चली थी। बाहरी दालान में ही खाना लगाया गया। उसका पत्तल और पुरवे में तथा मेरा हमेशा की तरह थाली में। पास का छोटा टेबल खींचकर मैंने अपनी थाली उसपर रख ली।

उसके भीख माँगनेवाले अल्युमीनियम के कटोरे में कुत्ते को चावल और दाल दिया गया। कुत्ता पूँछ हिलाता हुआ एकदम कटोरे की ओर लपका। ''देखना, कहीं मुँह न लगा दे। दाल अभी काफी गरम है।''

''आप निफिकिर रहें, मास्टरजी, यह कुत्ता है। सूँघकर सबकुछ जान लेता है। जहाँ हमारी-आपकी पहुँच नहीं, वहाँ कुत्ते की नाक पहुँच जाती है।'' फिर उसकी बात्तों का सिलसिला कुत्ते की ओर ही मुड़ गया।

यद्यपि वह बातूनी नहीं था, अनेक बार मुझसे मिला था; पर कभी इतना खुला नहीं था। आज ऐसा लगा जैसे मैंने उसकी यादों के बाँध में छेद कर दिया हो और वह कल-कल करता हुआ जो बहा तो बहता ही रहा।

उसने बताया, ''अभी दो महीने पहले की बात है। रात का वक्त था। गुलाबी जाड़ा पड़ रहा था। मैं अपने फटे कंबल में लिपटा खर्राटे ले रहा था कि अचानक यह भौंकते हुए मेरे चारों ओर चक्कर लगाने लगा। थोड़ी देर बाद क्या देखता हूँ कि एक साँप का मुँह अपने मुँह में दबाए बाहर लिये चला जा रहा था; जबकि साँप ने इसे अच्छी तरह लपेट लिया था।''

मैंने बातों के क्रम को बीच में काटा, क्योंकि कुत्ते की कथा में मेरी दिलचस्पी न थी, ''अच्छा, तुम्हारे अब्बाजान का इंतकाल कब हुआ?''

''यही तो नहीं मालूम!'' वह बड़े विचित्र ढंग से मुस्कराया।

''यह भी नहीं मालूम! बड़े अजीब आदमी हो!''

तब उसने इस प्रसंग को शुरू से दोहराया, ''बात यह हुई कि एक दिन अब्बा बिना कुछ कहे-सुने और बिना कपड़ा-लत्ता लिये सवेरे जो गए तो फिर नहीं आए।''

''लगता है, उनके मन में तुम्हारे लिए कोई प्रेम था ही नहीं, क्योंकि तुम उनके तो पैदा थे नहीं।''

''आप कुछ भी कह सकते हैं।'' अचानक उसकी आवाज गंभीर हो गई। अब

खाना खत्म हो चुका था। मुँह धोते हुए उसने डकार ली और पुनः बैठ गया। ऐसा लगा कि मैंने उसके मर्म पर कहीं उँगली धर दी थी। फिर वह अपनी जिंदगी की किताब का अगला पन्ना पढ़ने लगा, ''बाद में पता चला कि वे रमजान मियाँ के चक्कर में आ गए थे। वह भी दरजी था। वही उन्हें बड़ी कमाई का लालच दिलाकर बंबई ले गया था। फिर उनका कुछ अता-पता नहीं चला। मर गए कि जिंदा हैं, यह भी नहीं मालूम। फिर फाकाकशी कर जिंदगी बीतने लगी। दो-चार दिन ऐसे भी बीते, फिर अचानक मेरी जिंदगी में एक फरिश्ता आया। वे थे हाजी उसमान मियाँ। वे उन दिनों इसी मसजिद में नमाज पढ़ाया करते थे, जिसमें आजकल मैं हूँ। उन्होंने मुझसे कहा, ''मेरे साथ चलो। नमाजियों की खैरात पर जिंदगी गुजर जाएगी।''

''कुछ दिन ऐसे भी कटे। पर कुछ दिनों बाद मेरी बदनसीबी थी कि वे खुदा को प्यारे हो गए। फिर कुत्ते की दुम जैसी-की-तैसी। मैं अपनी पहली हालत में आ गया। मसजिद का पूरा इंतजाम बदला और वहाँ से निकाल दिया गया।''

''कितने दिनों तक मसजिद की ड्योढ़ी पर ही पड़ा रहता। कुछ दिनों बाद खुदा की इनायत हुई। उन्हीं इंतजामियों में से एक का दिल पिघला और फिर मुझे इसी कोनेवाली कोठरी में पनाह मिल गई; पर एक बंदिश लगा दी कि अब मैं मसजिद के भीतर किसी से कुछ माँग नहीं सकता था। पेट के लिए गली और सड़कों की खाक छानने की जिंदगी शुरू हुई।'' फिर वह चुप हो गया। ऐसा लगा कि उसकी जिंदगी का एक खंड समाप्त हो गया।

अब मैंने ही उसका मौन भंग किया, ''तुम तो एकदम चुप हो गए।''

''तो अब क्या बोलूँ?''

''अच्छा यही बताओ, तुम हज करने कभी गए थे कि यों ही अपने नाम के आगे हाजी लगा दिया?''

''लाहौल बिला कूबत, आप भी क्या बात करते हैं, मास्टरजी! कभी इतना बड़ा झूठ मेरे नाम के साथ चस्पाँ हो सकता है! उस मदीनेवाले की बड़ी इनायत थी कि उसने हमें मदीना बुला लिया।'' बाँध के छेद में आया हुआ अवरोध जैसे हट गया। वह चालू हो गया, ''हम भिखमंगों की एक गोल थी—लालू चेता, सुखराम और अब्दुल मियाँ की। उनमें अब्दुल मियाँ सबसे बड़े थे। हम लोग उनका कहा मानते थे। एक दिन पता नहीं क्या सूझा कि उन्होंने भी बंबई चलने का प्रोग्राम बना लिया। उनका कहना था कि बंबई में कुछ ज्यादा कमाएँगे और बुढ़ौती के लिए बचाएँगे। मैंने उन्हें इसके खिलाफ बहुत समझाया। मैंने उन्हें मुहम्मद साहब के जीवन की एक घटना भी सुनाई। अब तो ऊँट बड़बड़ाने लगा था, उसे पहाड़ की ओर जाना ही था।''

''मुहम्मद साहब के जीवन की घटना! वह कौन सी थी?''

‘‘सारी बातें आज ही जान लोगे, मास्टरजी! अरे, कुछ और दिनों के लिए भी छोड़ दीजिए।’’

‘‘मियाँ अनेक अफसानों से लिपटा है तुम्हारी जिंदगी का अफसाना। प्याज की तरह जब एक छिलका हटाता हूँ दूसरा और चमकदार दिखाई देता है।’’

वह मुस्कराया और मुहम्मद साहब के जीवन की घटना सुनाने लगा, ‘‘मुहम्मद साहब को जो भी दिनभर में मिलता था, वे उसी दिन फकीरों में बाँट देते थे। दूसरे दिन के लिए कुछ भी बचाकर नहीं रखते थे।’’

‘‘जिंदगी के आखिरी दिनों की बात है कि वे बीमार पड़े। दिनभर में बुखार काफी बढ़ गया। उनकी बेटी फातमा उनकी खिदमत में थी। उसे भी मुहम्मद साहब ने हिदायत दे रखी थी कि देखो, जो फकीर आए वह खाली हाथ न लौटे। जो भी हो, उसे देते जाओ। पर जब शाम होते-होते मुहम्मद साहब की तबीयत और गड़बड़ा गई, तब फातमा भी चिंतित हो उठी। उसने कई हकीमों को आजमाया। हर एक ने ‘हिकमत’ लगाई, पर कोई नतीजा नहीं निकला। बुखार और दर्द बढ़ता ही गया। अंत में मुहम्मद साहब ने फातमा से पूछा, ‘‘बेटी, तुमने किसी फकीर को खाली हाथ तो नहीं लौटाया है? आखिर मुझे इतना दर्द क्यों हो रहा है?’’ पहले तो फातमा हिचकिचाई, फिर बोली, ‘‘अब्बाजान, मुझसे यह गलती तो हो गई है। मैंने दो-तीन रियाल बचाने की गरज से शाम को आए कुछ फकीरों को खाली हाथ लौटा दिया है।’’

‘‘ऐसा क्यों किया, बेटी?’’ मुहम्मद साहब ने कराहते हुए पूछा। फातमा ने बताया, ‘‘मैंने आपकी बीमारी से घबराकर ऐसा किया। सोचा, रात-विरात कैसा पड़े, कैसा न पड़े। वक्त-जरूरत के लिए मैंने तीन रियाल बचा लिये हैं।’’

मुहम्मद साहब उस बीमारी में भी मुस्कराए। बोले, ‘‘अरे नादान लड़की, जो खुदा दिन में देता है, वह वक्त-जरूरत रात को न देता! तुमने अल्लाह पर भरोसा नहीं किया। उसे बचाकर रखने की बात तुम्हारे दिल में कैसे आई? खैर, उन फकीरों को बुलाओ और इन रियालों को खैरात कर दो।’’ ऐसा ही किया गया। कहते हैं, इससे मुहम्मद साहब की कुछ पीड़ा कम हो गई और वे सो गए।’’

‘‘इस कहानी को सुनकर तुम्हारे अब्दुल मियाँ कुछ बोले नहीं?’’

‘‘कहते क्या! वही पुराना राग अलाप दिया’’ न अब मुहम्मद साहब रहे और न वह जमाना रहा। अब तो पैसे का जमाना है। यदि पैसा न रहा तो बुढ़ौती में कोई पूछेगा नहीं। अभागे कुत्ते की तरह हर हाँडी तुम्हें पहले से साफ मिलेगी।’’ चुनाँचे हम लोग बंबई के लिए रवाना हो गए।

□

‘‘...आप यकीन मानिए इतना बड़ा शहर देखना तो दूर रहा, कभी मेरे जेहन में

उसकी कल्पना भी नहीं आई थी। मैं तो विक्टोरिया टर्मिनल पर उतरते ही अवाक रह गया। यहाँ आदमी नहीं, आदमियों की भीड़ चल रही थी। उसमें मेरे जैसे अपाहिज को कहाँ जगह! किसी तरह सरकते-सरकते क्रॉसिंग ब्रिज पर आया। पर ऊपर चढ़ने की हिम्मत न हुई। सारी भीड़ वहाँ आदमियों की बाढ़ में बदल चुकी थी और नदी उलटे पहाड़ पर चढ़ती चली जा रही थी।''

''यदि तुम देखते रहे तो देखते रह जाओगे, लँगड़े। आगे बढ़ो और अपने लिए जगह बनाओ।'' यह आवाज किसकी थी और किधर से आई, कुछ पता नहीं। अब मैंने हिम्मत बाँधी। एक तरफ से चेता ने और दूसरी तरफ से लालू ने सहारा दिया। मैंने भी सोचा कि बाढ़ की नदी के बहाव से मैं भी शायद पहाड़ चढ़ जाऊँ, पर ऐसी हिम्मत कहाँ! ज्यों ही पहली सीढ़ी चढ़ा होऊँगा कि वहाँ खड़े रेलवे पुलिस के जवान ने अपने बूट से जोर से मारा। डपटते हुए बोला, ''अबे, कहाँ जा रहा है जान देने?''

''उसकी मार इतनी तेज थी कि मैं उस एक सीढ़ी से ही लुढ़क गया। मेरे घुटने से खून निकलने लगा। मेरे मुँह से बस इतना ही निकला किया अल्लाह! जैसी तेरी मरजी। और किसी से कुछ नहीं कहा। सबने सोचा कि नया शहर है और पुलिस का मामला है। कैसा पड़े, कैसा न पड़े। मेरे दोस्त मुझे थोड़ा किनारे ले आए। सुखराम ने अपनी गठरी से एक पुराना कपड़ा निकाला। उसी को फाड़कर एक पट्टी बाँधी। वह पुलिस वाला हमें गौर से देखता रहा। आखिर वह था तो इनसान ही। उसका दिल पसीजा। उसे शायद यह भी एहसास हुआ कि इस बेकसूर, अपाहिज के साथ मैंने उचित सलूक नहीं किया। उसने हम लोगों की मदद की। जगह बनाई और किसी तरह हमें ऊपर तक ले गया।

ऊपर आकर पूछा, ''तुम लोगों को किधर जाना है?''

''यही तो हमें पता नहीं।'' अब्दुल मियाँ बोले।

''आखिर घर से कुछ सोचकर चले होगे?''

''सोचा तो यही था कि बंबई चलना है।''

इतना सुनते ही वह लगभग चिढ़ सा गया, ''बंबई चलेंगे! अरे, बंबई के बारे में कुछ सोचा नहीं और चल पड़े। यही जानो कि यह समुंदर-है-समुंदर! पाँचों लोग इसमें खो जाओगे या डूब जाओगे और यदि लहरों ने जोर मारा तो पाँचों, पाँच तरफ हो जाओगे।

''जैसी खुदा की मरजी।'' मैंने कहा

''पर तुम्हारा गेट से निकल पाना मुश्किल हो जाएगा। आज बड़ा सख्त आदमी गेट पर है।'' उस पुलिसवाले ने कहा जरूर। पर उसी ने गेट भी पार कराया। ''दिल तो अल्लाह ने हम सभी को पाक दिया है। पर हम सबने उसकी पाकीजियत को खराब कर दिया है, किसी ने कम और किसी ने ज्यादा।'' उसने कहा।

वह क्षण भर रुका होगा। फिर मेरे बिना कुछ पूछे, वह खुद ही चालू हो गया, ''उसने हमें उस तरफ निकाल दिया जहाँ स्कूटरों की जमात थी। बाप-रे-बाप! मैंने इतने स्कूटर एक जगह पर जिंदगी में कभी नहीं देखे थे। अब किसी से क्या कहा जाए कुछ समझ में नहीं आया। हम लोग कुछ समय तक वहीं बैठे रहे। लोग आते-जाते रहे और स्कूटर घरघराकर चलते रहे। देखते-देखते जब स्कूटरों की भीड़ आधी हो गई और हम उस दुनिया से कुछ अभ्यस्त हुए, तब हम लोगों के पास जो कुछ था, उसे निकालकर नाश्ता किया। तब तक एक स्कूटरवाला खुद हमारे पास आया, बोला, ''कहाँ जाना है आप लोगों को?''

''यही तो हम नहीं जानते।''

इतना सुनते ही वह जोर से हँसने लगा। बोला, ''आप लोग भी अजीब हैं। यह पता नहीं कि आपको कहाँ जाना है और आ गए बंबई तक।'' उसकी हँसी के साथ ही हमारे चेहरे पर भी एक लाचार मुस्कराहट उभरी। हम कह नहीं सकते थे कि यह मुस्कराहट अपनी मूर्खता पर थी या अब्दुल मियाँ की··· । वह कुछ देर तक हमें समझने की मौन कोशिश करता रहा और बहुत हद तक हमें समझ भी गया। दया उपजी। उसने पूछा, ''इस अनजान जगह पर आकर आखिर तुम जाना कहाँ चाहते हो?''

''किसी ऐसे मंदिर या मसजिद के पास, जहाँ खैरात करनेवाले लोग आते हों और हमारा पेट पल सके।''

''वह हम लोगों को महालक्ष्मी के मंदिर पर ले गया और बाहरी फाटक पर छोड़ गया। हम लोगों ने उससे किराया पूछा। उसने कहा, ''जेब में कुछ होता तो किराया बताता। तुम खाली जेबवालों को क्या बताऊँ?'' फिर स्कूटर पर बैठते हुए उसने मीटर की ओर देखा और भुनभुनाया, ''चलो, आज सुबह की बोहनी ऐसे ही सही।''

''हम लोगों ने देखा कि इस महालक्ष्मी के मंदिर में कबूतर बहुत हैं, जिनमें गोला कबूतरों की भरमार है। लोग इन्हें दाना खिलाते हैं और ये बड़े प्रेम से खाते हैं। हम लोग इन कबूतरों की निडरता पर चकित थे। ये दाना देनेवालों के सिर और कंधों पर तो बैठ ही जाते थे, कभी-कभी दानों से भरी उनकी मुट्ठी पर भी बैठ जाते थे। वे मुट्ठी खोल देते थे और वे बड़े शांतभाव से दानों को चुगने लगते थे। कबूतरों को जो दाना खिलाया जाता है, उन्हें यहाँ तो 'करकल' कहते हैं, वहाँ क्या कहा जाता है, मालूम नहीं। करकल में अन्न के दाने, मिट्टी, पत्थर सबकुछ होता है।'' हम लोगों ने पहले मंदिर के द्वार पर जगह खोजी; पर यहाँ एक-एक बालिश्त पर भिखारियों का कब्जा था। जो जगहें खाली भी थीं, उनके आगे कटोरा रखा था। लाचार होकर हम बाहर आने लगे। तब तक चेता को मंदिर की सीढ़ियों के पास कुछ जगह दिखाई दी। वह लपककर वहाँ जा बैठा। बगलवाले ने एतराज भी किया, पर उसे तो माँगी मुराद मिली थी, वह

छोड़ता क्यों? कुछ ही समय बीता था, शायद एक पैसा भी उसके कटोरे में नहीं पड़ा होगा, तब तक पीछे से एक भिखारी आया और उसने चेता की पीठ पर ऐसा धक्का दिया कि वह मुँह के बल गिर पड़ा।

वह कड़कते हुए बोला, ''साले! अपने बाप की जमीन समझता है!''

चेता ने अपनी गलती का एहसास किया और इस धक्के को अपनी करनी का फल समझकर चुपचाप चला आया।

अब हममें से किसी की हिम्मत न पड़ी। जब हिंदू भिखारी के साथ मंदिर के द्वार पर ऐसा हुआ, तब हम मुसलमानों का वहाँ बैठ पाना तुलसी के पौधे में प्याज के उगने जैसा होगा। हम लोगों को बाहर-भीतर करने में कुछ समय यों ही बीत गया। शाम होते-होते हमने अनुभव किया कि हमारे कटोरों की तरह ही हमारे पेट खाली हैं। पर अब किया क्या जाए? चेता ने युक्ति लगाई। उसने देखा कि कबूतरों को जो चारा दिया गया है, उसमें से बहुत कुछ जमीन पर ही पड़ा रह गया है। चेता उसे ही बटोर ले आया। हम लोग उसे बीनने और साफ करने में लगे। अब्दुल मियाँ की हिदायत थी कि सिर्फ कंकड़ और मिट्टी ही निकालो, बाकी अन्न ही है, कोई जहर तो है नहीं। मैंने समझ लिया कि मियाँ सभी प्रकार के अन्नों को मिलाकर खिचड़ी बनाने के पक्ष में हैं। हमने वैसा ही किया। अधिक समय भी नहीं लगा। सबसे बड़ी समस्या थी कि खिचड़ी पकाई भी जाए तो कहाँ-कैसे और कहाँ? फुटपाथ पर पका सकते नहीं; मंदिर के किसी कोने में पकाई नहीं जा सकती, हर समय श्रद्धालुओं की भीड़ आती-जाती रहती है। अब करें तो क्या करें? तब तक एक भिखारी हमारे पास आया। वह बहुत देर से हमारी हरकत देख रहा था। आते ही उसने पूछा, ''इस शहर में नए हो क्या?''

''हाँ आज ही हम लोग आए हैं। कुछ जानते नहीं, भैया।''

''देखो, भैया किसी को मत कहना। यहाँ यह शब्द बहुत बदनाम है।'' फिर वह हम लोगों को मंदिर के पीछे ले गया।

महालक्ष्मी के पीछे चट्टानों से टकराता समुद्र है। चट्टानें छोटी-बड़ी इस तरह की हैं कि वहाँ बड़ी आजादी के साथ जीवन के सब कर्म किए जा सकते हैं। उसी ने बताया, ''देखो, मंदिर के पीछे की ओर उस कोने पर मंदिर के दोने-पत्तल आदि फेंके जाते हैं। वहाँ पत्तलों के अंबार होंगे। उन्हीं में से कुछ सूखे पत्तलों को उठा ले आओ और पूरी आजादी से अपनी खिचड़ी पकाओ। यदि नहाना-धोना हो तो यहीं नहाओ। तुम्हें कोई कुछ बोलनेवाला नहीं है। लेकिन एक बात का खयाल रखना, पानी में नीचे मत उतरना। सिर पर पानी डालकर नहा लेना। कहाँ कितनी गहराई है, इसका पता हम लोगों को भी अभी तक नहीं हो पाया है।'' पूरी हिदायत

देकर और अच्छी तरह समझाकर वह चला गया। उसके जाने के बहुत देर बाद तक मैं सोचता रहा कि फरिश्तों का न कोई रूप होता है और न जाति। वे कहाँ मिल जाएँगे, कुछ पता नहीं।

□

अब कुत्ता फिर उछल-कूद करने लगा। बीच-बीच में वह अपने मालिक का मुँह भी चाटता जाता था, मानो वह अब उसे बोलने से मना कर रहा हो।

मैंने पूछा, "अब यह क्या चाहता है?" यह कह रहा है कि अब घर चलो, शाम हो गई है। सूरज डूबने को है। "डूबने को है न, अभी डूबा तो नहीं है। जल्दी क्या है? रात का खाना खाकर जाना।" मैंने मुस्कराते हुए कहा, "कहानी को अधूरी छोड़ देने से मामा रास्ता भूल जाते हैं।"

"यह बात अफसाने के लिए कही गई है, हकीकत के लिए नहीं।" वह हँसते हुए बोला और कुत्ते की पीठ ठोककर उसे पुचकारते हुए बाहर जाने का संकेत किया।

अब मैं समझ गया कि कुत्ते की सारी हरकत ऐसी क्यों थी। मेरी जिज्ञासा जोर मार रही थी। मैंने पूछा, "तो आगे क्या हुआ?"

"आप तो सचमुच वैसे पूछ रहे हैं जैसे कोई किस्सागो से पूछता है।"

"मैं किस्सागो से नहीं, हकीकत बयान करनेवाले से पूछ रहा हूँ।"

मेरे साथ वह भी हँसा। फिर उसने अपनी जिंदगी की किताब के कई पन्ने एक साथ उलट दिए और बोलने लगा, "ऐसे ही कुछ दिन और चला।"

"उसी भिखारी की मदद से चेता, सुखराम और लल्लन के लिए मंदिर के द्वार पर ही बैठने के लिए जगह बनाई गई। बाकी हम दो आदमी बचे। हम लोगों को अब सिर्फ कबूतरों के दानों का ही भरोसा था। यद्यपि वे तीनों दोस्त हमारी हर संभव मदद करते थे। वह भिखारी बड़ा भला आदमी था। दिन में एक बार जरूर वह हम लोगों से मिल लेता था। इधर का ही रहनेवाला था। जौनपुर जिले के बदलापुर का। एक दिन बड़े अफसोस से वह बोला, "अगर तुम हिंदू होते तो मंदिर के द्वार पर किसी तरह से जगह बना ली जाती।"

"पर तुम्हीं ने तो कहा था कि हम लोगों में कोई जाति नहीं होती, संप्रदाय नहीं होता।" मैंने टोका।

"होता कहाँ है? यह भेद मंदिर और मसजिद ने कराया था।" वह फिर हँसने लगा। उसने कुछ गंभीर होते हुए कहा, "अरे मास्टरजी, यह सब तो पेट भरने का चोचला है। भूखे का पहला भगवान तो रोटी होती है।"

मुझे आश्चर्य हुआ कि इतना मजहबी आदमी इस सच्चाई को स्वीकार करता है। वह कहता रहा, "यदि हम जीवित नहीं रहेंगे तो खुदा को याद क्या करेंगे?" वह तुरंत

ही अपने रास्ते पर आ गया, ''हम लोगों की जिंदगी में फिर एक मोड़ आया। हम लोग मंदिर के बाहर बैठै थे कि सवेरे-सवेरे एक मोटर आई और हमारे पास रुक गई। उसमें से दो आदमी उतरे। देखने से लगा कि एक साहब है और दूसरा उसका सहायक। उसने हम दोनों के कटोरों में पाँच-पाँच के नोट डाले और बिना कुछ बोले चला गया। हमें कुछ विचित्र सा लगा, फिर सोचा कि यह बंबई है, विचित्रताओं की नगरी। यह भी उन्हीं विचित्रताओं में से एक होगी। उस दिन यह घटना हमपर कोई गहरा प्रभाव न छोड़ पाई। पर दूसरे दिन ठीक उसी समय पर वह फिर आया। हम लोगों के कटोरों में इस बार उसने दस-दस रुपए के नोट डाले और पूछा, ''तुम लोग यहाँ क्यों बैठते हो, मंदिर के भीतर क्यों नहीं बैठते?''

''हुजूर, हम लोग हिंदू नहीं हैं। हमें मंदिर में कहाँ जगह मिलेगी?''

उसने चुपचाप सिर हिलाया। फिर कुछ सोचते हुए अपने सहयोगी से कहा, ''अजहर, इन दोनों का किसी मसजिद में बैठने का इंतजाम कर दो।''

''अच्छा हुजूर।''

उस दिन बस इतनी ही बात हुई। रात को जब चेता, सुखराम आदि लौटे, तब मैंने उनसे चर्चा की और कहा, ''शायद हम दोनों कल इस अनजान शहर की किसी अनजान मसजिद में चले जाएँ।''

''हम तीनों में से कोई दुःखी नहीं हुआ। सबने यही सोचा कि आखिर भगवान कोई-न-कोई हिल्ला लगा ही देता है। पर मेरे मन में उस रेल की पुलिस की बात उभरी, बंबई एक समंदर है, समंदर। ऐसा भी हो सकता है कि तुम यहाँ डूब जाओ, एक लहर आए और तुम लोगों को अलग-अलग कर दे।''

दूसरे दिन साहब नहीं आया, उसका सहायक ही आया। उसकी गाड़ी, साहब की गाड़ी की तरह लकदक नहीं थी। अब्दुल्ला ने किसी तरह हमें गाड़ी पर चढ़ाया और खुद मेरी बगल में बैठ गया। थोड़ी देर बाद ही गाड़ी समुद्र के किनारे एक जगह पर रुकी। हम दोनों से उतर जाने को कहा गया। हम दोनों वहीं उतर गए।

हमने देखा कि समुद्र के बीच में एक मसजिद है। मैं तो अचंभे में उसे देखता रह गया। यहीं से पानी पर बनी एक सड़क उस मसजिद तक जाती है। उस व्यक्ति ने कहा, ''मैं आगे-आगे चलता हूँ, तुम दोनों मेरे पीछे-पीछे आओ।''

''हुजूर, जरा धीरे-धीरे चलिएगा। मैं आपकी चाल से सरक नहीं पाऊँगा,'' मैंने कहा। वह कुछ नहीं बोला, पर उसकी चाल धीमी अवश्य हो गई। हम लोगों के जीवन का पहला मौका था, जब हम समंदर के गहरे नीले पानी में बढ़े चले जा रहे थे। वह चल रहा था और हम सरक रहे थे। यह हमारे लिए पहली अनुभूति थी—आनंददायक और आश्चर्यजनक भी।

मसजिद पहुँचते ही मेरे मुख से निकला, ''या खुदा, तू कहाँ-कहाँ रहता!''

हमारे साथ आया वह आदमी हमें बाहर ही रोककर मसजिद में गया और एक शख्स को अपने साथ ले आया। हमें दिखाकर उससे उसने कुछ कहा और हमें वहीं छोड़कर एकदम चल पड़ा, जैसे हमारा-उसका कोई साथ ही न रहा हो। जिस व्यक्ति को उसने हमें सौंपा था, वह मसजिद का खिदमतगार था। उसने आकर मुझे समझाया, मसजिद के दरवाजे से कुछ दूर आप लोग बैठेंगे। यहाँ बना-बनाया खाना अकसर खैरात में मिल जाया करता है। यदि उससे काम न चले तो मसजिद के पिछवाड़े खाना बना सकते हो; पर इसके लिए तुम्हें मिट्टी के तेल का एक स्टोव चाहिए। यहाँ और किसी पर तुम खाना नहीं बना सकते।'' मैंने अब्दुल्ला की ओर देखा और अब्दुल्ला ने मेरी ओर। साफ जाहिर था कि स्टोव की असमर्थता हमारी आँखों में थी। उसने समझ लिया। बोला, ''अच्छा, स्टोव का इंतजाम कर लिया जाएगा।'' उसने फिर कहा, ''और रात को यहीं सो जाना। यहाँ रात की हवा दिन से ज्यादा पुरलुक होती है।'' इतना समझाकर वह जा रहा था। फिर अचानक रुक गया, ''देखो, जब बारिश आए तो तुम लोग मसजिद में चले आना।''

जिंदगी के कुछ दिन इस तरह भी गुजरे कि एक दिन जुम्मा की नमाज के वक्त अजहर और उसका साहब आए। साहब बोला, ''यहाँ आप लोगों को कोई तकलीफ तो नहीं है ?''

हमने नहीं कहते हुए उसका शुक्रिया अदा किया। फिर उसने इधर-उधर की बातें कीं। हमारे बंबई आने की वजह जानी। फिर बोला, ''यदि पैसा कमाना तुम्हारा मकसद है तो भीख माँगने से कुछ नहीं होगा। यह बंबई है। यहाँ पैसा बरसता है। उसमें तुम्हारे जैसे अभागे भी हैं, जो अपनी नासमझी का छाता लगाए बैठे रह जाते हैं। इसलिए तुम्हें कोई काम करना चाहिए। उस साहब ने अब्दुल्ला को खड़ा कराया, तुम तो हट्टे-कट्टे हो, काम कर सकते हो। चलो, अभी चलो, हमारी फैक्टरी में काम करना।''

हालाँकि वह जा नहीं रहा था। मैंने उससे कहा, ''मेरी फिकर छोड़ो, अल्लाह का नाम लो और चले जाओ। ऐसे मौके बार-बार नहीं मिलते।''

यह दूसरी लहर थी, जिसने अब्दुल्ला से मुझे अलग कर दिया। न जाने की इच्छा होते हुए भी वह चला गया।

उस रात मैं अकेला रह गया था। तरह-तरह के विचार दिमाग में आ रहे थे। मेरा कुछ ऐसा स्वभाव है कि ऐसे समय में मेरी सोच शुभ से अधिक अशुभ की ओर जाती है। फिर भी अपना दिल कड़ा करते हुए मेरे मुख से निकल पड़ा, ''या खुदा, जो कुछ हो रहा है, तेरी मरजी से ही हो रहा है। परवर-दिगार, तू रहम कर।'' मैं कब सो गया, कुछ पता नहीं। जब उठा तो सवेरा हो चुका था। हवा कुछ तेज थी।

समुद्र की लहरें एक-दूसरे को पकड़ने के लिए दौड़ रही थीं। अब न सुखराम था, न चेता, न लालू और न अब्दुल्ला। मैं अकेला रह गया था, एकदम तनहा। दिन तो जैसे-तैसे गुजर जाते थे, पर रात को तनहाई बहुत अखरती थी; पर क्या करता? किसी तरह दो-चार दिन और गुजरे। जुमे को जब वह आया तो हमेशा की तरह उसके साथ अजहर भी था। उसने कहा, ''चलो, तुम भी मेरे साथ चलो। मैंने तुम्हारे लिए काम ढूँढ़ लिया है।''

''मेरे लिए? मैं तो किसी काम का नहीं हूँ।'' मैंने कहा।

''ऐसा क्यों सोचते हो? तुम बड़े काम के हो।'' ऐसा लगा कि मुझे अब्दुल्ला बुला रहा है। मैंने मन पक्का किया। अपने कपड़ों और सामान को ले चलने के लिए मुझे मना कर दिया गया। उसने कहा, ''इन सबको ले चलने की कोई जरूरत नहीं। इन्हें अल्लाह के दरबार में समंदर को सौंप दो।''

''मैं कुछ कहूँ, इसके पहले ही मेरे सामान को उठा-उठाकर अजहर ने पानी में फेंक दिया। सबसे बाद में उसने मेरा कटोरा फेंका। कटोरा शांत समुद्र के जल पर मेरी ही तरह सरकता आगे बढ़ा। बहुत देर तक वह मुझे देखता रहा और मैं उसे।''

मैं गाड़ी में चला जा रहा था। अजहर और साहब गद्दी पर बैठे थे और मैं उनके पैर के पास। गाड़ी हवा की तरह उड़ चली। मुझे याद आया कि बचपन में मोटर को 'हवा गाड़ी' ही कहते थे।

गाढ़ा चश्मा लगाए साहब की खामोश शख्सियत कुछ अजीब किस्म की थी, जैसे वह दुनिया से अलग होकर दुनिया को देखता रहता है, पर उसकी नजर पर किसी की नजर नहीं पड़े।

मैंने वातावरण को हल्का करने की गरज से बातों का सिलसिला दूसरी ओर मोड़ते हुए पूछा, ''क्यों, तुम इतने तफसील से अपने सफर का बयान करते रहे, पर उसमें तुम्हारे कुत्ते का कहीं जिक्र नहीं आया?''

उसने कुत्ते की पीठ ठोंकते हुए कहा, ''यह बेचारा उस समय कहाँ था मेरे पास!''

''इसका मतलब है कि जिंदगी के हर मोड़ पर इसने तुम्हारा साथ नहीं दिया।''

''इसे देने का मौका ही नहीं मिला। हो सकता है, अब दे।''

''तो यह तुम्हारे परिवार का सदस्य बहुत बाद में बना?''

''जब इसे यह पता चल गया कि यह अपना ही परिवार है।'' वह कुत्ते की पीठ थपथपाते हुए जोर से हँसा।

मुझे भी हँसी आ गई। मैंने कहा, ''तुम्हारे कुत्ते की पहचान अच्छी है।'' मेरे इस व्यंग्य पर वह चुप ही रह गया। मन-ही-मन अपनी किताब के कई पन्ने पलटता रहा।

फिर उसने नया पन्ना पढ़ना शुरू किया, ''तो उस शख्स की कोठी वहाँ से काफी दूर मलाड में थी। कई घंटे मोटर को चलते बीत गए। इस बीच उसने मुझसे कोई बात नहीं की और न मेरी हिम्मत उससे कुछ पूछने की हुई।''

''तो तुमने उसका नाम भी नहीं जाना?''

''नाम जानना कोई मजाक था क्या? वह एकदम फुदकता हुआ आगे बढ़ा। उसने अपनी कोठी के भीतर एक कमरा मुझे दे दिया। उसी से सटी हुई नहाने-धोने की व्यवस्था भी थी। वहाँ जाकर मैंने कुछ सकून का एहसास किया। थोड़ी देर बाद अजहर एक हज्जाम को साथ लेकर आया और मुझे दिखाते हुए बोला, ''इनके सिर के बाल छोटे कर दो और दाढ़ी कुछ इस तरह कतर दो कि यह पक्के मजहबी मालूम पड़े।''

आधा मजहबी लगता था और आधा मजहबी उस नाई ने बना दिया। और उसपर रही-सही रंगत उस दरजी ने चढ़ा दी। फिर वह हँसा, अजीब है यह मुल्क भी। यहाँ आधा मजहबी नाई और दरजी बना देते हैं। मैं भी अपनी हँसी रोक नहीं पाया। वह कहता गया, फिर नहा-धो लेने के बाद मेरा खाना आया। मेरे लिए एक खिदमतगार भी तय कर दिया गया। इस अनजानी और अनचीन्ही के बारे में पूछा तो सुना, अपनी खैरियत चाहते हो तो किसी और से पूछने की हिम्मत न करना। वह इतना बोल ही रहा था कि साहब की दहाड़ सुनाई पड़ी, ''रमजान उसे खाना-वाना खिला दिया?''

जी हुजूर! मेरा खिदमतगार कहता हुआ साहब के पास दौड़ा। साहब ने रमजान से कहा, ''तुम चलो, मैं आता हूँ।''

रमजान तुरंत मेरे पास आ गया। उसने फिर मुझे समझाया ''देखो उनसे कुछ जानने की कोशिश मत करना और न सवाल-जवाब करना।''

थोड़ी देर बाद साहब के पैरों की आहट दरवाजे के पास आती जान पड़ी। रमजान बिजली की तरह उठा और दरवाजे से परदा हटाने के लिए आगे बढ़ा। साहब के आते ही मैंने अदब के साथ सलाम किया। वह उस नीम अँधेरे में भी काला चश्मा लगाए था। वह मूलतः काना तो नहीं, मेरे मन में आया; पर मैं चुप ही रह गया।

''हो अब तुम पूरे मजहबी लगते हो।'' वह मुस्कराया। बड़ी कुटिल लगी उसकी मुस्कराहट। उसकी कड़क काफी हल्की पड़ी, ''क्या तुम हज करना चाहते हो?''

इतना सुनते ही मुझे कुछ ऐसा लगा जैसे अंधे के हाथ बटेर लग रही हो जैसे रसूलल्लाह सल्लाह अहले वसल्लम अपने दरबार में मुझे बुला रहे हों। मैंने सिर हिलाकर अपनी स्वीकृति जाहिर की। फिर बोला, ''हुजूर, मुझ जैसे अपाहिज को हज कराने कौन ले जाएगा?''

''इसकी तुम फिक्र न करो। तुम्हारी सारी व्यवस्था करा दी जाएगी।''

मैंने उसका शुक्रिया अदा किया; पर दबी जबान अब्दुल्ला का नाम भी लिया।

''अब्दुल्ला नहीं जा सकेगा,'' उसने छूटते ही कहा, ''बात यह है कि अब काफी देर हो चुकी है। हज कमेटी अब कोई भी नई अर्जी नहीं ले रही है। यों ही जरूरत से ज्यादा लोग हो गए हैं। अब सिर्फ अपाहिजों का कोटा बचा है। और फिर अब्दुल्ला तो हट्टा-कट्टा है, जवान है। वह अगले साल भी जा सकता है। तुम अपना बताओ?''

सारी सुख-सुविधा के बाद भी यहाँ मुझे कुछ विचित्र सा लगा। इसके बाद मैंने हामी भर दी। थोड़ी देर बाद अजहर एक फॉर्म लेकर आया और उसे मैंने एक या दो बार देखा। हर बार उसके चेहरे पर गुस्सा था। हाथ में फॉर्म लिए उसने भरने के लिए मुझसे जानकारी चाही, ''तुम्हारा नाम क्या है?''

बंदूक दिखी। मैंने अपने खिदमतगार से उसकी तफसील बयान करने को कहा। वह ''लँगड़ा हलीम।'' मैंने कहा।

एकदम काँप उठा। अपने मुँह पर उँगली रखते हुए उसने धीरे से कहा, ''मुझसे पूछा, नाम के साथ लँगड़ा लगाना जरूरी है क्या?'' उसने पूछा।

''हुजूर, यह मेरे नाम का एक हिस्सा है।'' मैंने कहा, ''दरअसल मेरा नाम रखे जाने के पहले से ही मेरी पहचान लँगड़ापन बन चुका है।''

वह कुछ बोला नहीं। वल्दियत सकूनत वगैरह पूछकर फॉर्म भरने लगा। फिर दो जगह मेरा अँगूठा लगवाया और चला गया। मैंने अपने खिदमतगार रहमान से कहा, ''सचमुच हमारा मालिक बड़ा नेक इनसान है।''

रहमान ऐसे मुस्कराया जैसे वह कह रहा हो, यह तो वक्त आने पर ही समझ में आएगा। बहुत देर तक वह मुस्कराता रहा। फिर धीरे से आकर मेरे पास बोला, ''म्याँ इसको अभी तुम जानते नहीं हो और न कभी तुम जानने की कोशिश करना। वह पैसे के लिए कुछ भी कर सकता है और करता है। आदमी को फँसाकर उसका खून चूस लेता है। हम सब उसके जाल में फँसे हैं।''

मेरी समझ में कुछ नहीं आया। मैंने बस इतना ही कहा, ''मेरे पास क्या है, जो चूस लेगा?''

''तुम कहते हो न क्या है, पर उसने कुछ जरूर देख लिया होगा। उसकी आँखें शैतान की हैं।'' उसने फिर अपने को सुधारा, आँखें ही क्यों, उसका दिल-दिमाग सबकुछ शैतानी है। आदमी का मुखौटा लगाए वह मुकम्मल शैतान है। इसके बाद अचानक उसकी जुबान बंद हो गई। उसे लगा कि वह कुछ जरूरत से ज्यादा बोल गया।

लँगड़ा हाजी भी कुछ समय के लिए चुप हो गया। फिर बोला, ''मास्टरजी, आपने भी किस घाव पर उँगली रख दी कि वह बहता ही जा रहा है।''

''तो उसे बह जाने दो। जहर को बटोरकर रखने से अच्छा है, उसका बह जाना।'' मैंने कहा।

और वह फिर बोलने लगा, ''उसी दिन शाम को मुझे अजहर ने खबर दी कि मेरी अरजी मंजूर हो गई है। चार मार्च की रात को हमारा जहाज छूटेगा। तब तो पहुँचने में भी दस-पंद्रह दिन लग जाएँगे। अजहर जोर से हँस पड़ा, ''तुम भी बड़े सीधे आदमी हो। दुनिया से दूर, अपनी ही दुनिया में रहनेवाले। मियाँ पानी के जहाज से नहीं, हवाई जहाज से चलना है।''

''तब तो बड़ा पैसा लगेगा!'' मैंने कहा, ''पर पानी के जहाज से क्यों नहीं चलते?''

''अब पानी का जहाज नहीं जाता।'' अजहर ने कहा, ''रह गई पैसे की बात, उसकी फिकर तुम्हें करनी नहीं है।'' इतना कहकर वह चला गया।

मुझे तो लग रहा था कि मेरे चारों ओर फरिश्ते हैं, जिन्हें समझने में रमजान ने कहीं-न-कहीं भूल अवश्य की है। लँगड़ा हाजी कुछ रुका। उसे खाँसी आ गई और गले में जैसे कुछ अटक गया। थूक हलक के नीचे उतारते हुए वह फिर चालू हो गया, दूसरे दिन सवेरे मालिक फिर आ धमका। उसके दाहिने हाथ में एक बड़ा हंटर था। काले चश्मे के भीतर से भी आँखों की लाली दिखाई दे रही थी, जैसे वह किसी को मारकर आ रहा हो या मारने जा रहा हो।

उसे देखकर मेरे होश उड़ गए। उसने इशारा किया और रहमान भी मेरे पास से हट गया। अब वह था और बीच-बीच में नागिन की तरह बल खाता हुआ उसका हंटर। उसने बड़ी रुक्षता से कहा, ''यह तो तुम्हें खबर लग गई होगी कि तुम हज करने जा रहे हो। उसका सारा खर्च मेरे एकाउंट से दिया जाएगा और तुम जो कुछ कमाओगे उसपर मेरा अधिकार होगा।'' उसने हंटर जमीन पर पटकते हुए पूछा, ''बोलो, मंजूर है?''

''हाँ मंजूर है,'' मैंने डरते-डरते पूछा, ''पर हमें करना क्या होगा?''

''जो आज तक यहाँ करते रहे।'' उसने कहा, फिर उसकी आवाज और टेढ़ी हुई, ''तुम्हारा कटोरा कहाँ है?''

''वह फेंक दिया गया।'' मैंने कहा।

''खैर, कोई बात नहीं। कटोरा तुम्हें भेज दिया जाएगा। बाकी अजहर आकर समझा देगा।'' इसके बाद वह तेज हवा के झोंके की तरह चला गया। मैं सोच रहा था, बहा दिए जाने के बाद भी कटोरे ने मेरा पीछा नहीं छोड़ा।''

□

सूरज डूब चुका था। अँधेरा बढ़ने लगा था। निरंतर बोलते रहने से लँगड़े हाजी के चेहरे पर थकावट की रेखाएँ उभर आई थीं। उसने कहा, ''मास्टरजी, अब आज यहीं पर किस्सा कोताह कीजिए। कुत्ते की हरकत देखिए, अब वह भी बोर होने लगा है। अब मुझे छुट्टी दीजिए।''

''यह कैसे हो सकता है? अभी चाय पीओ, फिर रात का खाना खाकर जाओ। अरे भाई, अब तुम्हारी जिंदगी की किताब के वरक रह ही कितने गए होंगे? उन्हें भी सुना दो।''

''आपको कैसे मालूम कि अब कुछ ही बाकी रह गए हैं?''

''क्या समझते हो? मैं अफसाना निगार हूँ। अफसाने की चढ़ाई और ढलान से वाकिफ हूँ। फिर सोचता हूँ, यदि एक साथ सुनूँगा तो मेरे मस्तिष्क में बात सिलसिलेवार बैठी रहेगी। कभी उसे कलमबंद करना चाहूँगा तो आसानी होगी।'' ''तो क्या आप मेरी सवानह उमरी (जीवन चरित) लिखेंगे?''

''लँगड़ा हाजी और नहीं तो क्या! मैं व्यर्थ में तुम्हारा दिमाग थोड़े ही चाट रहा हूँ।'' मैंने कहा और वह खुश हो गया।

''मेरी सवानह उमरी कौन पढ़ेगा, मास्टर?''

''जो हारी हुई जिंदगी जीने में विश्वास करते हैं।'' मैंने कहा और उसकी बाँछें फिर खिल गईं। उसने कुत्ते की पीठ थपथपाई और उससे बोला, ''जा, जल्दी ही लौटना।'' फिर उसने मुझसे कहा, ''कुत्ता अपनी हाजत को रोक नहीं पाता। इसने आदमियों की तरह कुदरत पर विजय नहीं पाई है।''

''तुम्हारा कुत्ता तो लाट साहब है, वह चाय पीता नहीं।''

''जी।'' बड़े संकोच के साथ बोला, ''दूध का धोवन और पाव रोटी या रोटी के टुकड़े मिल जाएँगे तो वह खुश हो जाएगा।''

''तुम अपने कुत्ते का बड़ा खयाल रखते हो!'' मैंने कहा।

''क्योंकि यह उससे भी अधिक मेरा खयाल रखता है। यह जिंदगी के हर कदम पर साथ देता है। और अंत समय में जहाँ तक साथ मिल सकता है, निभाएगा।'' इस संदर्भ में उसने किसी से सुनी-सुनाई युधिष्ठिर की कथा सुनाई और बताया, ''जब उनसे दुनिया छूट गई थी, तब अंत समय कुत्ता ही हिमालय पर उनके साथ गया था।''

''पर तुम तो अपने कुत्ते को बंबई भी नहीं ले गए।''

''इसी का तो मैंने फल भोगा।'' इतना कहते-कहते उसने कुत्ते की पीठ पर एक धौल जमाई और बड़ी आत्मीयता से उसकी ओर झुका। कुत्ते ने भी लपककर अपनी

जीभ उसके चेहरे तक पहुँचा दी।

वस्तुत: लँगड़ा हाजी इतना बातूनी नहीं था, जितना इस समय हो गया। असलियत यह है कि किसी ने अब तक उसकी जबान के जेनरेटर को इतना धक्का नहीं मारा था जितना मैंने मारा, फिर जो चलने लगा, चलता ही गया।

इसके बाद अजहर ने आकर मुझे समझाया कि तुम्हें वहाँ वही काम करना पड़ेगा जो तुम यहाँ करते हो। यह भी जान लो कि सऊदी अरब में भीख पर कड़ी मुमानियत है। वहाँ किसी से कुछ माँगना मत। सिर्फ कटोरा उसकी ओर बढ़ाना और वह जो कुछ देता जाए उसे मुझे देते जाना। मैं हर वक्त तुम्हारे साथ रहूँगा।''

इसके बाद अजहर थोड़ा गंभीर हो गया। फिर उसने सकपकाई आँखों से चारों ओर देखा। कहीं कोई सुन तो नहीं रहा है। साफ जाहिर था कि वह कोई खास और गोपनीय बात कहने वाला है। फिर उसने बड़े पोशीदा ढंग से बताया, ''तुम्हारे साथ एक लोहे का पुराना संदूक भी रहेगा। उसपर तुम्हें नजर रखनी पड़ेगी। लेकिन यदि पुलिसवाले या अवांछित व्यक्ति उसके बारे में पूछे तो तुम चुप रहना। कहना कि मुझे नहीं मालूम कि यह किसका है। इसके बारे में मैं कुछ नहीं जानता।''

''पर मालूम कैसे होगा कि कोई व्यक्ति वांछित है या अवांछित?''

''मैं तो तुम्हारे साथ रहूँगा ही। जहाँ तुम्हारा हाथ दबाऊँ, तुम संदूक के बारे में एकदम अनजान बन जाना।''

''मैं चुप रह गया; पर भीतर से जानने की इच्छा जोर मार रही थी। मैंने दबी जबान पूछ ही लिया, ''संदूक में है क्या?''

''इससे तुमसे मतलब? और न इसे जानने की कभी कोशिश करना, वरना उसी समय तुम्हारी मौत का परवाना कट जाएगा।'' मेरे कान खड़े हो गए। मैं समझ गया कि मैं किसी जरायमपेशा गिरोह के जाल में फँस गया हूँ। पर अब कर ही क्या सकता था?

उसके चले जाने के बाद मैंने अपनी शंका रमजान के सामने रखी। वह जैसे काँप उठा। उसने ओठों पर उँगली रखते हुए एकदम चुप रहने को कहा और मेरी बगल में आकर धीरे से कान में बोला, ''यह सब जानने की कोशिश मत करो। जितना तुम जानते हो उतना बहुत है।''

मैंने रमजान से पूछा, ''अब इस जाल से छुटकारा कैसे मिलेगा?''

''जब अल्लाह की इनायत होगी।''

□

रात के ठीक तीन बजे बंबई से हमारा जहाज छूटा।

क्या बताऊँ, मास्टर! जीवन का यह पहला अनुभव था और शायद आखिरी भी, जब मुझे एक पालकीनुमा कुरसी पर बैठाकर, चार आदमियों द्वारा उठाकर जहाज पर

चढ़ाया गया और ले जाकर पीछे एक गद्‍दीदार कुरसी पर बैठा दिया गया। इसके बाद मुझे लानेवाले चले गए।

उनका काम खत्म हुआ। उन्होंने पीछे मुड़कर हमें देखा भी नहीं। इस हवाई जहाज में चार सौ से अधिक ही सीटें होंगी। सभी रिजर्व थीं। सीढ़ी पर कुछ लोग आ गए थे, कुछ आ रहे थे। मैं बैठा तो दिया गया था, पर मुझे डर था कि कहीं हुलक न जाऊँ, तब तक एक निहायत खूबसूरत और जवान औरत आई। मास्टरजी, मैंने इतनी खूबसूरत औरत जिंदगी में कभी देखी नहीं थी। जन्नत की हूर के बारे में सुना था और यह भी सुना था कि वे कभी उतरकर जमीं पर आ जाती हैं। पर इस बारे में कभी सोचा भी नहीं था कि कोई हूर हमारे इस हवाई जहाज में भी आ जाएगी।

"चलिए रसूल के दरबार में पहुँचने के पहले ही हूरों से भेंट हो गई।" मैंने मजाक करते हुए कहा और वह भी जोर से हँस पड़ा।

उसी में से एक मेरे पास आई। उसने कोई ऐसा बटन दबाया कि मेरी कुरसी पीछे की ओर झुक गई। मैं थाली के बैंगन की तरह पीछे हुलक गया। मेरी इस स्थिति पर वह मुस्कराई। ऐसा लगा कि चाँद की सारी चाँदनी मुझपर उडेल दी गई। फिर उसने ही कुरसी से लटकती बेल्ट को मेरे सीने पर बाँधा। मास्टरजी, मैं क्या बताऊँ? ज्यों-ज्यों उसके हाथ मेरे शरीर को छूते थे, मुझे छन्न से लग जाता था। रोंगटे खड़े हो जाते थे। मिट्टी के उस ढूहे की याद आती थी, जिससे बार-बार टकराता हो कोई गुलाब। सबकुछ एक मिनट का ही तो था। पर अब भी जब-जब मैं सोचता हूँ, वे मुलायम हाथ मुझे छूते हुए जान पड़ते हैं।

वह किसी स्वर्गिक सुख में डूबकर ऐसा बयान कर रहा था, जिसे जीया तो उसने क्षण भर ही था, पर जिंदगी भर जिसकी गंध से वह पुलकित होता रहा। उसने बताया, "अजहर भी मेरी सीट के पीछे की सीट पर बैठा था। मैंने झुककर धीरे से पूछा, "वह टुटही संदूक कहाँ है?"

"जहाँ सामान रखा जाता है, उसे वहाँ रखवा दिया गया है। अभी उसकी फिक्र मत करो। तुम्हारा काम जद्दा से शुरू होगा।"

"हम जद्दा कब पहुँचेंगे?" मैंने पूछा तो अजहर से था, पर बगल के आदमी ने जवाब दिया, "सवेरा होते-होते।"

"मैंने सोचा कि दो घंटे का सफर है, फिर क्या सोना। बाद में पता चला कि जद्दा में सवेरा ढाई घंटे बाद होगा। मतलब यह कि हमने समझ लिया कि जब पहुँचूँगा, तभी सवेरा होगा।"

"जब मुरगा बोलेगा, तभी सवेरा होगा!" मैंने कहा और वह खिलखिला उठा।

यह सारा प्रसंग सुनाने में उसे मजा आने लगा था। वह सुनाता जा रहा था,

''वह हूर बराबर मेरे पास आ रही थी। चाय, कॉफी, नाश्ता आदि के लिए मुस्कराकर बड़ी अदा से पूछती थी और मैं हर बार सिर हिलाकर मना कर देता। अजहर समझ गया। इस बार वह अपनी सीट से उठकर मेरे पास और झुककर झुँझलाते हुए बोला, ''अरे बदनसीब, जो इच्छा हो, खाता-पीता चल। इन सबके पैसे टिकट में दे दिए गए हैं।'' फिर वह मुस्कराया और कहा, ''और सुन, ली को देखने या घूरने का भी पैसा टिकट में दे दिया गया है, जितना चाहे और जैसे चाहे इन्हें घूर, पर कभी इन्हें छूना मत।''

''क्यों?''

''इनमें चार सौ चालीस बोल्ट का करेंट होता है।'' अजहर मुस्कराता हुआ चला गया।

अब लँगड़े ने मुझसे पूछा, ''क्यों मास्टरजी, आपने कभी हवाई सफर किया है या नहीं?''

''एक बार किया तो है।''

''तब आप भी खब्तुल हवासी के इस दौर से गुजरे होंगे।''

''गुजरा तो जरूर, पर जो तुम्हें हूर मालूम हो रही थी, वह मुझे उड़नपरी मालूम हुई। वह भी ऐसी, जो राजकुमारों को तोता बनाकर सोने के अपने पिंजरे में रख लिया करती थी। मारे डर के मैंने आँखें बंद कर लीं।''

''आप भी कितने बदनसीब हैं! जब चंदा से चाँदनी बरस रही थी, तब आप लिहाज के कोटर में घुस गए।''

''अब जो समझो।''

वह जैसे अब अपने को रोक नहीं पा रहा था। उसने बताया, अचानक एक एनाउंसमेंट सुनाई पड़ा, ''अब हम समुद्र से ढाई सौ मीटर ऊपर चल रहे हैं।'' मेरे तो होश ही उड़ गए। उसी समय एक बेहूदा खयाल आया कि इस समय यदि पेशाब लग जाए तो क्या करूँगा। जिन्न की सोचते ही जिन्न हाजिर हो गया। अब मुझे सचमुच पेशाब लग गई। मैंने दबाकर बैठ जाने की बहुत कोशिश की; पर ज्यों-ज्यों कोशिश करता रहा, वह और तेज लगती गई।

''मेरी घबराहट बढ़ती गई। या अल्लाह, अब क्या करूँ? अजहर ने समझ लिया कि कोई बात जरूर है। वह तुरंत मेरे पास आया। मैंने उससे कहा, ''यार, जोर की पेशाब लगी है।''

''तो इसमें घबराने की क्या बात है?'' उसने तुरंत पास में खड़ी हूर से अंग्रेजी में कुछ कहा।

''ऑलराइट सर!'' कहकर वह चली गई। थोड़ी देर बाद चार हट्टे-कट्टे जवान

आ गए। वे एक ही तरह की पोशाक में थे। देखने में साहब जैसे लगते थे, पर थे वहाँ के चपरासी। उन्होंने मुझे उठाया। जहाज के एकदम पीछे की तरफ एक छोटे कमरे के भीतर मुझको कर दिया।

"अरे मास्टरजी, मैंने ऐसा पेशाबखाना भी कभी नहीं देखा था। दरवाजे के पास तो उसमें कालीन बिछी हुई थी। उसे देखकर तो पहले मेरी पेशाब ही गायब हो गई। मेरे दाहिनी ओर शीशे से जड़ी एक खिड़की थी। ऐसा लग रहा कि भागते तारों से भरा आकाश शीशे को फाड़कर भीतर चला आएगा।

"मैं बहुत देर तक वही देखता रह गया। तब तक बाहर से दस्तक सुनाई पड़ी। मैं ढुलकता हुआ दरवाजे की ओर बढ़ा। दरवाजा तो खुला ही था। ज्यों ही बाहर आया, वे चारों व्यक्ति मुस्कराते हुए देख रहे थे।"

"क्यों नहीं मुस्कराते? तुम जो आकाश के मुँह पर पेशाब करके आ रहे थे" अब तो उसकी हँसी का घड़ा ही फूट गया। बहुत देर तक खिलखिलाता रहा वह।

जद्दा में जब हवाई जहाज पहुँचा, तो सुबह की नमाज हो रही थी। एक आदमी मेरी टूटी संदूक लेकर मेरे पीछे चला। हवाई अड्डे के दरवाजे पर चेकिंग हो रही थी; पर किसी ने मुझसे न कुछ पूछा और न उस आदमी ने, जो मेरी संदूक लेकर चल रहा था। बल्कि अफसर ने खुद मुझे एक सिपाही के हवाले कर उससे कहा, "इन्हें बस पर चढ़ाने में मदद करो।"

"बस एयरकंडीशंड होती है। जद्दा से मक्का सत्तर-पचहत्तर मील है। वह टुटहा संदूक अब छाया की तरह मेरे पीछे लग गया था। मक्का के बस स्टेशन पर कुछ लोग नामों की लिस्ट लेकर खड़े थे। ये लोग हज कमेटी के थे। उन्होंने अजहर से पूछा, "अब्बास साहब आपका ही नाम है?"

"जी नहीं, वे मेरे मालिक हैं।"

"आप लोग दो आदमी हैं?"

"जी नहीं, जरा गौर से देखिए। हम तीन हैं। एक लँगड़ा हलीम का भी नाम होगा।"

"वह आदमी बड़े गौर से लिस्ट पढ़ने लगा।" "हाँ, हाँ उनका नाम दूसरी लिस्ट में है। वे अपाहिजों के कोटे में आए हैं न?"

"जी।" अजहर कुछ और बोले, इसके पहले ही अब्बास साहब आगे आ गए। "ठीक है, ठीक है। गाड़ी कहाँ है?" उन्होंने कहा और सारी बातें खत्म हो गईं। हम बसों की ओर नहीं बढ़े। कुछ ही मिनटों में एक कार हम लोगों के सामने आ गई। दोनों आदमी गद्दी पर बैठे और हम उनके पैरों के पास। न मुझे बाहर के लोग दिखाई पड़े और न बाहर के लोगों ने मुझे देखा।

गाड़ी से उतरकर फिर अब्बास साहब गायब हो गए। मैंने अजहर से उनके बारे में पूछा। बड़ी बेरुखाई भरा उत्तर मिला, ''तुमसे इससे क्या मतलब? अरे, तुम अपना काम करो, मालिक अपना काम करते होंगे।''

होटल में पहुँचने पर कमरे के भीतर एक कोने में मुझे जगह मिली; पर उस संदूक को भीतर आने की मुमानियत थी। वह वहीं एक बारजे के एक किनारे कूड़े की तरफ फेंक दिया गया। यों तो कहिए मेरी बराबर उसपर नजर थी, वरना होटल में झाड़ू देनेवाला उसे उठाकर ले गया होता।

फिर मैं नहाने-धोने में लग गया। यह गुसलखाना भी काफी अच्छा था, पर हवाई जहाजवाले गुसलखाने की कुछ और ही बात थी।

मैं जब बड़े आराम से नहा-धोकर बाहर निकला, तो तुरंत मेरी निगाह बारजे पर गई। वह टूटा संदूक गायब था। मैं एकदम घबरा गया। मैंने इसके बारे में अजहर से कहा। वह बड़े सामान्य भाव से बोला, ''इसमें तुम्हें घबराने की क्या जरूरत?''

''आखिर वह गया कहाँ?''

''जहाँ उसे जाना था।''

''अगर साहब कुछ कहें तो?''

''तुम एकदम निश्चित रहो, साहब कुछ नहीं कहेंगे।'' उसने कहा। मैं अभी तक कुछ समझ नहीं पाया कि आखिर संदूक का रहस्य क्या है।

अब मेरा काम शुरू हुआ। खाना खाने के बाद मैं मक्का की सड़कों पर ढुलकता हुआ आ जाता था। किसी से कुछ नहीं बोलता। हर आदमी के सामने बस कटोरा बढ़ा देता। चारों ओर से रियाल बरसने लगते। कटोरा भर जाने के बाद हम सड़क से उतरकर किसी टेंट की आड़ में आ जाते। अजहर उसमें से सारे रियाल निकालकर अपने बैग के हवाले करता और कटोरा फिर मेरी जिंदगी की तरह खाली-का-खाली रह जाता।

दिन में कई बार हम ऐसा करते या करना पड़ता था, जबकि वहाँ भीख माँगने की मनाही थी; पर लोगों को खैरात की छूट थी। इसी कानूनी बंदिश की वजह से मैं किसी से कुछ माँगता नहीं था। लोग मेरे जैसे अपाहिज को देखकर दिल खोलकर देते थे। बहुत से लोग धरती पर ढुलकता देखकर तरह-तरह के सवाल करते थे। उनके लिए मेरा वहाँ पहुँच जाना अजूबा था। और जब उन्हें यह पता चलता कि मैं हिंदुस्तान से आया हूँ, तब वे दाँतों तले उँगली दबाते थे। उनके मुँह से सहज ही निकलता, ''एक हिंदुस्तान ही ऐसा देश है, जो ऐसे अपाहिज को हज करा सकता है।''

मैंने उसे टोकते हुए पूछा, ''अच्छा, यह बताओ कि तुम वहाँ रोज कितना इकट्ठा कर लेते थे?''

इसका कोई हिसाब थोड़े ही था। यही समझिए कि दिनभर में अजहर का बैग भर जाता था। कभी-कभी उसे अपनी जेबों का भी इस्तेमाल करना पड़ता। अरे मास्टर, यही समझो कि एक रियाल ग्यारह रुपए का होता है। लाखों रुपए रोज की आमदनी और सब उस शैतान के पास गई। एक और अजीब बात थी। हम लोग चालीस-बयालीस दिन वहाँ रहे। पहले दिन को छोड़कर अब्बास साहब से कभी भेंट नहीं हुई। जाने वे क्या करते थे। हज करने गए थे या कुछ और करने?

"चालीस-बयालीस दिन तुम लोग वहाँ रहे?" मुझे आश्चर्य हुआ।

"जी, इससे कम हज करने में नहीं लगता। ईद के बाद पहली जिकाद से लेकर दसवीं मुहर्रम तक लोग वहाँ रहते हैं।" अब आप ही जोड़ लीजिए कितना वक्त हुआ।

"तब तो तुमने बहुत कमाया, यार!"

"हो चालीस-पचास लाख से कम नहीं कमाया होगा।" पर सब अजहर ले गया।

"चलो, रुपए लेकर उसने तुम्हारे प्राण तो छोड़ दिए।"

"यही मैं भी समझता हूँ।"

"लेकिन वे जो तुम्हारे मालिक अब्बास साहब थे, उन्होंने तुमसे कुछ नहीं कहा?"

"मैंने बताया न, वे फिर मिले ही नहीं। अजहर से पता चला कि साहब हर साल आते हैं। उन्होंने इतनी बार हज किया है कि अब उन्हें किसी तरह के रस्म-रिवाज के पालन की जरूरत नहीं।

"जब जरूरत नहीं तो आने की क्या जरूरत है?" मैंने पूछा तो अजहर की त्योरियाँ चढ़ गईं। उसने मुझे डाँटते हुए कहा, "मैंने तुमसे हजार बार कहा होगा कि मालिक के संबंध में कुछ जानने की कोशिश मत करो। उनकी जब तक इच्छा है, वे चले आते हैं।" मैं चुप हो गया। अब पक्का हो गया कि जरायमपेशा आदमी है और कोई बड़ा धंधा करता है; क्योंकि जिस दिन वह आया था, कुछ शेख लोग उससे मिलने आए थे। उसने हम लोगों को बाहर निकाल दिया। अजहर तो चला गया, पर मैं वह बारजा छोड़कर कहाँ जाता?

भीतर से कुछ आवाजें काफी छनकर बाहर आ रही थीं। मुझे लगा कि वह इशारों से ज्यादा और भाषा से कम काम ले रहे हैं, फिर उनकी भाषा भी मेरी समझ से बाहर थी। वे-शेख और अब्बास साहब साथ ही बाहर निकले तथा मुझे बिना कुछ कहे चले गए।

इसके कुछ देर बाद बुरका ओढ़े एक औरत आई। पहले कमरे में आई, फिर चारों ओर देखा, जैसे कुछ खोज रही हो। पहले एक आलमारी खोली, फिर उसे बंद किया, दूसरी खोली और फिर तीसरी। जब उसे मतलब की चीज नहीं मिली, तब

उसने टेबल की दराज में हाथ डाला। उसमें उसे एक साइज के दो डिब्बे मिले। उसने उन्हें निकाला और बुरके में छिपाकर चलती बनी। उसने यह भी नहीं देखा कि इन डिब्बों में क्या है?

"तुमने उसे टोका नहीं? उससे कुछ पूछा नहीं?"

"मैं काफी डर गया था।" लँगड़ा हाजी बोला, और इतने धड़ल्ले से आई कि मैं उसे देखता रह गया। मेरे मुँह से एक आवाज तक नहीं निकली।

"चलो, बड़ी आसानी से तुम्हें जहमत से छुटकारा मिला।" मैंने कहा।

"अभी क्या मियाँ अभी तो जाल में उलझता ही जा रहा था। यही समझो कि इतने दिन हो गए थे, पर पाँच वक्त की नमाज पढ़ने के अलावा हज की कोई भी रस्म अदा नहीं की थी। न मदीना गया था और न अराफात। अराफात मक्के से सिर्फ नौ किलोमीटर है। वहाँ जाए बिना हज पूरा नहीं होता। इसीलिए हज के लिए जो लोग जाते हैं, उनमें आपस में एक रिश्ता हो जाता है। उन्हें 'अराफाती भाई' कहते हैं।

मैंने एक दिन बड़ी रुखाई से अजहर से कहा था, "इधर साहब से मुलाकात ही नहीं होती।"

"क्या करोगे मुलाकात करके?"

अरे भाई, हिंदुस्तान से मुझे यहाँ हज कराने के लिए लाया गया है। यह तो नहीं हो सकता कि हज की रस्म पूरी किए बिना लौट चलूँ। जब मैं कड़ा पड़ा, तब वह दबा। हम लोग उसी दिन मदीने के लिए चल पड़े। मक्का से मदीना जाने में बस से लगभग आठ घंटे लगते हैं। मैं बस पर बैठाया गया, पर यहाँ भी कटोरे ने मेरा पीछा नहीं छोड़ा। मदीने में भी वही करना पड़ा, जो मक्के में करता रहा। मन में तो आया कि कटोरा उसके मुँह पर दे मारूँ, पर लाचार था।

लँगड़ा बोलता चला जा रहा था, "वहाँ से आने के बाद ही मैं अराफात गया। मैंने अजहर से स्पष्ट कहा कि अब मैं खुदा की इबादत करूँगा, तुम्हारे लिए पैसे नहीं मागूँगा। इतना कहते हुए मैंने बारजे से अपना कटोरा फेंक दिया। नीचे 'झन' से आवाज हुई। लाचारी की एक सीमा पर विद्रोह पैदा होता है। फिर मनुष्य यह नहीं देखता कि मुझे क्या करना चाहिए और क्या नहीं करना चाहिए। मैंने उसके मालिकाने हक को ललकार दिया। वह हक्का-बक्का सा मेरा मुँह देखता रह गया। उसने पहली बार रस्सी को फुफकारते हुए देखा था।"

"जहाँ जाना चाहते हो, जाओ; पर याद रखना, अब से हमारा-तुम्हारा कोई संबंध नहीं।" मुझे लगा कि वह मुझसे पिंड छुड़ाना चाहता था। उसे इसका अवसर मिल गया। इसके बाद फिर मैं उस कमरे में गया। वह मेरी जिंदगी की तरह एकदम खाली-का-खाली था। ऐसा लगा जैसे यहाँ कोई रह ही नहीं रहा हो। मैं कुछ देर तक उस एसी

कमरे में बैठकर शांत होता रहा, सोचता रहा। एक बात याद आ रही थी। उस रेलवे पुलिस की बात कई बार मुझसे टकराई, ''अरे भाई, बंबई तो समंदर है, समंदर। पता नहीं कौन सी लहर आए और तुम लोगों को अलग-अलग कर दे।'' ''फिर एक नई बात मेरे मन में आई, इस कमरे का किराया यदि कोई माँगने आए तो मैं क्या दूँगा?'' कुछ समय के लिए मैं तो घबरा गया। बगल के कमरे वालों को मैंने सारी स्थिति बताई। वे लोग बड़े दयालु थे। बोले, ''खुदा का शुक्र है कि तुम अभी तक जिंदा हो। और शायद इसीलिए जिंदा हो कि तुम अपने मालिक के बारे में कुछ नहीं जानते। यदि तुम जरा भी जानते होते तो अब तक मौत के घाट उतार दिए गए होते।''

फिर मैंने उनसे कमरे के बारे में बातें कीं। मेरी शंका पर वे हँसने लगे। बोले, ''इस कमरे का पूरा किराया हज कमेटी ने तुम्हारे मालिक से हिंदुस्तान में ही ले लिया होगा। तुम जितने दिन चाहो, यहाँ रहो और जब दिल चाहे, छोड़कर चल देना।''

अब मेरी जान-में-जान आई। मैं उन्हीं लोगों के साथ अराफात गया। फिर उन्हीं लोगों ने सफा और मरवा की सैर कराई। वे दो पहाड़ियाँ हैं, उनके सात चक्कर लगाने पड़ते हैं। और अंत में आई शैतान को पत्थर मारने की रस्म। मैदान में शैतान का प्रतीक पत्थरों के ढे जैसा बना है। उसी को लोग पत्थर मारते हैं।''

मुझे हँसी आ गई। मैंने बीच में ही टोका, ''पत्थर को ही पत्थर मारते हैं और समझते हैं कि मैंने शैतान को मारा।''

मैंने सोचा, मेरी इस बात पर वह भी मुस्करा देगा पर मेरा व्यंग्य-बाण उसके सिर के ऊपर से निकल गया। यह तो एक धार्मिक रस्म है। उसे उसी नजर से देखना चाहिए। उसने बड़ी गंभीरता से कहा।

हाँ तो मैं शैतान को पत्थर मारने का जिक्र कर रहा था। लाखों की भीड़ होती है। पर पुलिस का इंतजाम बड़ा अच्छा होता है। जाने और वहाँ से निकलने के अलग-अलग रास्ते हैं। पुलिस हजार-डेढ़ हजार आदमियों को एक बार में छोड़ती है। जब तक वहाँ सिगनल नहीं आता, भीड़ जमा होती रहती है।

अपने कमरे के बगल के अराफाती भाइयों का सहारा लेकर मैं भी गया; पर इस समय तक लाखों आदमियों की भीड़ हो गई थी। हम लोगों ने भीड़ में एक किनारे खड़े रहने का निश्चय किया। अचानक लाखों आदमियों ने एक साथ धक्का मारा और पुलिस घेरा टूट गया। सारा इंतजाम बरबाद हो गया। आदमियों के समंदर में आई तूफानी लहर आगे बढ़ी।

हमारे अराफाती भाइयों में एक चिल्लाया, ''देखो, देखो, भीड़ में तुम्हारा मालिक भी जा रहा है।'' पर मैं 'धरती पकड़' आदमी उसे कैसे देख पाता। फिर भी उन लोगों ने मुझे ऊपर उठाकर दिखाने की कोशिश की। पर मैं ठीक से देख नहीं पाया। मुझे तो

कई चेहरे अब्बास जैसे लग रहे थे। फिर सोचने लगा, उसे इन सारी रस्मों से क्या लेना-देना! वह तो दुबई के शाहों के साथ ऐश कर रहा होगा। इस हड़कंप में चलने की हम लोगों की हिम्मत नहीं हुई। हम अपने कमरों में फिलहाल लौट आए। मेरा खाना-पीना भी इन्हीं लोगों के साथ हुआ। हम आराम कर रहे थे कि एक अजीब सा हंगामा हुआ, शैतान को पत्थर मारने में हजारों इनसान दबकर मर गए।

हम लोग कुछ समझ नहीं पाए कि माजरा क्या है। हल्ला बढ़ता ही गया। हमारे साथी हमें वहीं छोड़कर स्थिति का पता लगाने चले गए।

जो हमने सुना था, बात वही थी। उन्होंने भी यही बताया कि शैतान को पत्थर मारने में हजारों इनसान दबकर मर गए। उन्होंने बड़ा अफसोस जाहिर किया। मैं अभी तक नहीं समझ पाया कि शैतान को पत्थर मारने से आदमी मर गया या शैतान को पत्थर मारने में 'शैतान' मर गया।

लँगड़े हाजी की जिंदगी की किताब में अभी तक इतना ही है।

□

## महात्मा

'आधत्ता, फूँक दे कलकत्ता, बचे न पेड़ू-पालक-पत्ता' का नारा लगाते हुए वह गाँजे की चिलम से कश खींचता है। लगभग एक फुट ऊपर तक लप्पा (लपक) उठता है। फिर ऊपर मुँह करते वह धुआँ उगलता है, तब 'बम शंकर कहते हुए साँस लेता है और तुरंत सिर पर चढ़े नशे के स्वागत में दो-चार क्षण बिता देता है।' 'धधक उठी गाँजे की कली, अब फक-फक रेल चली।' वह चिलम फिर मुँह से लगाकर छोटे-छोटे कश 'फक-फक' खींचता और धुआँ उगलता है। इसके बाद एक लंबा कश खींचकर चिलम दूसरे साथी की ओर बढ़ा देता है।

बिरजू कहता है कि एक चिलम केवल एक की मुँह लगी नहीं होती, वह हरजाई है। कई के मुँह लगती है। इसी से गँजेड़ी, भेड़ और केला कभी अकेले नहीं रहते। थोड़ा ही हो, पर अपने समाज के साथ रहते हैं। जब नशा चटकता है, तब हो सकता है, अकेले ही गाँजा बनाना शुरू किया जाए। पर जहाँ बाएँ हाथ की हथेली पर गीले चूने के साथ गाँजे की 'कली' को मलना शुरू हुआ नहीं कि भगवान भोलेनाथ की कृपा से उसके कुछ भक्त आ ही जाते हैं। यह कोई जरूरी नहीं कि ये आपके परिचित ही हों। अपरिचित भी हो सकते हैं। वे भी प्रसाद पाने के पूरे हकदार।

बिरजू का यह भी कहना है कि गाँजा पीने और पिलानेवालों में कोई भेद नहीं होता और न पीते समय पर किसी अन्य के आ जाने पर बुरा ही मानता है। इसी से अनजाने और अकस्मात आ धमकनेवाले का उतना ही अधिकार होता है, जितना व्यवस्थित रूप से पहले से चिलम की तैयारी करनेवाले का। इसी कारण गाँजा बनते देखकर उसके चाहनेवाले बिना बुलाए चले आते हैं, भले ही इसके लिए उन्हें किसी प्रकार का कष्ट क्यों न उठाना पड़े या अपने किसी जरूरी काम का हरजा ही क्यों न करना पड़े।

इसी सिलसिले में 'महात्मा' ने एक वाक्य बताया, जिसे उसने बिरजू से सुना था। बिरजू का गाँव 'पंचोवर' स्टेशन से करीब तीन मील दूर होगा। गाँव के ठाकुर

बहादुर सिंह पुराने जमींदार और मानिंद आदमी हैं। सुरती खाने का उन्हें शौक है, पर किसी और के हाथ की बनाई सुरती उन्हें पसंद नहीं। उनका कहना था कि जब तक सुरती खूब मली न जाए, इक्कीस चोट न खाए, तब तक दाँत के नीचे दबाने का क्या मजा।…मली सुरती हथेली पर रखकर और दूसरी हथेली से उसे मारने तथा फूँककर उसकी धूल उड़ाने का भी अपना एक अंदाज है।

आसपास के गाँवों में ठाकुर साहब की सुरती की चर्चा थी और जो कोई उनके दरवाजे से गुजरता था, वह उनसे सुरती पाकर अवश्य उपकृत होना चाहता था।

पंचोवर से रेलवे स्टेशन तक जाने के लिए पैदल ही चलना पड़ता था। गाँव में न कोई सड़क थी, न सवारी। बस अजगर की तरह पसरी पगडंडी स्टेशन तक पहुँचती थी। वह भी कहीं दो फीट और कहीं तीन फीट चौड़ी थी। जब कभी ठाकुर साहब को स्टेशन जाना होता था तो वे अपनी 'लतमरुई' घोड़ी का सहारा लेते थे, वरना सुरती मलते हुए पैदल ही चल पड़ते थे।

गरमी के दिन थे। एक दिन सवेरे की छह बजेवाली गाड़ी पकड़ने के लिए वे बगल में सोटा दबाए हुए सुरती मलते चले जा रहे थे। पीछे-पीछे दो-तीन नौकर सामान सिर पर उठाए चल रहे थे।

जब वे दूसरे गाँव से गुजर रहे थे तो मैदान होकर आ रहे एक व्यक्ति की नजर उनपर पड़ी। उसने न हाथ धोया और न लोटा माँजा, बस वैसे ही दौड़ा हुआ आया और उनके पीछे हो लिया। पहले तो न ठाकुर साहब का और न उनके पीछे चल रहे चाकरों का उसपर ध्यान गया। सोचा, होगा कोई और अपने गाँव के करीब आते ही अपना रास्ता पकड़ लेगा।

ठाकुर साहब सुरती मलते, हथेली ठोकते अपने सुर में चले जा रहे थे। जब स्टेशन करीब आया तब भी उस नवागंतुक ने पीछा नहीं छोड़ा, तब ठाकुर साहब ने स्वयं पूछा, "क्या बात है, भाई, काहे पीछे लगल हौउव?"

"सोचत हई कि जब आप गाँजा क दम लगइ हैं, तब एक फूँक हमहू के मिल जाई।" बड़े सहज भाव से वह बोला। उसने सोचा था कि ठाकुर साहब गाँजा बना रहे हैं।

उसकी गलतफहमी पर ठाकुर साहब और उनके नौकर हँस पड़े। वह लजा गया। तब ठाकुर साहब को दया आ गई। उन्होंने अपने नौकरों को कह दिया कि स्टेशन पर चलकर गाँजा खरीदकर इसे पिला देना।

इसके बाद 'महात्मा' बड़े भाव से बोला, "देखा, गाँजे का नशा ऐसा होता है।"

□

बिरजू दरजी है। अपने पेशे की तरह गाँजे की लत भी पुश्तैनी है। उसका बाप भी गाँजा पीता था। कहते हैं, बाप की चिलम चढ़ाते-चढ़ाते खुद गाँजा ही उसपर चढ़ बैठा

और काम के एक आदमी को चिलम का गुलाम बना दिया। उसकी जिंदगी भी अपने बाप के ढर्रे पर चल पड़ी।

बाप की तरह वह भी कुरता-पैजामा सीने का 'इस्पर्ट' माना जाता है। यों वह सदरी भी सिलता है, पर सदरी के मामले में वह ग्राहकों को बहुत संतुष्ट कर नहीं पाता।

आधुनिकता से कोसों दूर, जंगल की पुरानी पगडंडी की तरह उसकी जिंदगी भी बीते जमाने का एक नमूना है। आशापुर से सारनाथ जाते समय चौराहे से थोड़ी दूर पर, बाईं ओर एक गली जाती है। इसी गली के अगले मोड़ पर उसकी दुकान है, खपरैल से छाई हुई। मिट्टी की दीवार और वह भी इतनी पुरानी कि सड़क से गुजरती बारात में जब आतिशबाजी का बम फूटता है, तब उन दीवारों से भरभराती हुई मिट्टी का धुआँ उड़ता। फिर भी उसकी जिंदगी बेपर्द नहीं है। उसी दुकान के पीछे वैसी ही एक कोठरी और है। उसमें उसका खाना बनता है। उसी में एक औरत रहती है, जिसकी उम्र बिरजू की उम्र से लगभग आधी होगी। वह उसकी औरत है या कोई और इसे मैं नहीं जानता।

बिरजू से मेरा परिचय महात्मा ने कराया था, वह भी सिल्क के एक कुरते की सिलाई के सिलसिले में। उसका कहना था कि इस समय इस शहर में उसका कोई सानी नहीं है। बस, आप चलकर अपना नाप दे दीजिए। बाकी सब मैं कर लूँगा।

"जब नाप मैं दे दूँगा तो तुम्हें क्या करना रह जाएगा?" मैंने कहा।

'तगादा।' उसने मुस्कराते हुए कहा, "यह तो कहावत ही है कि नाई, धोबी और दरजी, ये तीन जाति अलगरजी।" और बिरजू अलगरजियो में भी ज्यादा अलगरजी है। वह एक दिन में दो कुरते से अधिक नहीं सिल पाता। अधिकतर सिलाई तो हाथ से ही करता है। पहले तो वह अपने सामर्थ्य से ज्यादा सिलने के लिए लेता ही नहीं और जब ले लेता है तो दे नहीं पाता।

"फिर ऐसे आदमी को कुरता सिलने के लिए देने से क्या फायदा?"

तभी मालूम होगा, जब उसका बनाया कुरता आपके बदन पर आएगा। कहा, मैं समझ नहीं पाया कि वह किस ओर संकेत कर रहा है!

"वह अद्‌भुत आदमी है। और आप लोगों को तो कहानियों की तलाश रहती है।" वह मुस्कराया।

"मुझे नहीं रहती," मैंने कहा, " तुम मुझे ऐसी स्थिति में डालना चाहते हो कि अब मुझे कुरते की ही तलाश रहेगी।"

"यदि काँच की खोज में हीरा मिल जाए तो क्या आप उसे छोड़ देंगे?" मैं कुछ बोला नहीं, पर मन कह रहा था कि मैं ऐसा भाग्यशाली नहीं।

फिर भी यह निश्चय हो गया कि महात्मा मेरे यहाँ आएगा और कल बिरजू के यहाँ कुरता नपवाने ले चलेगा।

अब महात्मा की कैफियत सुनिए।

महात्मा की वल्दियत समूनत से मैं बिल्कुल वाकिफ नहीं। न कभी मैंने इसकी जानकारी चाही और न कभी किसी ने कुछ मुझे उसके बारे में ही बताया। बस इतना ही जानता हूँ कि वह बिरजू मास्टर की दुकान की ही तरफ किसी गाँव में रहता है। अपने बाप-दादों के समय की पुरानी रेले साइकिल ही इसकी संगिनी है। उसकी तार-तार हुई जिंदगी अब महात्मा का बोझा ढोती है। जाड़े में दस बजते-बजते और गरमियों में सवेरे आठ के करीब अपनी वास्तविक जीवनसंगिनी को छोड़कर स्वयं को इस जीवनसंगिनी के हवाले कर देता है, फिर शहर में आकर जिस सड़क को पकड़ लेता है, उसकी अपनी हो जाती है। इधर लहुराबीर और उधर मैदागिन से अस्सी तक, हर चाय की दुकान पर नजर गड़ाए चलता है। जहाँ उसके दोस्त बैठे मिल गए, वहीं झंडा जमा देता है और जिस तरह बात चलती रहती है, उसकी बुद्धि उसी में टाँग अड़ा देती है, चाहे पंचायत से लेकर दिल्ली की राजनीति हो, चाहे भारतेंदु से लेकर आज तक की काशी की साहित्यिक गतिविधि हो या भाँड, गौनहारिनों और वेश्याओं के जीवन का संदर्भ हो।

'महात्मा' शब्द में, जो बुजुर्गियत है, दाढ़ी-मूँछोंवाला गंभीर चेहरा है, अनुभव के बोझ से दबी आँखें हैं और जीवन की सहजता है उसमें ऐसा कुछ नहीं है, बल्कि इसके विपरीत दिन-दिन पर चायखाने में अड्डेबाजी करता, कभी इस राजनीतिक पार्टी और कभी उस पार्टी के झंडे तले बेपेंदी के लोटे की तरह डुलकता उसका व्यक्तित्व है, जो हरेक की सेवा के लिए सदा तत्पर दीखता है। यदि उसे चाय और जलपान कराते रहिए तो आपका पीछा न छोड़े। फिर भी वह यह कहता रहेगा कि अभी उसके यहाँ काम से जाना है, आज फलाने ने बुलाया था और अभी तक जा नहीं पाया। जैसे सारे जहाँ का बोझ उसी के सिर पर है। एकदम 'भारत व्याकुल'।

महात्मा, गांधी, पुजारी, जो जिसकी जबान पर चढ़ गया उसी नाम से वह उसे पुकारने लगा। इन्हीं संबोधनों में उसका वास्तविक नाम खो गया। उसे खोजने की भी किसी ने जरूरत नहीं समझी। बस नकली सिक्का चलने लगा और असली 'काल-पात्र' में गड़ गया।

महात्मा से मेरी पहली मुलाकात शहीद उद्यान के 'सोनू कॉफी कॉर्नर' में हुई थी। मैं उस उद्यान में शाम को टहलने जाया करता था और ये 'हजरत' वहीं एक दिन उसी 'कॉफी कॉर्नर' में एक कप कॉफी पर अपनी छोटी सी गोल के साथ बहस करता मिल गया था। फिर मेरे एक मित्र के साथ मेरे घर भी पधारे। अब क्या था, डाइन ने दरवाजा देख लिया। उसका नित्य का आना-जाना हो गया। पर आज तक उसने मुझसे कभी कुछ माँगा नहीं। जो भी मैंने स्वागत में हाजिर किया, उसे उसने खुशी-खुशी अपनी

'हलक' के नीचे उतार दिया। मेरे घरवालों की दृष्टि में वह निष्काम कर्म में विश्वास करनेवाला 'महात्मा' नहीं था, पर निठल्ला महात्मा अवश्य था।

□

उस दिन जब वह मुझे लेकर बिरजू के यहाँ गया तो वहाँ चिलम दगी थी और एक के बाद दूसरे हाथ में जा रही थी।

हम लोगों को देखते ही उसने चिलम 'महात्मा' के सामने भी बढ़ा दी। महात्मा ने उसे निस्संकोच भाव से ग्रहण किया और बाकायदा गीले लत्ते से लिपटी चिलम को दोनों हाथों के बीच दबाकर, बाबा भोलेनाथ का स्मरण करते हुए उसने दम लगाया और मामूली धुआँ उगलते हुए बोला, "मास्टर अब ई बेदम हो गइल हौ।"

"फिर बैठिए दूसरी तैयार करता हूँ।" मास्टर मुस्कराते हुए बोला।

इसके बाद बिरजू से महात्मा ने मेरा परिचय कराया और आने का कारण बताया।

"तो कुरता सिल्क का है!" उसने बड़ी गंभीरता से कहा। फिर सोचने लगा, ऐसा लगा जैसे उसके सिर पर एक बोझ पड़ गया।

"और पैजामा भी!" महात्मा बोला।

"अरे, पैजामा तो सूती ही होगा, कहीं सिल्क का पैजामा पहना जाता है!" महात्मा बोला।

मास्टर एकदम भड़क उठा, "इसी तरह की उलटी-सीधी बात आप करते हैं। पहले समझाकर कोई बात करेंगे नहीं और न समझाकर कपड़ा देंगे। फिर जब बात बिगड़ जाएगी तो उलटे हमारी गलती निकालेंगे।"

मास्टर किस संदर्भ में यह कह रहा था, इसे तो महात्मा ही जाने, क्योंकि उसने जवाब में कहा, "मैंने तो आपको समझाकर दिया था, आप मानने को तैयार नहीं। खैर, जो बीत गई वह बात गई। तो आपको समझा रहा हूँ कि यह सिल्क है कुरते का कपड़ा, और यह है पैजामे का कपड़ा। इसे अच्छी तरह देख लीजिए और समझ लीजिए। और आपको फुरसत हो तो सिल दीजिए।" फिर महात्मा ने मेरी ओर इशारा करके कहा, "ये मामूली आदमी नहीं हैं।" इसके बाद उसने मेरी प्रशंसा में एक संक्षिप्त भाषण दे डाला और कहा, "यह आपका सौभाग्य है कि मेरे कहने पर ये यहाँ तक चले आए हैं, वरना इन्हें दर्जियों की कमी नहीं है।"

"अरे यार, तुम तो नाराज हो गए।" मास्टर बोला। फिर उसने मेरी ओर देखा और कहा, "सचमुच यह मेरा सौभाग्य है कि आप हमारे यहाँ पधारे, वरना आप जैसे लोग इधर झाँकते भी नहीं।" इसके बाद उसने नाप लिया। उसके नाप लेने का ढंग और दर्जियों से भिन्न था।

"अब बताइए आप सिलकर देंगे कब तक?" महात्मा ने पूछा, "समझकर

बताइएगा, बल्कि दो-चार दिनों का समय और ले लीजिएगा, जिससे आने के बाद फिर लौटना न पड़े।''

''ऐसा कैसे होगा?'' उसने कहा, ''एक बार आने के बाद इन्हें फिर दुबारा आना नहीं पड़ेगा।''

''इसका मतलब यह तो नहीं कि ऐसा बना दो कि ये फिर कभी आएँ ही नहीं?'' वहाँ बैठे सभी लोग हँस पड़े।

''ऐसा लगता है, आज गांधीजी का मूड ठीक है नहीं।'' मास्टर मुस्कराते हुए बोला। फिर उसने भीतर आवाज लगाई, ''चंपवा! देख, कोई और पुड़िया है?'' बीस-इक्कीस बरस की एक नवयौवना भीतर से आई। शायद वह लहँगा-ब्लाउज ही पहने कुछ कर रही थी। आते समय जल्दी में ऊपर से एक फटा सा गमछा डाल लिया था। उससे वह जो छिपाना चाहती थी वह छिप नहीं पा रहा था। वह उसे बस बेपरदा न होने का महज एहसास दिला रहा था।

पहली ही निगाह में मुझे लगा कि इसे तो मैंने कहीं देखा है और वह भी मुझे देखकर एकदम सकपका सी गई।

''इनको जानती हो न?'' वह सकुचाते हुए बड़े विचित्र ढंग से मुस्कराई, जैसे वह बहुत पहले से जानती हो। फिर भी मास्टर परिचय दिए जा रहा था, ''ये गांधीजी हैं। पुड़िया ले आई?''

''मुझे मिली नहीं।''

''अरे, ढबरीवाले आले पर रखी होगी।''

युवती भीतर चली गई।

फिर मास्टर मेरी ओर मुखातिब होकर बोला, ''आप क्या ग्रहण करेंगे?'' ''कुछ नहीं! मैं तो अभी-अभी खाकर ही चला आ रहा हूँ।'' मैंने कहा और महात्मा को छोड़कर चलने को हुआ। उन लोगों ने बहुत रोकने की चेष्टा की, पर मैं क्षमा माँगकर जो चला, सो चल पड़ा। क्योंकि मुझे ऐसा लग रहा था कि मैं एक ऐसा पुरजा हूँ, जो इस मशीन में फिट नहीं हो पा रहा हूँ।

□

दो-तीन दिनों तक फिर महात्मा दिखाई नहीं दिया। एक दिन वह सुबह-सुबह आया।

''क्या करूँ, श्मशान से आ रहा हूँ।''

''तुम श्मशान जाकर भी लौट आए!'' उसने मेरा व्यंग्य नहीं समझा, तब मैंने उससे कहा, ''तुम महात्मा हो या महात्मा के प्रेत?''

''ओ! अब समझा।'' उसने हँसते हुए कहा, ''मैं खुद नहीं गया था, दूसरों को

पहुँचाने गया था। मेरे गाँव के ही एक सज्जन की मौत हो गई थी।'' फिर उसने उस व्यक्ति के बारे में विस्तार से बताना आरंभ किया कि वे कब से हमारे गाँव के वासी थे, विभाजन के समय कैसे पंजाब से भागकर तनहा हिंदुस्तान आए थे, कैसे वहाँ उनका पूरा परिवार मार डाला गया था? फिर किस कदर मेहनत करके यहाँ उन्होंने अपनी नई दुनिया बसाई? आज उनके बच्चे देश-विदेश में कहाँ-कहाँ हैं और क्या करते हैं? वे मुझे कितना मानते थे और गाँव का कितना खयाल रखते थे! सबके दु:ख-दर्द में शरीक होते थे। उनके मरने पर गाँव कैसे बिलख रहा है। आदि-आदि।

उसकी बातों से ही मालूम हुआ कि जब वे मरे, तब उनके घर में उनकी एक विधवा लड़की घर थी। दो लड़के सिंगापुर में अपने परिवारों के साथ रहते हैं। सबसे छोटा लड़का मुंबई में था। उसी के आने की प्रतीक्षा में लाश पड़ी रही। कल शाम को सात-आठ बजे के करीब वह आया, तब हम तुरंत लाश को लेकर चल पड़े; क्योंकि अब उसे अधिक रखना ठीक नहीं था। लाश से गंध आने लगी थी।

यह भी पता चला कि गाँववाले गाँव चले गए। ये हजरत सीधे मेरे यहाँ पधारे हैं। मैं मन-ही-मन सोचने लगा कि कैसा अजीब आदमी है? शौच-अशौच का कोई विचार नहीं। घाट से सीधे घर में घुस आया। यदि दरवाजे पर ही बता देता तो मैं इसके पैर तो धुला देता। अब यहाँ चाय पीएगा, जलपान करेगा। इससे तो यही अच्छा था कि यह न बताता कि वह कहाँ से आ रहा है।

मेरी गंभीरता ने कुछ समय तक मौन क्षण बिताए।

''लगता है, आप कुछ सोचने लगे।'' वह बोला। उसने अपनी समझ के अनुसार अनुमान लगाया कि शायद जीवन और मृत्यु के बारे में सोच रहे हैं।

''अरे, इसमें सोचना क्या है? जिसने जन्म लिया है वह मरेगा ही। कोई अमर होकर तो यहाँ आया नहीं है!'' इस विषय पर वह एक संक्षिप्त दार्शनिक भाषण दे गया।

''मैं सोच रहा हूँ कि लोग आपको 'गांधीजी' कहते हैं और आप गाँजा पीते हैं!''

''इससे क्या? लोग मुझे महात्मा भी तो कहते हैं। साधु-महात्मा तो गाँजा पीते ही हैं। यदि गाँजा न पीएँ तो वे न धूनी रमा सकते हैं और न ध्यान लगा सकते हैं। उसने हँसते हुए बड़े बाजारू ढंग से कहा, और गाँजा तो राजा लोग पीते हैं, गांधीजी राजा थोड़े ही थे। फिर वह गँजेड़ियों का पिटा-पिटाया नारा दुहराने लगा, ''गाँजा पिए राजा, तंबाकू खाए चोर। चुटकी भर मुँह में दबा के थूके चारों ओर।'' अंत में उसकी बकवास और निचले स्तर पर उतर आई, ''अगर गांधीजी भी काशी में पैदा हुए होते तो बाबा विश्वनाथ का प्रसाद गाँजा जरूर पीते।''

इतना सुनना था कि मैं भभक उठा, ''अब आप अपनी सीमा से बाहर जा रहे हैं। सूरज पर थूकने के पहले आप अपनी औकात देखिए!'' क्रोध की चरम सीमा पर मेरे

शब्द लड़खड़ाने लगते हैं। इस समय मैं बोल तो नहीं पाया, पर मेरी रगों में खून बड़ी तेजी से दौड़ रहा था।

"आप तो नाराज हो गए।" मुस्कराते हुए उसने मुझे हल्का करने की नीयत से ही कहा, "मैंने तो अपनी औकात दिखा दी। एक गँजेड़ी आदमी गांधीजी के बारे में इससे अधिक और क्या सोच सकता है?"

क्षण भर में मेरा क्रोध शांत हो गया। मैंने मुस्कराते हुए कहा, "तुम सचमुच महात्मा हो; किंतु एक महात्मा गँजेड़ी हो सकता है, पर इतना व्यावहारिक नहीं होता।"

"व्यावहारिक तो मुझे आप जैसों की सोहबत ने बना दिया।" उसने कहा, "दिन भर तो आप जैसे लोगों से ही मिलता रहता हूँ। जो मिला उसी को खुशी- खुशी ग्रहण किया, चाहे भोज्य पदार्थ हो या गाँजा-भाँग जैसा पेय हो।" "इसके अतिरिक्त भी तो और कुछ मिल सकता है!" मैंने व्यंग्य करते हुए कहा।

"मिलता ही है। कभी-कभी जूते भी खाने को मिलते हैं। मैं उसे भी सहर्ष स्वीकार करता हूँ।" वह बड़े सहज भाव से सिर झुकाते हुए बोला, "आखिर यह सिर थोड़े ऐसे ही गंजा हुआ है।"

आज पहली बार महात्मा कुछ विशेष दिखाई दिया। अद्‌भुत है, उसके सामने कोई विधि निषेध नहीं, कोई वर्जना नहीं। सबकुछ स्वीकार। और हर स्थिति में एक जैसा। वह मुझे उस पिंडी की तरह लगा, जिसपर गंगाजल चढ़ाओ तो वैसी-की-वैसी। दूध चढ़ाओ तो वैसी-की-वैसी और गोमूत्र चढ़ाओ तो भी वैसी-की-वैसी।

□

शहीद उद्यान। वसंत ऋतु की सुहानी संध्या! फूलों, पौधों से खेलती हवा सुगंध के बोझ और थकावट से चूर। धीमी-धीमी।

मैं 'सोनू कॉफी कॉर्नर' के बाहर उद्यान की ओर बैठकर कॉफी पी रहा था। अचानक सामने से आता महात्मा दिखाई दिया। शायद वह इस समय मुझे खोजने ही उद्यान में चला आया था।

उसने नमस्कार किया और कॉफी के लिए ऑर्डर देते हुए भीतर आवाज लगाई, "साहब के लिए एक कॉफी और ले आओ।" फिर प्लास्टिक का स्टूल खींचकर मेरे ही सामने बैठ गया। बात शुरू करते हुए बोला, "बड़ी अच्छी जगह आपने चुनी है। आजकल बगीचा भी अपने शबाब पर है। इतने भले लोग यहाँ टहलते हैं। फिर भी जहाँ आप बैठे हैं, वहाँ बनारसी निछद्‌दम का मजा है।"

मैं कुछ बोला नहीं, केवल मुस्कराता रहा। तब तक उसकी कॉफी भी आ चुकी थी। उसने पहली चुस्की ली और लगा उसकी तारीफ करने, "वाह! क्या कॉफी बनाई है! मैंने अपने जीवन में इतनी अच्छी कॉफी कभी नहीं पी थी।" इसी बीच मुझे याद

आया। मैंने उससे पूछ ही लिया, ''अरे भाई, तुम अपने दोस्त बिरजू के यहाँ गए थे? उसने कल की ही तारीख कुरता देने की निश्चित की थी।''

''मैं कल ही गया था, पर अभी आपका कुरता सिला नहीं है। वह सिल रहा था। हाथ से सिलने में देर तो लगती ही है।''

''वह हाथ से भी सिलता है?'' मैंने साश्चर्य पूछा।

''वह नहीं सिलेगा तो कौन सिलेगा?''

''मैंने सोचा, भीतर से जो युवती आई थी, हाथ का काम वह करती होगी।'' ''वह भला कपड़ा सिलेगी!'' महात्मा बड़े भद्दे ढंग से मुस्कराया, ''आपने उसकी अदा नहीं देखी? उसकी आँखों में नहीं झाँका?''

''यही करने तुम मुझे वहाँ ले गए थे?'' मैंने कहा।

''ले तो गया था वही कराने।'' वह लगभग भुनभुनाने के स्तर पर बोला। फिर उसने कहा, ''मुझे क्या मालूम था कि आपका सारा ध्यान अपने कुरते में लगा रहेगा।''

''बड़े विचित्र आदमी हो जी।'' मैंने मन-ही-मन कहा और उसके बारे में सोचते हुए उसपर आँखें गड़ाए मौन रहा।

''लगता है, आप कुछ सोचने लगे।''

''सोच नहीं रहा हूँ, बल्कि खादी में लिपटे एक व्यक्तित्व को समझने की चेष्टा कर रहा हूँ।''

''समझने की चेष्टा कर रहे हैं?...अच्छा।'' तब तक उद्यान में टहलनेवालों के बीच से एक आवाज रबड़ की गेंद की तरह उछलती चली आई, ''अरे, महात्माजी, आप यहाँ?'' फिर वह हमारी ओर बिना बुलाए चल पड़ा और आकर निकट के खाली स्टूल को खींचकर बैठ गया।

महात्मा ने तुरंत एक कॉफी का ऑर्डर दे दिया। फिर उसने उससे मेरा परिचय कराया, सबकुछ इतनी आत्मीयता और विश्वास के साथ कि ऐसा लगा जैसे वह यहाँ मुझे काफी पिलाने ले आया हो। मेरे मन में पुराना मुहावरा कौंधा, ''आन का आटा, आन का घी, भोग लगाएँ बाबाजी।''

मैं गंभीरतापूर्वक यह सब देखता रहा। महात्मा को मेरी मन:स्थिति का आभास भी लगा, पर उसपर कोई प्रभाव नहीं पड़ा। वह सहज भाव से अपने मित्र से मेरे बारे में बताता रहा।

''कहिए गांधीजी, आजकल आप पार्टी की मीटिंगों में नहीं आते? चुनाव सिर पर है।'' उस नवागंतुक ने कहा, ''यदि ऐसे कर्मठ कार्यकर्ता उदासीन रहे तो क्या हश्र होगा आपकी पार्टी के भविष्य का?''

''आप क्यों घबराते हैं? मैं मीटिंगों में आऊँ या न आऊँ, कोई फर्क नहीं पड़ता।

अरे, दिन भर तो आपकी ही पार्टी का काम करता हूँ। पार्टी की कनवैसिंग के फेर में कितना खर्च कर देता हूँ? किसी से एक पैसा तो लेता नहीं। फिर आपने इस क्षेत्र का दफ्तर भी महमूदगंज में बनाया है। कहाँ मेरा घर और कहाँ दफ्तर। एक तीर घाट तो दूसरा मीर घाट। वहाँ तक पहुँचने में भी समय और पैसे की बरबादी। इसी से बस अपने काम से काम रखता हूँ। मीटिंगों में व्यर्थ की उपस्थिति दर्ज कराना मैं उचित नहीं समझता। बेकार का खून लगाकर शहीद बनने से क्या फायदा।''' और जब वक्त आएगा तो मैं पार्टी के लिए शहीद बनकर भी दिखाऊँगा।''

''राम-राम! शहीद होने की बात आप स्वप्न में भी मत सोचिए।'' उस व्यक्ति ने कहा, ''आप जैसे लोग यदि शहीद हो जाएँगे तो शहर में पार्टी का बेड़ा ही गर्क हो जाएगा। ऑर्गेनाइजेशन चौपट हो जाएगा।'''आपके शहीद होने पर पार्टी का ही नहीं, देश का भी बड़ा नुकसान होगा।'' अंतिम वाक्य कहते-कहते उसकी मुद्रा बड़ी व्यंग्यात्मक हो गई थी और वह बराबर मुस्करा रहा था। साफ जाहिर था कि वह उसे मूर्ख बना रहा है।

पर महात्मा-तो-महात्मा था, वह अविचलित भाव से सब सुनता रहा। अपना विश्वास जताने के लिए उसने फिर बोलना शुरू किया, ''मैं इसपर कभी खयाल नहीं करता कि कोई मेरे बारे में क्या सोचता है और क्या कहता है। इससे फायदा भी क्या है? मेरा संकल्प है ईमानदारी से काम करना।''

अब उस व्यक्ति की कॉफी खत्म हो चुकी थी। वह एक झटके से उठा और बोला, ''अच्छा गांधीजी, अब चलता हूँ।''

''आप जा रहे हैं, जाइए। इस समय आपको रोकना पार्टी का नुकसान करना है।'' ज्यों ही वह चलने को हुआ तो महात्मा उसे रोकते हुए बोला, ''आप राय साहब को मेरी भावनाओं से अवगत करा दीजिएगा कि मैं उनसे मिलूँ या न मिलूँ पर काम उन्हीं का कर रहा हूँ। मैंने अपनी ओर से बीस हजार वोट दिलाने का वादा किया है और दिलाकर रहूँगा।''

''पर आप एक बार दफ्तर में तो आइए।'' चलते-चलते उस व्यक्ति ने कहा, ''आपको कितने और झंडे-बैनरों की आवश्यकता पड़ेगी, क्या खर्चा-वर्चा पड़ेगा? उसका कुछ हिसाब-किताब तो करा दिया जाए। आखिर आप अपनी जेब से कब तक खर्च करते रहिएगा?''

''जब तक जेब में रहेगा।'' महात्मा हँसा। दूसरे ही क्षण वह अपनी सामान्य स्थिति में आ गया और गंभीर हो बोला, ''हाँ, इन सबके लिए तो आना ही पड़ेगा।''

□

आज महात्मा दिन में तीन बजे के करीब मेरे सिले कपड़े लेकर आ गया। यह

समय मेरे सोने का था। जब उसे सूचना मिली कि मैं सो रहा हूँ, तब वह भी बैठक खोलकर सोफा पर फैल गया, पर महराजिन से माँगकर जलपान करने से नहीं चूका। जब मैं सोकर उठा और बैठक में आया, तब वह खर्राटे भर रहा था। मैं चुपचाप दूसरे सोफे पर बैठ गया। काफी देर तक बैठा रहा। वहीं जब मेरी चाय आई और टेबल पर रखी गई, तब उसकी नींद टूटी। यह नहीं कह सकता कि प्याली के रखने की आवाज या चाय की गंध से वह होश में आया और उठ बैठा।

बिना भूमिका के उसने अपना भाषण मुझे पिलाना आरंभ किया, "जब मैं आया तो आप सोए हुए थे। दिन में सोना नहीं चाहिए। इससे आलस्य बढ़ता है, मोटापा बढ़ता है। आयुर्वेद के अनुसार खाना खाकर सोने से वायु कुपित होती है और शाम को आदमी कुछ करने लायक नहीं रहता।"

मुझे मौन, प्रतिक्रियाशून्य देखकर वह समझ गया कि मेरा सारा उपदेश इनके सिर के ऊपर से निकला जा रहा है। जब उसने बिना उपसंहार के अपना भाषण बंद किया और बोला, "आपके सिले कपड़े लेकर आया हूँ, जरा कुरते को बदन पर डालकर देखें।"

"देखूँगा।" कहकर मैंने उसकी सिलाई पूछी।

"पहले इसकी फिटिंग तो देखी जाए, फिर सिलाई पर बातें की जाएँ।" गंजी तो मैं पहने ही था। उसी पर कुरता निकालकर पहन लिया। सचमुच कुरता अच्छा सिला था। उसकी फिटिंग भी अच्छी थी। महात्मा ने उसकी सिलाई की तारीफ का पुल अब बाँधना शुरू किया, "वाह, क्या शरीर पर आया है।...भई कोई कुछ भी कहे, पर कपड़े की जान है सिलाई। खराब-से-खराब कपड़ा भी यदि अच्छा सिला हो तो शरीर की रौनक बढ़ती है और कपड़े की।...और यदि कपड़ा अच्छा हो, सिलाई अच्छी हो और आप जैसा शरीर उसे पहनने को मिल जाए तो कहना ही क्या।...अच्छा, अब आप पैजामा भी देख लीजिए।"

"पैजामे में क्या धरा है?

"अरे, आप उसे देख तो लीजिए।" महात्मा ने फिर जोर दिया, "यह बिरजू मास्टर भी एकदम 'हजरत' है, हजरत! अल्लाह ने उसे भी क्या खब्ती बनाया है! पता नहीं, उसने पैजामा सिलने में क्या गुल खिलाया हो!"

मैंने सोचा, यह भी क्या आदमी है! जिसने कुरता इतना अच्छा सिला हो, उसने पैजामा तो ठीक-ठाक सिला ही होगा। फिर भी मैंने पैजामा निकालकर ऊपर से देख लिया, पर पहना नहीं।

"अब मुझे संतोष हुआ।" महात्मा बोला। उसने सचमुच संतोष की साँस ली, जैसे कभी वह दूध से जला है, जो छाछ को भी फूँक-फूँककर पी रहा है।" "आपको

अचरज होगा कि मैं पैजामे पर इतना जोर क्यों दे रहा था!'' महात्मा बोला। फिर उसने आप बीती सुनाई, ''हम जो कुरता-पैजामा पहने हैं, उसे आप देख रहे हैं न? इसमें उसने 'कारस्तानी' कर दी है। इसमें आपको कुछ गड़बड़ दिखाई नहीं देता?''

''मुझे तो कुछ दिखाई नहीं देता।'' मैंने कहा, ''हाँ इतना अवश्य दिखाई देता है कि कुरता तो आप बिना कलफ का पहनते हैं, पर पैजामे पर माँड़ एकदम कड़कदार लगा रहता है।''

वह हँसा।

''यह गड़बड़ी उसी बिरजू मास्टर की है। मैंने उसे कुरते और पैजामे का कपड़ा एक साथ दिया था। कुरते की बारीक और अच्छी खादी थी, पर पैजामे की सामान्य। 'हजरत' ने कुरते के कपड़े का पैजामा और पैजामे के कपड़े का कुरता सिल दिया, जिसका फल आज तक भोग रहा हूँ।''

वह तो हँसता ही रहा, अब मुझे भी हँसी आ गई। ''यह सब चिलम महारानी की कृपा है।'' मैंने कहा।

इसी से मैंने आपके कुरते और पैजामे का कपड़ा अलग-अलग बाकायदे उसे समझाकर दिया था कि कहीं चिलम महारानी की इसपर कृपा न हो जाए।

सवेरे अपने गाँव से चलकर महात्मा का पहला पड़ाव 'सर्किट हाउस' पर पड़ता था। यह उसका रोज का काम था। वहाँ पहुँचकर वह पता लगाता था कि आज किस पार्टी का कौन सा नेता आया है। यदि उस पार्टी के लोग नेता के स्वागत में आए होते तो वह उनमें मिल जाता था और नेता का जयघोष करते हुए नगर में उस पार्टी की मार्लो पंक्ति का कार्यकर्ता होने का प्रमाण देता था।

यदि कभी जल्दी पहुँच गया या कोई और कारण हुआ तथा नगर से आगंतुक के स्वागत में उस पार्टी के कार्यकर्ता नहीं पहुँचे तो स्वयं को उनका प्रतिनिधि होने का दावा ठोक देता था और शहर में उस पार्टी की स्थिति पर ऐसे धड़ल्ले से बातें करता कि नेता यकीन कर लेता कि : नेता यकीन कर लेता कि वह यहाँ पर पार्टी की स्थिति अंदर और बाहर से सब जानता है। ···कभी-कभी ऐसा विश्वास जमा लेता कि असली कार्यकर्ता पीछे रह जाते थे और नकली का ही भाव जम जाता था।

जब कभी किसी बड़े राजनीतिक नेता के आने की पूर्व-सूचना अखबार में मिल जाती थी तो माला आदि लेकर वह सीधे स्टेशन पर ही पहुँच जाता था और इतनी जोर से जयघोष करता तथा नारे लगाता कि नेता का ध्यान खुद-ब-खुद आकर्षित हो जाता था, और जब तक वह वाराणसी से लौट नहीं जाते थे, तब तक उनके पीछे लगा रहता था। उसकी इस हरकत से पार्टी के अन्य कार्यकर्ता परेशान भी होते थे। कभी उसे धक्के मारकर पीछे कर देते थे, फिर भी वह तमाशा घुसकर देखता और करता था।

ऐसे अपमानों पर वह ध्यान नहीं देता था। यदि ध्यान देता था तो मात नहीं मानता था। वह बेहयाई की हद तक जा सकता था। कुछ भी कीजिए पर वह अपने कार्यकलाप से रत्ती भर टस-से-मस नहीं होता था।

उसके एक मित्र ने ऐसी ही एक घटना का जिक्र करते हुए बताया था कि एक बार पार्टी के एक बड़े नेता काशी आए थे। हवाई अड्डे पर अगवानी के लिए पहुँचे कार्यकर्ताओं की काफी भीड़ लग गई। महात्मा भी वहाँ झंडा लिये पहुँच गया और जय-जयकार करते हुए भीड़ को चीरकर आगे पहुँचा और लगा पार्टी के प्रति खुद को सबसे अधिक वफादार सिद्ध करने की नाटकीय चेष्टा करने। इसके लिए भीड़ के लोगों को लाइन में खड़ा करने लगा। इस सत्कर्म में कुछ पुराने कार्यकर्ताओं को पीछे खड़ा कर दिया।

जो लोग महात्मा को जानते नहीं थे, वे चुप रह गए। कुछ भले लोग थे जो मुस्कराते हुए यह नाटक देखते रहे, पर अधिकांश को बहुत बुरा लग रहा था। सोच रहे थे, यह कहाँ से 'डत्थू में डेढ़ सेरा' आ गया। फिर भी वे हँस रहे थे। जब नेता का वायुयान भूमि पर आया और वे उससे बाहर निकले, तब महात्मा माला पहनाने के लिए पीछे से तीर की तरह भीड़ को चीरता आगे जाने लगा। तभी एक व्यक्ति ने इसका कॉलर पकड़कर पीछे खींचा। अन्य पार्टी कार्यकर्ताओं ने उसे धक्के मारकर पीछे कर दिया। उस समय उसपर दो-चार हाथ जमकर भी पड़े।

अब महात्मा बाहर निकलकर चिल्लाने लगे, "तुम लोग क्या समझते हो कि हम पार्टी का नाश कर रहे हैं? मुझे धक्के मारकर अलग तो कर दिया कि मैं चला जाऊँगा। यही न कि मैं अपने आदर्श नेता से दूर हो जाऊँगा। पर पार्टी के लिए मेरे हृदय में जो प्रेम है, श्रद्धा और विश्वास है उसे तो धक्के मारकर आप नहीं निकाल सकते।...पर सोचो, तुम लोगों की यदि यही हरकत रही तो पार्टी का विनाश निश्चित है। (उसकी आवाज और तेज हुई) पार्टी का सत्यानाश हो जाएगा। वह रसातल को चली जाएगी।"

वह बड़बड़ाता रहा, "आज पार्टी की यह हालत क्यों हुई? केवल इसलिए कि तुम्हारे जैसे नकली कार्यकर्ताओं ने असली कार्यकर्ताओं को धक्के मारकर बाहर कर दिया है। केवल नकली सिक्के आज चल रहे हैं।" आप उसे कैसे जानते हैं? मैंने पूछा।

□

आखिरकार नेता की दृष्टि उसपर पड़ ही गई। वे खुद भीड़ को अगल-बगल करते हुए उस तक आए। उसकी माला ग्रहण की और कहा, "आप इतने नाराज क्यों हो रहे हैं? मैं आपसे बातें करूँगा।"

तब महात्मा की मुद्रा फिर बदली। वह तुरंत उनके पैरों पर गिर पड़ा। बोला, "मैं धन्य हुआ, महाराज! आज भगवान स्वयं भक्त के पास पधारे हैं और उसकी प्रार्थना भी

सुनना चाहते हैं; पर मैं अपनी प्रार्थना केवल भगवान को ही सुनाना चाहूँगा, इन राक्षसों को नहीं।''

मेरा मित्र कहता जा रहा था कि आपको जानकर आश्चर्य होगा कि उसी समय नेता ने निजी सचिव को कहकर महात्मा से मिलने का टाइम एलॉट कर दिया। लोग उसका नाटक और उसका परिणाम देखते रह गए। महात्मा बिना मूँछ के चेहरे पर ताव देता रहा।

□

शहीद उद्यान में उसी रेस्तराँ के बाहर यह मेरी एक और शाम थी। मैं बैठा-बैठा ईश्वर को धन्यवाद दे रहा था कि आज महात्मा के अभी तक दर्शन नहीं हुए। उसका न होना गंदगी का अभाव था, जो सफाई से ज्यादा अच्छी लग रही थी; क्योंकि सफाई में एक कृत्रिमता होती है, गंदगी के अभाव में सहजता और स्वाभाविकता। किंतु थोड़ी देर बाद एक अनजान आदमी आकर मेरी बगल में बैठ गया। ''आज महात्माजी नहीं आए?'' उसने पूछा।

''भगवान की कृपा से अभी तक तो नहीं आए हैं। अब आपने नाम लिया है, शायद हाजिर हो जाएँ।''

''क्यों, मेरे नाम लेने से वे आ जाएँगे?'' वह हँसते हुए बोला।

''कहावत तो ऐसी ही है, थिंक द डेविल ऐंड डेविल इज हियर।...शैतान की सोचा और शैतान हाजिर।''

''अच्छा, आप भी उन्हें शैतान ही मानते हैं।'' वह हँसा, ''मैं तो बड़ी गलतफहमी में था। सोचता था कि आप उन्हें भला आदमी मानते हैं।''

मैं चुप ही रहा।

वह बोलता गया, ''पर उतना बड़ा चार सौ बीस'' और नटवर लाल (इस देश का एक नामी जालसाज, जो अब नहीं रहा) शायद ही इस शहर में कोई दूसरा हो।

वह कहता गया इस शांतिप्रिय गाँव को इसने नरक बना दिया है। एक-दूसरे को लड़ाना, फिर उसकी 'पंचायत' करना और मामले को कचहरी तक पहुँचाना इसका काम है। आज गाँव का हर घर किसी-न-किसी से मुकदमे में परेशान है।

ऐसा करता कैसे है? क्या गाँववाले उसे पहचानते नहीं हैं? मैंने कहा। ''खूब पहचानते हैं।'' उसने कहा, ''गाँववाले उससे परेशान भी हैं; पर उसके बिना रह भी नहीं सकते। बात यह है, अनपढ़ और कम पढ़े-लिखे का गाँव है। यह उनको कानूनी सलाह देता है। उन्हें अपने घर बुलाता है। एकांत में उनसे बातें करता है और जीत के सपने दिखाता है।''

मैंने उसे बीच में ही टोकते हुए कहा, ''मुझे अचरज होता है कि वह कानूनी

सलाह देता है। मंडन मिश्र का तोता वेद पढ़ सकता है, पर महात्मा कानूनी सलाह तो नहीं दे सकता।''

''दे सकता हो, चाहे न दे सकता हो, पर देता तो है ही।'' उसने हँसते हुए कहा, ''और उसने कानून की हिंदी में लिखी दो-एक किताबें अपने पास रख ली हैं। उन्हीं को खोलकर उनके मन की कुछ बातें बता देता है। वे बेचारे क्या जानें, इसमें 'कीरा-गोजर' क्या लिखा है?···ऐसे सपने दिखाता है कि उन्हें अपनी जीत का यकीन हो जाता है, फिर उन्हें शहर के अपने खास वकीलों में से किसी के पास ले आता है।''

''तो क्या आपके गाँव में कोई वकील नहीं है?''

''वकील एक नहीं, दो-दो हैं, पर महात्मा दोनों को मूर्ख कहता है और उनके खिलाफ इतना प्रचार कर रखा है कि उन दोनों से अधिक इसी का बैठका जमता है।''

''महात्मा तो कहता है कि आठ बजे के करीब मैं गाँव से चल देता हूँ।'' मैंने कहा, ''तो चल देता होगा; लेकिन उसी दिन जिस दिन उसके पास ऐसा कोई काम नहीं रहता।'' वह और भी गंभीर हो गया और बोला, ''उसमें एक विशेषता तो है ही।''

''क्या?''

''यही कि आप जैसे लोगों पर भी वह अपना विश्वास जमा लेता है। जबकि वह शत-प्रतिशत झूठ बोलता है। झूठ और फरेब की कमाई खाता है।''

मैं सोचने लगा, मेरे बचपन में सड़कों पर घूम-घूमकर एक बंगाली 'आश्चर्य मरहम' बेचता था। एक सौ एक रोगों की दवा 'आश्चर्य मरहम'। वैसे ही महात्मा भी लोगों की एक सौ एक समस्याओं का इलाज करने का दावा करता है। कितना सफल होता है, यह तो वही जानता है या भगवान।

अचानक मुझे झटका सा लगा। उस अनजान आगंतुक से मैंने इतनी देर तक बातें कीं, पर उसको एक कप चाय के लिए भी नहीं पूछा। अपनी भूल तुरंत सुधारते हुए मैंने उसके लिए कॉफी मँगवाई।

वह बड़े संकोच में पड़ा।

''आप कॉफी नहीं पीते क्या?''

''पीता तो हूँ पर···''

''फिर संकोच कैसा?''

किसी तरह कुछ शब्दों और कुछ संकेतों का सहारा लेते हुए उसने जो कुछ कहा, उसका सारांश था कि ऐसी बातें करके तो महात्मा भी मुफ्त की चाय पीता है। कहीं मैं भी उसी संप्रदाय का तो नहीं समझ लिया जाऊँगा?

मुझे हँसी आ गई।

महात्मा की इतनी सारी तसवीरें मेरे मस्तिष्क में इकट्ठी हो गई हैं कि यदि मैं

उन्हें किसी कूड़ेदान में भी फेंकना चाहता तो वह भर जाता। उनमें कुछ तसवीरें ऐसी हैं, जिन्हें मैं अभी किसी को दिखा भी नहीं पाया हूँ।

इस तसवीर में महात्मा आपको हर पार्टी का झंडा अपने संदूक से निकालता दिखाई देगा। यह तसवीर उसी की है, जिसमें वह गैरिक वस्त्र धारण कर साधुओं के बीच हरि–कीर्तन कर रहा है। इस तसवीर में फिर उसके आवरण बदल गए हैं। लखनऊ के चिकन का कुरता, डबल गिन्नी की चुन्नटदार धोती, दुपटिया बनारसी टोपी और ऊपर से शानदार कश्मीरी शॉल ओढ़े किसी वेश्या के कोठे पर मुजरा सुन रहा है। लगता है, उसके पास बहुत सारे ड्रेस हैं। जैसी पात्रता निभानी होती है, वह उसके अनुसार 'कॉस्ट्यूम' बदल लेता है।

इधर वह बहुत दिनों से मिला नहीं था, यद्यपि मैं रोज ही टहलने शहीद उद्यान जाता हूँ और कॉफी कॉर्नर में बैठता भी हूँ और बैठते ही महात्मा की याद आती है।

आज एक विचित्र बात हुई। एक आधुनिका मेरे सामने आकर मुस्कराती हुई खड़ी हो गई। वह ऐसी कसी हुआ रेशमी कमीज और सलवार पहने थी कि उसके अंग का उभार साफ दिखाई दे रहा था। उसपर से नीली किरणों से बुना हुआ, वह अंचल कितना हलका सा, कितने सौरभ से सना हुआ दुपट्टा डाले थी, जो उसके शरीर पर मात्र अपनी उपस्थिति दर्ज करा रहा था।

वह कुछ समय तक मुझे कुटिल दृष्टि से देखती और मुस्कराती रही। उसकी मुस्कराहट मानो मुझसे पूछ रही हो, "आप मुझको पहचानते नहीं हैं ?"

मन तो कह रहा था कि कहीं देखा जरूर है, पर बहुत कोशिश करने पर भी स्मृति पहचान की सीमा तक पहुँच नहीं पाई। तब तक उसने मुझसे पूछ ही लिया आज पुजारीजी यहाँ नहीं आए थे? यह महात्मा के लिए तीसरा संबोधन था, जो किसी के मुँह से पहली बार मैंने सुना था।

"अभी तो नहीं आए।" अब मैंने उसे पहचाना। यह मुझे उस गँजेड़ी दरजी के घर मिली थी। अब याद्दाश्त कुछ साथ देने लगी थी।...यह तो कई बार कई शामों को विभिन्न व्यक्तियों के साथ, विभिन्न मुद्राओं में घूमती दिखाई भी पड़ी है।...पर मुझसे तो यहीं मिलने के लिए उन्होंने कहा था। फिर उसने अपनी कलाई में बँधी घड़ी की ओर बड़ी अदा से देखा और बोली, "अब तक तो उन्हें यहाँ आ जाना चाहिए था।"

मैं एकदम चुप था। उसके व्यक्तित्व ने मुझे 'हिप्नोटाइज' सा कर दिया था। मैं उसकी ओर देखता जड़वत बैठा रहा। मैं उससे बैठने के लिए भी न कह पाया केवल देखता रहा। वह कुछ कदम बगीचे की ओर बढ़ती, फिर कुछ सोचकर पीछे लौटती, पर मुस्कराती हुई और बड़ी विचित्र नजर से मुझे देखती हुई।

बड़ा आकर्षण था उसकी मुस्कराहट में। तीव्र आमंत्रण था उसकी नजरों में।

''अच्छा, तो मैं चलती हूँ। यदि पुजारीजी आएँ तो आप उन्हें बैठा लीजिएगा। यदि मैं उस होटल का रास्ता न खोज पाई तो फिर आऊँगी।'' इतना कहकर वह फिर मुस्कराई और चली गई। ऐसा लगा जैसे कोई नागिन डसकर उलट जाए। जब तक वह फाटक के बाहर न निकल गई, तब तक मेरी नजरें उसकी पीठ को सहलाती रही।

अब मैं उसके ऐंद्रजालिक प्रभाव से मुक्त हुआ। जैसे कोई सपना टूटा। उसके बारे में कुछ न सोच पाने की स्थिति में भी सोचता रहा।

पाँच-सात मिनट हुए होंगे कि महात्मा आ गया। मैंने उसे उस महिला के बारे में भी बताया, ''वह बड़ी व्यग्रता से तुम्हें तलाश रही थी। उसने तुम्हारे लिए कहा है कि यदि पुजारी जी आएँ तो उन्हें बैठाकर रखिएगा। हो सकता है, मुझे फिर यहाँ आना पड़ सकता है।''

महात्मा विचलित हो गया। वह बड़े आवेश में बोला, ''बड़ी मूर्ख है। इस समय उसे होटल में होना चाहिए तो वह अभी इधर-उधर ही टहल रही है। वहाँ लोग उसका आसरा अगोर रहे होंगे।''

''अरे, वह रास्ता भूल गई थी।'' मैंने कहा।

''आप जानते नहीं, चंपवा महामूर्ख है।'' वह बोला, ''मैंने उसे पूरा पता बता दिया था।'' वह उस होटल में कई बार गई भी है। वह चिंतित दिखा और बड़बड़ाते हुए उठ खड़ा हुआ, उसे अच्छी तरह मालूम है कि उसके प्रोफेशन में समय का बड़ा महत्त्व है। अरे, मालिक बहुत देर तक थोड़े इंतजार करेगा। वह उसकी जगह दूसरी को बुला लेगा। बनारस में औरतों की कमी थोड़े ही है। आप बैठिए। मैं फोन करके अभी आता हूँ। यहाँ से वह तीर की तरह छूटा और देखते-देखते अदृश्य हो गया।

फिर भी उसका व्यक्तित्व मेरी आँखों के सामने था। जिसे जहाँ से उधेड़ो उधड़ता चला जाए, केले के तने की तरह परत-दर-परत उतरता चला जाए। और हर परत विसंगतियों तथा विकृतियों से भरा हुआ। अब एक विकृत चरित्र उससे और जुड़ गया।

उसे वह कहता तो चंपवा था, पर उसका नाम चंपा होगा। 'करेली चंपा', जिसकी सुरभि रात के अँधेरे में कई गुना हो जाती है और सूर्योदय के बाद धीरे-धीरे सिमटने लगती है। मध्याह्न में बस अस्तित्व शेष रह जाता है। लगभग ऐसी ही चंपवा भी होगी, मैं सोचता रहा। तब तक महात्मा हाँफता हुआ आकर धम्म से मेरी बगल में पड़ी कुरसी पर बैठ गया।

''बड़े थके लगते हो।'' मैं बोला।

आज इधर के सारे टेलीफोन खराब हैं। मैं पूछते-पूछते बहुत दूर निकल गया। चंपवा भी कहीं दिखाई नहीं पड़ी। तब मैं घबराया और बिना रिक्शे की तलाश किए पैदल मार्च करता होटल तक पहुँच गया।...खैर, अभी काम बिगड़ा नहीं था। इतना

कहकर उसने संतोष की साँस ली और कॉफी का ऑर्डर भेजा। मैं चुप बैठा उसे देखता रहा। जब कॉफी आई और वह चुस्की लेने लगा तो मैंने उससे पूछा, जब फोन नहीं मिला और चंपवा भी नहीं दिखी तो तुम इतना घबरा क्यों गए?

''अब इसे जाने दीजिए।'' उसने बड़े सहज भाव से कहा, ''आप जैसे सज्जन और भले व्यक्ति को यह सब बताना उचित नहीं।''

''इसका मतलब है कि तुम्हारी सारी बातें असज्जनों के लिए हैं।'' मैंने कहा। ''वह तो है ही।'' इतना कहकर वह चुप हो गया। उसके चेहरे पर एक गहरी गमगीनी उतर आई।

उसके साथ कुछ जरूर हुआ है। यह स्पष्ट लग रहा था। बिजली के करेंट लगे व्यक्ति की तरह वह बिल्कुल सन्न और अवाक् तो नहीं था, पर उसका शरीर कुछ काँप अवश्य रहा था। वह रह-रहकर अपनी बाईं भुजा की तरफ देख रहा था और बीच-बीच में कॉफी की चुस्की भी लेता जाता था।

उस बीच उसने कई बार कुरते के भीतर हाथ डालकर अपनी पीठ सहलाई। कई बार उसने पैर के दोनों घुटनों की मालिश भी की। पर सब दाहिने हाथ से। बायाँ हाथ कोहनी मोड़कर टेबल के सहारे जो पड़ा रहा, सो पड़ा रहा।

स्पष्ट था कि वह कहीं चोट खा गया है। फिर भी उसने कुछ बताया नहीं और न मैंने कुछ पूछा।

मैं भी चुप और उसका दर्द भी चुप।

फिर उसने अपने दाहिने हाथ से बाएँ हाथ की कोहनी पकड़कर ऊपर उठाया। अब दिखाई दिया कि वहाँ उसके कुरते की बाँह फट गई है और कोहनी बुरी तरह छिल गई है। खून चुकचुका आया था। साफ था कि कोहनी के बल ही यह गिरा है। ''अरे, यह क्या?'' मेरे मुँह से निकला।

''यह मेरे पापों का फल है।'' ऐसा बेलौस उसके मुख से निकला कि मैं चकित रह गया।

साफ जाहिर था कि उसे ऐसा झटका लगा है कि उसका कुरता ही नहीं, वरन उसका सारा आवरण कहीं-न-कहीं से फट गया था, जिसे वह वक्त-जरूरत पर ओढ़ता रहा है। अब वह खुद के सामने नंगा हो गया था। उसकी दृष्टि भी पहले से साफ हो गई थी। वह अपने कर्मों की समीक्षा करने की स्थिति में आ गया था। ''जरा गरम पानी ले आओ।'' उसने वेटर से कहा। वह तुरंत गरम पानी लाने के लिए लपका। उसे रोकते हुए वह पुनः बोला, ''यदि थोड़ी सी रुई मिले तो उसे भी ले आना।''

''रुई तो नहीं मिलेगी, साहब,'' वह गोरखा वेटर बोला।

''अगर रुई नहीं है तो दो-चार पेपर नेपकीन ले आओ, काम चल जाएगा।'' मैंने

कहा, ''और देखो, डिटॉल है?''

''साहब, यह तो नहीं मालूम।'' गोरखा बोला। फिर उसने सोचते हुए बताया, ''एक दिन मैनेजर साहब ने 'सेवरलेट' मँगवाया था।''

मुझे हँसी आ गई, ''अबे, 'सेवरलेट' नहीं, 'सेवेलॉन' मँगवाया होगा।''

''हाँ-हाँ, वही-वही।'' वह भी हँसने लगा। बड़ी निर्दोष थी उसकी हँसी। जब सारा सामान आ गया, तब महात्मा बड़े पसोपेश में पड़ा कि कई के विकल्प में 'पेपर नेपकीन' का प्रयोग कैसे किया जाए? वह उसे फाड़कर घाव को पोंछने लगा।

''अरे रे, ऐसे नहीं।'' मैंने कहा और अपने स्थान से उठकर, उस पेपर नेपकीन को सेवेलॉन के पानी में डुबो-डुबोकर उसके घाव साफ किए। सड़क के उस पार की दवा की एक दुकान से एक 'एंटीबायटिक' क्रीम मँगाकर धीरे-धीरे उन सभी जगहों पर लगाई, जहाँ उसके घाव खुले थे। पास के टेबलों पर खाते-पीते लोगों की निगाहें एकटक हमें देख रही थीं।

उनकी जिज्ञासा शांत करने के लिए मैंने बस इतना कहा, ''अभी-अभी ये बाहर गए थे। किसी स्कूटरवाले ने धक्का मार दिया।''

''राम राम! ये साले अंधे होकर चलाते हैं।''यह प्रतिक्रिया कइयों की थी, पर निकली एक अधेड़ की जबान से।''

थोड़ी देर बाद 'चाउमिन' खाता एक बालक मेरे पास आया और बाल-सुलभ सहजता से मुझसे पूछा, ''अंकल, ये आपके दोस्त हैं?''

''हाँ बेटे।'' मैंने प्यार से उसके कपोलों को सहलाते हुए कहा, ''दोस्त ही नहीं, जिगरी दोस्त हैं।''

''तभी तो आप इनकी इतनी सेवा कर रहे हैं।'' फिर उस बालक ने महात्मा से पूछा, ''जब उसने आपको धक्का मारा, तब आपने उसे पुलिस से पकड़वा क्यों नहीं दिया?''

''कैसे पकड़वाता, बेटे? वह भाग गया।''

''धक्के मारकर सब भाग जाते हैं, अंकल! गिरे को कोई उठाता नहीं।'' उस बालक ने ऐसे ढंग से कहा था कि वहाँ बैठे सभी को हँसी आ गई। उस बच्चे का बालपन अचानक सहम गया।

पर महात्मा उस हँसी में एकदम शामिल नहीं था, बल्कि वह और भी अधिक गंभीर दिखाई दिया। लगा कि उस बच्चे का यह कहना कि 'गिरे को कोई उठाता नहीं' उसके भीतर बड़ी गहराई तक चुभ गया है।

जब हम उठकर चले, तब आप विश्वास मानिए वह चल नहीं पा रहा था। मैंने उसे सहारा देकर किसी तरह रिक्शे पर चढ़ाया।

"किधर चलना है, बाबूजी ?" रिक्शेवाले ने पूछा।

"मुझे तो कबीर चौरा पर उतार देना, पर इन्हें ले जाकर तुम्हें पांडेपुर के पास आशापुर में छोड़ना होगा।" मैंने कहा।

"पर मैं उधर नहीं जाऊँगा, बाबूजी।" रिक्शेवाला बोला, "उधर जाते-जाते काफी रात हो जाएगी। फिर सवारी उधर से नहीं मिलेगी।" उसने इसी क्रम में बताया, "अभी-अभी तो मैंने रिक्शा निकाला है। इसलिए बिना जाने-बूझे और बिना मोल-भाव किए आपको बैठा लिया।"

"जब बैठा लिया, तब उतारते क्यों हो ?"

"कहाँ उतार रहा हूँ ? पर इन्हें कबीर चौरा से दूसरा रिक्शा करना पड़ेगा।" न वह किसी तरह आगे बढ़ने को तैयार था और न मैं रिक्शा छोड़ने को। तुम्हारी बस यही समस्या है न कि उधर से सवारी नहीं मिलेगी तो तुम खाली चले आना।" "खाली आने पर हमारी कमाई मारी जाएगी, बाबूजी।"

"क्यों मारी जाएगी! उधर से लहुराबीर तक का भाड़ा तुम मुझसे और ले लो!"

अब वह रिक्शावाला मेरा मुँह देखने लगा। शायद उसे ऐसी सवारी आज तक नहीं मिली थी, जो खाली रिक्शा लौटाने का भी भाड़ा दे।

वह बड़े चकित भाव से मुझे देखता रहा। उसकी दृष्टि में द्विविधा भी थी और थोड़ा-थोड़ा मेरे प्रति अविश्वास भी।

"तुम क्या सोचने लगे ?" मैंने कहा, "निस्संकोच जोड़कर बताओ, कुल कितना भाड़ा होगा ?"

फिर उसने बड़े इत्मीनान से उँगली पर जोड़ा और बड़े संकोच से बोला कि पचास रुपए तो हो ही जाएँगे।

बिना कुछ कहे-सुने मैंने तुरंत पचास का एक नोट उसकी ओर बढ़ाया। "अब तो खुश हो ?"

"हाँ, बाबूजी।" उसकी मुस्कराहट में शायद वैसा ही संतोष था, जैसा राम को गंगा पार उतारने पर केवट की वाणी में दिखा, "बहुत काल मैं कीन्हि मजूरी। आज दीन्हि विधि वन भरपूरी।"

रिक्शा चल पड़ा था कि अचानक महात्मा बड़बड़ाने लगा, "कमीनी, साली! मुझे उससे ऐसे व्यवहार की कल्पना तक नहीं थी। मैंने कभी सोचा भी नहीं था कि वह इतनी एहसान-फरामोश होगी।" वह क्षण भर के लिए रुका होगा, फिर बड़बड़ाने लगा, "मैं तो केवल पता लगाने गया था कि वह वहाँ पहुँची या नहीं। अचानक तीन-चार लफंगे मुझपर टूट पड़े। वे शराब में बिल्कुल धुत्त थे। उन्होंने सोचा होगा कि मैं उसे बुलाने आया हूँ।"

"कौन थे वे ?" मैंने पूछा।

"सुना तो यह था कि कोई सिनेमा बनानेवाली पार्टी है। जरूर उसे हीरोइन बनाने का सपना दिखाया होगा, तभी इतनी मस्त थी।" वह और आवेश में आया, "वे सब मुझे मारते रहे, धक्के मारकर बाहर निकालते रहे और वह होटल के द्वार पर खड़ी मुस्कराती रही।"

वह बड़बड़ाता रहा और मैं आँखें बंद कर उसके बगल में ही रिक्शे में बैठा चुपचाप सुनता रहा। देखिएगा, वह सिनेमावालों के चक्कर में पड़कर भाग जाएगी। वे उसकी उभरती जवानी को मसलकर बेच खाएँगे। मेरा क्या बिगड़ेगा ? मैं चाहूँ तो ऐसी औरतों का बाजार लगा दूँ। बिगड़ेगी तो उस बेचारे बिरजू की, जिसने उसको बचपन से पाला था। सोचा था कि बुढ़ौती में वह उसका सहारा बनेगी। महात्मा अचानक रुक गया, जैसे उसे लगा कि मुझे यह सब बकना नहीं चाहिए; पर वह क्या करता! पका हुआ फोड़ा था, उसी पर चोट पड़ी और उसका दुर्गंधित मवाद बहने लगा।

फिर उसने मेरा कंधा हिलाया। "आप सो रहे हैं क्या ?" उसने कहा।

मैं भी वैसे ही बड़बड़ाया जैसे सचमुच सो रहा हूँ।

"कुछ कह रहे थे क्या ?" एकदम अनजान भाव से मैंने पूछा।

"मैं सोच रहा था कि आपके साथ तो मैंने कभी कोई भलाई नहीं की। फिर भी आपकी मेरे प्रति ऐसी सहानुभूति ? आपने अपने हाथ से मेरे घाव धोए, मरहम मँगाकर लगाया। दूसरी ओर मेरा वास्ता नाबदान के ऐसे कीड़ों से पड़ा कि मैं नाबदान में उतरा। गंदगी ही मेरे हाथ लगी। और उन्होंने मुझे धोखा दे दिया।" एक मनोचिकित्सक से मैंने सुना था कि जब पागल को एक निश्चित सीमा तक बेहोश करके उसे बिजली का 'शॉक' दिया जाता है, तब होश में आने के पहले तक वह अपने बारे में बहुत बड़बड़ाता है, जिसे होश में आने के बाद वह बता नहीं सकता। थोड़ी देर बाद महात्मा में भी ऐसा ही परिवर्तन दिखाई दिया। वह एकदम चुप हो गया।

रिक्शा अब मलदहिया तक आ चुका था। सड़क जाम थी। आगे लंबी बारात थी और वह भी थक गई थी। लोग बैंड-बाजे पर नाच रहे थे।

"लोग सड़क जाम कर नाच रहे हैं, यही हमारी 'सिविक सेंस' है।" महात्मा बोला।

स्पष्ट लगा कि अब वह शॉक मुक्त हो चुका है। बुद्धि सामान्य स्तर पर है।

तब मैंने कहा, "मैं एक बात तुमसे पूछ सकता हूँ ?"

वह एकदम गंभीर हो गया।

"जब तुम जानते हो कि तुम नाबदान में हो तो तुम उससे निकल क्यों नहीं आते ?"

वह जोर से हँसा और उसी तरह 'लाइट मूड' में कुछ देर तक हँसते हुए सोचता

रहा। फिर बोला, ''आपने उस मछली बेचनेवाली बुढ़िया की कहानी सुनी है, जो भीगे कपड़े से लिपटी मछलियाँ टोकरे में रखकर बेचती थी और टोकरा सुबह से शाम तक सिर पर उठाए गली-गली में घूमती थी। यही उसकी जीविका थी और यही रोज का काम उसके जीवन का अंग बन गया था।''

फिर उसने कहानी पूरी की, ''एक दिन लोगों ने राजा से शिकायत की कि टोकरी में लेकर मछलियाँ बेचना बंद किया जाए, क्योंकि शाम होते-होते ये मछलियाँ सड़ने लगती हैं। इनसे बदबू आने लगती है। इससे बीमारी फैलने का डर है।

तुरंत शाही फरमान जारी हुआ कि टोकरी सिर पर रखकर मछली बेचने आने से रोका जाए। लिहाजा उस मछली बेचने वाली बुढ़िया की भी टोकरी छिन गई।…अब बुढ़िया गंभीर रूप से बीमार पड़ गई। उसे नींद नहीं आती थी। उसका बड़ा इलाज हुआ। बहुत से वैद्यों और हकीमों ने अपनी हिकमत दिखाई, पर सब व्यर्थ। बुढ़िया को नींद नहीं आई, सो नहीं आई।

अंत में हकीम लुकमान बुलाए गए। उन्होंने हर तरह से जाँचा-परखा और इस नतीजे पर पहुँचे कि इस बुढ़िया के सिर पर जब तक सड़ी मछलियों की बदबूदार टोकरी नहीं रहेगी, इसे नींद नहीं आएगी।

कहानी सुनाकर महात्मा हँसता रहा। बड़ी बेबसी थी उसकी हँसी में।

□

## गुमशुदा

उसके पास टी.वी. नहीं है, पर टी.वी. की ओर वह बेहद आकर्षित है। इस बार इंटर का रिजल्ट निकलते ही उसे जिला विद्यालय निरीक्षक के ऑफिस में नौकरी मिल जाएगी, ऐसी उसे उम्मीद है। यों हाई स्कूल पास करने के बाद ही वह नौकरी का हकदार हो गया था; क्योंकि वह जाति से भर है, हरिजन कास्ट का मुस्तहक।...पर दो हरिजन प्रत्याशी ऐसे थे, जो इंटर पास थे। उन्हीं का चयन हो गया। अब उसकी न्यूनतम योग्यता के समक्ष इंटर की दीवार खड़ी हो गई, जिसे लाँघने में उसे दो वर्ष लग गए।

पर इस वर्ष उसे किसी ऐसी अड़चन का सामना नहीं करना पड़ेगा। कोई अप्रत्याशित घटना घट जाए तो बात दूसरी है। पर ऐसी कोई आशंका नहीं। उत्तीर्ण तो हो ही जाएगा। यदि प्रथम श्रेणी में न हुआ तो द्वितीय श्रेणी में होगा ही।...और दुर्भाग्य ने द्वितीय श्रेणी से भी यदि रोल नंबर खराब गया तो तृतीय श्रेणी में आकर अवश्य अटक जाएगा। पास होना तो निश्चित है, वरना इतनी अकल परीक्षा भवन में 'गाइड बुक' रखकर हूबहू छपाई सब व्यर्थ हो जाएगी?...और उन मास्टर साहब के एहसान का क्या होगा, जिन्होंने किताबों के साथ रँगे हाथ नकल करते हुए उसे पकड़ा और सबके सामने डपटते हुए कहा था, "रामलाल, सब्र की भी एक हद होती है। मैंने अनेक बार मना किया, परंतु नहीं माने। अब इस बार नहीं छोड़ूँगा।" उसकी कॉपी लेकर परीक्षा कार्यालय की ओर मास्टर साहब बढ़ गए थे।

रामलाल तुरंत उनके पैरों पर गिर पड़ा, "इस बार क्षमा कर दीजिए मास्टर साहब, वरना हाथ में आई नौकरी निकल जाएगी।" पास होने को नौकरी से जोड़कर उसने ऐसा बाण मारा था कि मास्टर की कठोरता धराशायी हो गई। और उसने लगभग हर परीक्षा में नकल की।

बस, इसी विश्वास पर उसका पास होना निश्चित था। 'निश्चित' जुड़ता था नौकरी से और नौकरी जुड़ती थी किस्त पर टी.वी. खरीदने से। नौकरी मिलते ही उसे दो काम करने हैं–एक, टी.वी. खरीदना और दूसरा, हनुमानजी को लड्डू चढ़ाना। इनमें से

पहले वह क्या करेगा? इसका निश्चय कर पाना भी उसके लिए कठिन है। हनुमानजी को तो वह लड्डू चढ़ाता रहा है। वही तो मुसीबत में उसके साथी हैं। जहाँ महावीरजी को लड्डू माना कि बड़ी-से-बड़ी अड़चन दफा हुई। उसे एक सहूलियत और भी है। हनुमानजी का पुजारी लड्डू चढ़ानेवालों की पिटारी में से करीब एक-चौथाई बतौर प्रसाद के निकाल लेता है, पर रामलाल की पिटारी की ओर वह हाथ भी नहीं बढ़ाता। हरिजन का लड्डू जो ठहरा। छूते ही उसके धरम को कोढ़ हो जाएगा। हाँ रामलाल की दक्षिणा पर उसकी लोलुप दृष्टि अवश्य रहती है।

रामलाल को विश्वास है कि पुजारी भले ही उसका प्रसाद न स्वीकार करे, पर हनुमानजी उसकी पूजा अवश्य ही स्वीकार करते हैं। वह पास होने के बाद भी लड्डू चढ़ाएगा और टी.वी. जब घर में आएगा तब भी।

जब तक टी.वी. नहीं आता, तब तक वह नित्य शाम को रामनगर बाजार स्थित प्रेम इलेक्ट्रॉनिक की दुकान पर जाता रहेगा और वहीं पर कार्यक्रम देखेगा। रविवार को वह खा-पीकर सुबह दस बजे तक उस दुकान के मालिक प्रेम किशोर गुप्ता की कोठी पर पहुँच जाता है।…इस घर से उसका पुराना लगाव है। इस परिवार की खिदमत में उसके पिताजी जीवन भर रहे।…और अंत समय में भी, जब इस कोठी की ऊपरी मंजिल बनने लगी थी, तब गारा पहुँचाते समय बाँस का लगा पाइप टूट जाने पर गिरकर उन्होंने यहीं अपना दम भी तोड़ा था।

रामलाल या उसकी माँ ने किसी प्रकार के मुआवजे की माँग नहीं की। बस रो-धोकर इस हादसे को भाग्य का कुफ्त मानकर बरदाश्त कर लिया।…और मालिक की यह बात अपने खूँट से बाँध ली कि घबराते क्यों हो, तुम्हारे ऊपर हाथ तो रहेगा ही।

तब से रामलाल गुप्ताजी को अपना अभिभावक मानता है और बिना दाम का उनका खिदमतगार है। हाँ, उसकी पढ़ाई-लिखाई की वे कद्र जरूर करते हैं। वह संध्या पाँच बजे के करीब, अर्थात् टी.वी. कार्यक्रम के चालू होने के पहले ही दुकान पर पहुँच जाता है। दुकान के छोटे-मोटे काम निपटाता है। फिर उसकी टकटकी टी.वी. पर लग जाती है। उसे विश्वास है कि इसी दुकान से वह कभी-न-कभी टी.वी. खरीदेगा। किस्त पर ही सही, पर खरीदेगा अवश्य।

कंजूस की दृष्टि जिस तरह धन पर और प्रेमी की प्रेमिका पर होती है, वैसे ही रामलाल की निगाह टी.वी. पर जमी रहती है। उसे देखते हुए कई सवाल उसके मन में उठते हैं। कैसे तसवीरें इसके ऊपर आ जाती हैं? यह तो सिनेमा जैसा ही लगता है। बड़ी विचित्र बात है! बनारस में जो समाचार पढ़ते दिखाई देते हैं, उन्हीं को उसने इलाहाबाद में भी देखा है। क्या बात है? क्या सभी जगह एक ही तसवीर आती है? इस संदर्भ में जब उसने जिज्ञासा दुकान पर उठाई तो सभी उसके अज्ञान पर हँस पड़े।

गुप्ताजी का लड़का नारायण बोला, ''अरे वाह रे रामू! हाई स्कूल पास करके भी तू रह गया मूर्ख-का-मूर्ख ही।'' नारायण ने ही उसे बताया कि ये सारे कार्यक्रम दिल्ली से प्रसारित होते हैं और पूरे हिंदुस्तान में एक जैसे दिखाई देते हैं।

''एक आदमी सब जगह दिखाई देता है?'' उसने आश्चर्य व्यक्त किया, ''तब तो कितना भाग्यवान होगा वह आदमी।...कितने लोग उसे एक साथ देख लेते होंगे, जान लेते होंगे।'' वह बच्चों की तरह बोलता रहा और लोग उसके अज्ञान पर हँसते रहे।

एक शाम आठ बजते लोगों ने दुकान बढ़ाना आरंभ कर दिया। गुप्ताजी की रिश्तेदारी में विवाह था। अब रामू टी.वी. कैसे देखेगा? उसने बहुत दिमाग दौड़ाया, कोई रास्ता दिखाई नहीं दिया। दुकान बढ़ाने में अपनी सूझबूझ से जितनी देर वह लगा सकता था, लगाया भी। कभी ताली खोजता रहा, कभी बाहरी शो-केस को भीतर करने में उसकी कड़ी दरवाजे में फँस गई, उसे निकालने की नाटकीय कोशिश में कुछ समय गुजरा। इस बीच गुप्ताजी नारायण को सहेजकर चले भी गए। यद्यपि नारायण को भी बारात में जाना था।

कुछ देर बाद नारायण से रामू ने कहा, ''आपको जल्दी हो तो आप भी जाइए। मैं नौ बजे का सीरियल देखकर ताली कोठी पर पहुँचा दूँगा।''

नारायण पहले हिचका, ''बाबूजी बिगड़ेंगे तब?''

''विश्वास कीजिए बारात से लौटने के पहले ही ताली पहुँच जाएगी।'' रामू बोला और याचना भरी दृष्टि से नारायण की ओर देखता रहा।

नारायण रामू का हमउम्र है। बचपन एक-दूसरे के साथ बीता है। अविश्वास का कोई कारण भी नहीं। फिर कई बार ऐसा हो चुका है कि सब लोग चले गए हैं और रामू ने ही दुकान बढ़वाकर ताली घर पहुँचाई है।

अच्छा, तो साढ़े नौ बजे के बाद जरूर ताली घर पर पहुँच जानी चाहिए। नारायण अच्छी तरह सहेजकर चला गया।

अब दुकान में बच गए रामू और दुकान का नौकर महेश। महेश रामू से बड़ा है। जानकारी और दुनियादारी में भी वह रामू से बीस पड़ता है। उसकी भी इच्छा दुकान में रुकने की नहीं थी, क्योंकि उसे तीन कोस दूर गाँव में जाना है। यद्यपि साइकिल उसके पास है, पर उसका गाँव, रमई का पुरवा, मुख्य सड़क पर नहीं पड़ता। ऊबड़-खाबड़ कच्ची पगडंडी ही वहाँ तक पहुँचाती है।...समय ऐसा। देर होने पर कैसे पड़े, कैसा न पड़े!

साढ़े नौ बजा। हिंदी सीरियल समाप्त होते ही महेश ने कहा, ''अब दुकान बंद करनी चाहिए। मुझे देर हो रही है।''

रामू कुछ बोला नहीं। उसकी आँखें टी.वी. पर गड़ी रहीं। वह मौन एकटक

निहारता रहा, जैसे उसने महेश को सुना ही नहीं हो; क्योंकि उसकी दृष्टि महज टी.वी. पर नहीं थी, वह उसके पीछे भी कुछ देख रही थी। अचानक वह महेश से बोला, ''परंतु महेश, टी.वी. पर हम लोगों की तसवीर नहीं दिखाई जा सकती?'' पागल हुआ है क्या? महेश हँस पड़ा, ''टी.वी. पर बड़े-बड़े नेताओं, कलाकारों और हुनरवालों को बुलाया जाता है।''

पर इस कहानी में तो एक सग्गड़वाला था और हमारे जैसे स्कूल जानेवाले लोग भी दिखाए गए। वह कुछ क्षणों के लिए रुका और फिर सोचते हुए बोला, ''मैं तो हमेशा टी.वी. में देखता हूँ, हमारी-तुम्हारी तरह के लोगों को। यहाँ तक कि सड़क पर भीख माँगनेवाले कोढ़ियों को भी दिखाया जाता है। तब हम लोगों को क्यों नहीं दिखाया जाता?''

तू सचमुच पागल हो गया है। टी.वी. के पीछे दीवाना। अरे, तू जिन्हें सग्गड़वाला कहता है, वे तो बड़े कलाकार हैं। यह तो उनका अभिनय है।

''हमारा अभिनय दिखाया जा सकता है और हम नहीं।'' वह बड़े सहज भाव से बोला। दार्शनिकों सा सोचता रहा।

महेश को लगा कि रामू की दीवानगी अब अपनी हद पार कर चुकी है। उसकी मानसिकता उस पक्के जुआरी जैसी हो गई है, जो अपना ही दाँव देखता है। टी.वी. पर दिखाई पड़नेवाले चेहरों में अपना ही चेहरा खोजता है। इस उलझी मन:स्थिति में अब उसे छेड़ना ठीक नहीं। महेश चुप ही रहा, फिर भी शीघ्र दुकान बंद करने के लिए कहता गया।

जल्दी-जल्दी करते हुए जब वह दुकान बंद करने के लिए उठा तो टी.वी. के परदे पर मुस्कराती हुई उद्घोषिका अगले दिन का कार्यक्रम बता रही थी। अब उसका स्वप्न टूटा। लगा, काफी देर हो गई है। हो सकता है, गुप्ताजी बारात से लौट आए हों।

वह लपके पाँव दुकान की ताली लेकर मालिक के घर की ओर चला जा रहा था। उसकी गति में देर होने की हड़बड़ाहट थी और उसकी आँखों के सामने टी.वी. का परदा तथा उस परदे पर अपनी ही सूरत। उसी सूरत में खोया हुआ वह दीन-दुनिया से दूर चला जा रहा था कि अचानक एक मोटरसाइकिल के सामने आ गया। फिर क्या हुआ, उसे मालूम नहीं।

मोटरसाइकिल पर दो सवार थे। वे उसे छोड़कर भाग सकते थे। पर दोनों भले थे। दोनों ने किसी तरह उसे अस्पताल पहुँचाया। इमरजेंसी में चिकित्सा आरंभ हुई। घंटों बीत गए पर रामू को होश नहीं आया। डॉक्टर ने बताया कि दिमाग में गहरी चोट लगी है। हालत नाजुक है।

''कहाँ की मुसीबत में फँसे! हमारी कोई गलती भी नहीं। पता नहीं क्या सोचता

हुआ वह गाड़ी के सामने आ गया।'' अब मोटरसाइकिल के दोनों सवारों में आपस में फुसफुसाइट होने लगी, ''यार, भाग चलो। पुलिस आ जाएगी तो एक दूसरी मुसीबत खड़ी हो जाएगी।''

''क्या इससे बड़ी मुसीबत होगी? एक आदमी की जिंदगी का सवाल है और तुम्हें अपनी पड़ी है। हमारे हटते ही इसकी चिकित्सा भी ढीली हो जाएगी। '' यह तो ठीक है, पर व्यर्थ में खुद को संकट में डालना कोई होशियारी नहीं है।

''तो संकट में छोड़कर संभावित संकट से भाग चलना कहाँ की मानवता है?''

''मैं तो व्यावहारिकता की बात कर रहा हूँ और तुम भावुक हुए जा रहे हो। कभी-कभी भावुकता बड़ी महँगी पड़ती है।'' वह कहता ही जा रहा था कि पुलिस की गाड़ी का हॉर्न सुनाई पड़ा। लगता है, डॉक्टर ने थाने पर फोन कर दिया था।

पुलिसकर्मियों ने अपना कार्य शुरू किया। मोटरसाइकिलवालों के बयान लिये। दुर्घटना की हालत की जानकारी हासिल की और अंत में अपनी प्रवृत्ति के अनुसार दुधारू गाय को दुहने की नीयत से सारा दोष मोटरसाइकिलवालों के सिर पर मढ़ते हुए उनके खिलाफ चालान करने की बातें करने लगे।

पुलिस तो ऐसे अवसरों की ताक में रहती है। उधर रामू की घायल साँसें मौत से जूझ रही थीं और इधर पुलिस मोटे आसामी को अधिक-से-अधिक दबाने की कोशिश कर रही थी। और पैसे की जंजीर गले में पड़ते ही वह पालतू कुत्ते की तरह आत्मीय हो गई। पुलिस ने बताया कि आप लोग हमारी ओर से निश्चिंत रहिए। पर यदि मरीज को होश आ गया तो समस्या हो जाएगी। अच्छा हो, उसके परिवारवालों को मिलाने की कोशिश की जाए।

पर परिवारवाले कहाँ मिलेंगे? कोई अता-पता तो हो। अब रामू का बदन टटोला जाने लगा। कहीं कोई सुराग नहीं मिला। जेब में छुट्टे पैसों के सिवा और कुछ नहीं था। हाथ में तालियों का एक गुच्छा जरूर था, जो मोटरसाइकिल से टकराते समय छन से करके सड़क पर लुढ़क अवश्य गया था और जिसे उठाने की जरूरत नहीं समझी गई थी।

धीरे-धीरे रात खिसकती गई। रामू के बिस्तर के निकट की खिड़की से भोर का झिलमिलाता तारा झाँकता दिखाई दिया और ठंडी हवा के झोंके उसे सहलाने लगे।...ऐसा लगता कि इंजेक्शन का असर आरंभ हो गया है, क्योंकि उसका हाथ कई बार हिला था और उसकी नस से चढ़ाए जानेवाले पानी की नली की सुई गड़बड़ होते-होते बची थी।

''आप जरा हाथ पकड़े रहिए। मरीज को होश आ रहा है।'' नर्स ने मोटर साइकिलवालों से कहा और यह भी बताया कि जरा दूसरे हाथ पर भी ध्यान दीजिएगा।

वह नाक में लगी ऑक्सीजन की नली को कहीं डिस्टर्ब न कर दे। ज्यों-ज्यों रामू की चेतना लौटती गई, दोनों मोटरसाइकिलवालों की धड़कनें बढ़ती गईं। पता नहीं यह क्या बयान देगा, क्या कहेगा? पर उसमें से एक को अपने धन पर बड़ा विश्वास था। वह सोचता था कि पैसे की नदी में बड़ी-से-बड़ी मुसीबत को डुबोया जा सकता है। फिर यह तो देखने में भी गरीब मालूम होता है। हजार-दो हजार में काम बन जाएगा।

"मैं कहाँ हूँ?" आँखें खोलते ही रामू बोला। उसने अचरज भरी दृष्टि से चारों ओर देखा।

उसे थोड़े से ही शब्दों में वस्तुस्थिति से अवगत कराया गया।...और फिर हर समस्या का समाधान पैसे के माध्यम से कर डालने का विश्वास करनेवाले उस व्यक्ति ने उसे पर्स दिखाते हुए पूछा, "क्या चाहते हो? बोलो, तुम्हारी इच्छा पूरी की जाएगी।"

रामू ने अपनी आँखें चारों ओर घुमाईं और बड़ी टूटी आवाज में बोला, "आप मेरी इच्छा पूरी कर सकेंगे?"

"जरूर, अवश्य पूरी करूँगा।"

"क्या आप मेरी तसवीर टी.वी. पर दिखा देंगे?"

दोनों मोटरसाइकिल सवार एक-दूसरे को निहारते रह गए। अपने पर्स को मुँह की खाते कभी उसने इस तरह नहीं देखा था। नर्स भी अचरज में पड़ गई कि आखिर यह क्या कह रहा है।

पर वह बड़बड़ाता गया, "आप लोग असमंजस में पड़ गए न! मैं जानता था, आप यह काम नहीं करा सकते; क्योंकि मैं कोई नेता नहीं, अभिनेता भी नहीं और न कोई बड़ा आदमी हूँ।"

नर्स ने समझ लिया कि यह इसके चोट खाए मस्तिष्क का घायल प्रलाप है। यह सामान्य स्थिति में नहीं है। उसने उन लोगों को मना करते हुए कहा, "मरीज को ज्यादा मत बोलवाइए।"

दोनों मोटरसाइकिलवाले चुपचाप उसे देखते रहे।

"मैं जानता हूँ कि आप यह काम नहीं करा सकते।" मरीज के चेहरे पर एक निराश मुस्कराहट उग आई, मानो वह ललकार रहा हो, "आप मेरी इच्छा पूरी करना चाहते हैं न? पर कितने निरीह हैं आप!"

"तुम्हारी इच्छा पूरी की जाएगी।" मोटरसाइकिल सवारों में एक बहुत सोचते हुए धीरे से बोला।

"सच?" रामू की बाँछें खिल गईं। निराशा की तपती धरती ने हरियाली ओढ़ ली। ज्वालामुखी पर बर्फ जमने लगी। उसकी डूबती आँखों में अजीब शांति थी। आह और कराह के ऊपर इतने आराम से संतोष को लेटे कभी देखा नहीं गया था।

दोनों मोटरसाइकिल सवार वहाँ से चल पड़े।

"क्या-क्या सोचा था और बात कहाँ आकर अटक गई। उसने इच्छा जाहिर की तो एक अजीब सी। खोदा पहाड़ तो निकली चुहिया।" दोनों हँस पड़े।

"पर उसकी शर्त मामूली नहीं है।...कैसे पूरी करोगे उसकी इच्छा?" पहला बोला।

"सोचता हूँ।" दूसरे ने कहा, "मरते शख्स की अंतिम इच्छा तो पूरी करनी पड़ेगी ही।"

"पर यह संभव नहीं लगता।"

"इसे संभव करना पड़ेगा। मैंने उसे वचन दिया है।" इतना कहकर पहला आदमी मरीज का पता-ठिकाना जानने के लिए फिर लौटा।

दिन-पर-दिन सरकते चले गए।

अचानक एक शाम लोगों ने टी.वी. पर रामू की तसवीर देखी। उद्घोषिका ब्योरा सुना रही थी, "रामलाल उर्फ रामू लगभग एक महीने से लापता है। अंतिम बार उसे भूरे रंग की पैंट और नीली शर्ट में वाराणसी के रामनगर अस्पताल के पास देखा गया था। उसकी दिमागी हालत सामान्य नहीं है। अकसर वह टी.वी. पर दिखाए जानेवाले लोगों के संबंध में बातें करता है।" रामू के बारे में जानकारी देने के लिए पता इलाहाबाद का दिया गया था।

तब से रामू गुमशुदा लोगों की सूची में है। आज तक उसकी कोई सूचना नहीं मिली है।

□

## स्पर्श सुख

मेरे मना करने के बावजूद फूलन बाबू मुझे लेकर डी.टी.सी. की बस में ही चढ़ते हैं। वे मेरे पुराने दोस्त हैं और जब में दिल्ली आता हूँ तो उन्हीं के यहाँ ठहरता हूँ। यह सही है कि यहाँ की बस सेवा दिल्ली में एक से दूसरे स्थान की दूरी बहुत कम कर देती है। पर ऑफिस जाने और आने के वक्त बसों में इतनी भीड़ होती है कि उसमें घुसना और खड़े होने के लिए स्थान बनाना ग्वाले से बिना पानी मिले दूध पाने की तरह है—मेरे जैसे बनारसी के लिए तो और भी मुश्किल, जिसकी प्रकृति हर काम को इत्मीनान से करने में विश्वास करती है।

इसलिए, यदि कभी फूलन मुझे ढकेलकर बस की भीड़ में अचार की तरह कस भी देता है तो मैं अपने प्राणायाम के अभ्यास के कारण खड़ा तो रह जाता हूँ, पर अपने गंतव्य पर उतर नहीं पाता। इस बार भी ऐसा ही हुआ। उतरते-उतरते दो स्टॉप आगे चला गया, वह भी पीछे से एक औरत ने धक्का मारा तब।

पर फूलन उतरने और चढ़ने में माहिर है। वह भीड़ के बदन में तीर की तरह चुभता चला जाता है और अभीष्ट स्थान पर बस रुकने के पहले ही वह उतरनेवाले दरवाजे के पायदान पर आ जाता है। इस बार भी वह ऐसे ही उतर गया; पर मेरे न उतर पाने पर फूलन फिर पायदान पर चढ़ गया। और मेरे न उतर पाने की लाचारी का चश्मदीद गवाह बना रहा।

उतरते ही मैंने खुली हवा में साँस ली।

''औरत के धक्का मारने पर आह क्यों भर रहे हो, यार? यह दिल्ली-है-दिल्ली। यहाँ औरत और मर्द के धक्के में कोई फर्क नहीं होता।'' फूलन बोला और फिर खिलखिला पड़ा, ''तुम तो मास्टर हो न! जानते ही होगे कि धक्का 'न्यूटर जेंडर' है।'' इस बार उसकी खिलखिलाहट एक सीढ़ी और चढ़ गई थी।

''लगता है, दिल्लीवालों ने स्पर्श रोमांस की संवेदनशीलता ही खो दी है।'' अपने स्टॉप पर पैदल लौटते हुए मैं बोला।

वह फिर हँस पड़ा, ''स्पर्श रोमांस''' !'' यदि सन्नाटा होता तो उसकी खिलखिलाहट दूर तक तैरती निकल जाती, पर दिल्ली की चीखती सड़कों पर वह कुचलकर रह गई।

फिर उसने 'स्पर्श रोमांस' पद की कई बार मौखिक आवृत्ति की और कुछ सोचते हुए बोला, ''मास्टर, तुमने स्पर्श रोमांस की बात कहकर एक बहुत पुराने घाव पर उँगली धर दी है।'' मेरे कंधे पर हाथ रखते हुए वह कुछ विचित्र ढंग से मुस्कराया। उस मुस्कराहट में रहस्य भी था और मेरे प्रति आत्मीयता भी।

''अच्छा, तुम्हें स्पर्श रोमांस की आपबीती सुनाता हूँ। एकदम सत्यकथा। यह सत्यकथा पत्रिकाओं में छपनेवाली सत्यकथाओं जैसी नहीं है, जिनमें कथा तो होती है, पर सत्य गायब होता है।''

''मानता हूँ कि तुम जो सुनाने जा रहे हो उसमें सत्य ही है, कथा नहीं है।'' उसकी मुस्कराहट में अपनी मुस्कराहट जोड़ते हुए उसकी बात खत्म होने के पहले ही मैं बोल पड़ा।

''हाँ, हाँ बिल्कुल ठीक। मुझे विश्वास है कि तुम इसकी चर्चा कहीं नहीं करोगे।''

''क्यों ?''

''क्योंकि मैंने इसकी चर्चा कहीं नहीं की है।''

''अपनी बीवी से भी नहीं ?''

''नहीं।'' वह फिर अपनी प्रकृति के अनुसार हँसा और बोला, ''बीवी को बताकर क्या घर में महाभारत कराता ?'' फिर उसने अपना पुराना घाव उघाड़ना शुरू किया। उसने बताया, ''मैं रीगल में 'रोजर मूर' की एक फिल्म देखने गया था। फिल्म सेक्सी थी और रोमांचक भी।''

''यह कब की बात है ?'' मैंने उसे बीच में टोका।

''शक संवत् तो याद नहीं। पर तुम तारीख जानकर करोगे क्या ?''

''मैं तो महज यह जानना चाहता हूँ कि उस समय तुम्हारे बाल पके थे या नहीं।''

उसके मुख से फूटे घड़े से कलकलाती हुई एक स्वर धारा फिर छूटी, ''अरे यार, बाल पक भी गए तो क्या! दिल तो नहीं पका था। वह तो वसंती हरियाली में झूम ही रहा था, वरना मैंने देखने के लिए वह फिल्म ही क्यों चुनी होती!''

फिर उसने बताया, ''मेरा टिकट बालकनी का था। उसपर जो नंबर पड़ा था, उसकी दाहिनी ओर की सीट पर एक युवती पहले से बैठी थी, पैंट और शर्ट पहने, बिल्कुल आधुनिका।''

''लगता है कि उस दिन परमात्मा तुम पर प्रसन्न था।'' मैंने कहा।

''परमात्मा प्रसन्न था या नहीं, इसे तो परमात्मा ही बता सकता है। पर हाँ मैं इतना कह सकता हूँ कि उस सीट पर बैठकर मैं बड़ा प्रसन्न हुआ था। पहले तो उसे देखकर

सहमा, पर जब मेरी उपस्थिति पर उसकी प्रतिक्रिया शून्य थी, तब संतुष्ट ही हुआ था।''

वह कुछ समय के लिए मौन हो, जैसे कहीं खो गया था। वह मेरे साथ चलते हुए स्थिर था और अपनी याद्दाश्त का संदूक आहिस्ता-आहिस्ता खोलते हुए बोला, ''सचमुच वह अपनी हेयर स्टाइल और गौरवर्ण के कारण विदेशी सुंदरियों जैसी लगती थी।''

''बिल्कुल आयातित।'' मैं बीच में ही बोल पड़ा।

''तुम मजाक समझते हो, मास्टर? पर विश्वास करो, ऐसी सुंदरी का इतना गहरा सान्निध्य मुझे इसके पहले कभी नहीं मिला था।'' उसकी खिली हुई बाँछें और अधिक खिल गईं, ''और शायद ऐसा सान्निध्य तुम्हें भी कभी न मिला हो।''

''यह तुम्हें ही मुबारक हो।''

''हाँ, अब तो अंगूर ही खट्टे हैं।''

''खैर, तुम्हारे लिए वे मीठे निकले। मुझे तो इसी पर संतोष है।''

''नहीं भाई, मेरे लिए भी वे खट्टे ही निकले। मीठे होते तो रोना किस बात का था!'' इसके बाद उसकी खुशी के खुले आकाश में बादल घिरते मालूम हुए।

वह बोलता गया, ''थोड़ी देर बाद उस सुंदरी के बगल में एक और तरुणी आकर बैठ गई। वह भी लगभग उसी की हमउम्र और उसी तौर-तरीके की थी। उसकी बातों से जाहिर था कि वे आपस में दोस्त हैं। दोनों साथ ही आई थीं और वह बीच में उठकर किसी काम से बाहर चली गई थी।''

उसके आते ही उसने पूछा था, ''कोई विशेष बात तो नहीं?''

''नहीं।'' वह अपनी दोस्त की ओर देखकर मुस्कराई।

''मेरे लिए यह सबकुछ रहस्यमय था। एक सुखद रहस्य। मार्ग में अचानक मिले बंद 'कनक घट' जैसा।...और मैं एक लुभावने सपने में खोता गया। जब जरा भी वह अपनी सीट पर हिलती-डुलती, उसके वस्त्रों की मादक महक बहुत भीतर तक मुझे छू जाती। मेरे मन के भौंरे को ऐसा लगता, मानो वसंत में गदराई फूलों की क्यारी उसके बगल में ही कसमसा रही है।''

मैंने अनुभव किया कि फूलन अब बिल्कुल मूड में आ गया है। वह मेरे कंधे पर हाथ धरे चलता तो जरूर है, पर वह अगल-बगल के वातावरण से एकदम दूर, कहीं दूर, एक दूसरी दुनिया में है। और वह उसी का रस लेने लगा है। वह कहता जा रहा था, ''फिल्म शुरू हुई। उसका शुरू होना मेरे लिए उतना सुखद नहीं था, जितना हॉल में अँधेरा हो जाना। मुझे लगा, मैं अँधेरे आकाश में तारों के लोक में हूँ।...सामने सिनेमा चल रहा था, पर मेरा उससे क्या वास्ता? मेरा सिनेमा तो मेरी बगल में था। मैं अनुभव कर रहा था कि यदि मेरे दाहिने कंधे में आँखें होतीं तो कितना अच्छा होता।...फिर भी

मैं कनखियों से उसे देखता जा रहा था।''

''फिल्म में एक रोमांटिक सीन था। जंगल में हीरो हीरोइन से बिछुड़ गया था। हीरोइन उसे उस जंगली सुनसान में चारों ओर खोज रही थी। अंत में वह देखती है कि हीरो पेड़ के नीचे खड़ा होकर सामने तालाब में तैरती मछलियों को निहार रहा है। फिर क्या था? वह बड़ी तेजी से दौड़कर जाती है और पीछे से हीरो की दोनों आँखें अपनी हथेलियों से ढककर उसे अपनी ओर खींचती है। हीरो के सिर का पिछला हिस्सा हीरोइन की छाती से लग जाता है, धड़कती हुई छाती से।''

फूलन ने बताया, ''बस इसी समय बगल में बैठी युवती 'सी' करके रह जाती है और उसके साथ ही मैं 'आह' कर बैठता हूँ। ये दोनों आँहें इतनी स्वाभाविक और स्वत:स्फूर्त थीं कि क्या कहूँ? अगल-बगल लोगों को छू गई हों तो आश्चर्य नहीं।

''इसके बाद उस युवती ने मुझे घूरकर देखा। निश्चित रूप से उसकी दृष्टि में आक्रोश रहा होगा। पर मुझे आत्मीयता ही दिखाई दी। उसकी बगल में बैठी उसकी मित्र ने पूछा, ''क्या बात है?''

'' 'कुछ नहीं।' क्षण भर चुप रहने के बाद उसने कहा, ''मैं देख रही थी कि वह कितनी तेज दौड़कर आई है!' ''

'' 'तुम्हारी कमजोरी ही तुम्हारी आह का कारण बन जाती है।'' उसकी दोस्त बोली, ''तुम यह क्यों नहीं सोचती कि दुनिया में ऐसे अनेक लोग हैं, जो ऐसा नहीं दौड़ सकते?' ''

फूलन ने बताया, ''उस समय मैं उसकी बात बिल्कुल नहीं समझ पाया। मेरा मन तो उस सुखद क्षण में ही उलझा रहा, जब हम दोनों की आँहें एक हो गई थीं। उसने हीरोइन की चाल के अंदाज पर आह भरी थी और मैंने हीरो के सौभाग्य पर।...पर कारण चाहे जो रहा हो, आह-तो-आह थी। और दोनों एक हो गई थीं।''

'जब आहें एक हो सकती हैं, तब हम भी एक हो सकते हैं।' फूलन ने सोचा और फिर कनखियों से उसकी ओर देखा। उसकी निगाहें सामने परदे पर थीं।

फूलन ने बताया, ''अब उसका दाहिना हाथ धीरे- धीरे उसके पैर की ओर ढुलकने लगा था। यह उसकी इच्छा नहीं थी, बल्कि उसके भीतर दबी कोई छटपटाहट उसके हाथ को खुद-ब-खुद उधर ढकेल रही थी।

''उसके पैर से पहले मेरी उँगली छुई या मेरा रूमाल, कह नहीं सकता।'' फूलन बता रहा था, ''पर वह स्पर्श मुझे करेंट सा लगा था। उसने कोई प्रतिक्रिया व्यक्त नहीं की थी। धीरे-धीरे मेरी उँगली उसके पैंट पर रेंगती रही। वह चुपचाप सिनेमा देखती रही।

''इसी समय बीच की सीट पर बैठे एक आदमी ने अचानक खाँसा। चोर का जी आधा। मेरा हाथ हड़बड़ाकर अपनी जगह चला आया। मैंने यह भी अनुभव किया कि

वह अपनी सीट पर थोड़ा सा कसमसाई।''

फूलन का कहना था, ''मुझे कुछ ऐसा महसूस होने लगा था कि पीछे का आदमी मेरी हरकत देख रहा है। हमारे सिनेमा का यह अदृश्य 'विलेन' मुझे चुभने लगा था। मैं विश्वास करने लगा कि ऐसा ही अनुभव मेरी बगल में बैठी तरुणी भी कर रही है, वरना वह ऐसी कसमसाई न होती।

''इसी उधेड़बुन में 'इंटरवल' हो गया। लोग अपनी सीटों पर से सरकने लगे, पर मैं जहाँ-का-तहाँ बैठा रहा; जैसे मुझमें उठने की ताकत ही न हो।

'' 'कुछ चाहिए तो नहीं?' उसकी दोस्त उठते हुए बोली, 'बाहर चलोगी?'

'' 'नहीं।' एक संक्षिप्त सा उत्तर देकर वह तरुणी फिर सामने देखने लगी और किन्हीं विचारों में खो गई। इस बीच मैं अपनी सीट पर काफी हिला-डुला और दो-तीन बार मैंने उसे बड़े इत्मीनान से देखा भी, पर वह अपने में खोई मौन बैठी रही। ठंडा और गरम बेचनेवालों की आवाजें भी उसे झकझोर न सकीं।

''थोड़ी देर बाद एक लड़का आइसक्रीम लेकर आया। मैंने एक कप लेकर उसकी ओर बढ़ाया, ''क्या आप साथ देंगी?'' पहले तो उसने ना-नुकुर की, पर शीघ्र ही मेरे आग्रह की आत्मीयता के सामने वह 'थैंक्स' कहती झुक गई।

''हम दोनों आइसक्रीम खाते रहे। इस बीच मैंने उसे निहारने का कार्यक्रम जारी रखा। चुपचाप आइसक्रीम खाकर उसने कागज का वह कप सीट के नीचे ढुलका दिया। अब उसकी दृष्टि उस दंपती की ओर थी, जो पीछे से उठकर बाहर गए थे और लौट रहे थे। उसकी पत्नी मटकती और फुदकती हुई सीढ़ियाँ चढ़ रही थी।

''मैं समझ गया कि यह युवती भी प्रेम के क्षेत्र में निराश है। उसकी इसी स्थिति ने उसे गुमसुम बना दिया है। अंधा क्या चाहे, दो आँखें। उसकी परिस्थिति मेरी प्रेमिल मानसिकता के काफी अनुकूल लगी।

''अब सिनेमा शुरू हो गया था। उसकी दोस्त भी बगल में आकर बैठ चुकी थी। मेरा हाथ फिर धीरे-धीरे उसके पैर की ओर बढ़ने लगा था। फिर भी उसे खुलकर छूने की हिम्मत नहीं हो पा रही थी। या तो मेरा रूमाल या मेरी उँगलियों का अग्र भाग उसकी जाँघ के पास की पैंट का स्पर्श करता था और मेरे स्नायुओं में सनसनाहट दौड़ जाती थी। मैं एक अकथनीय स्पर्श-सुख का अनुभव कर रहा था। डर भी था कि पीछेवाला व्यक्ति कहीं देख तो नहीं रहा है।

''परदे पर पिक्चर भागती चली जा रही थी। यह स्पर्शानंद कुछ ही देर का मेहमान लगा। मेरा रोमांस अपनी पूरी ऊर्जा के साथ भभका। मैंने अपना सारा साहस समेटा। तभी मेरा हाथ उसकी कमर की ओर बढ़ गया। उसका व्यक्तित्व अप्रत्याशित रूप से खड़बड़ाया और उसने धड़ाधड़ दो-तीन थप्पड़ रसीद कर दिए।

''अगल-बगल से आवाज उठी, ''क्या हुआ? क्या हुआ?'' मेरा सारा रोमांस भयभीत कछुए की तरह अपनी खोल में हाथ-पैर सिकोड़े 'आँधी आवे बैठ गवावे' की मानसिकता में आ गया था।

''गनीमत थी कि इसके बाद उस युवती ने न कुछ कहा और न कुछ किया। जैसे कुछ हुआ ही नहीं। अपनी दोस्त का हाथ पकड़कर वह शांत ही रही। पर उसकी साँसें अब भी तेज चल रही थीं। लगा, वह भीतर-ही- भीतर उबल रही है।

''रोमांस के उस गुजरे अंधड़ के बाद अब भय के बादल छाने लगे थे और मैं आशंकाओं से भीगने लगता था कि कहीं उसका क्रोध फिर आक्रामक न हो जाए। गलती कर ही चुका हूँ—और फिर यदि मामला और गंभीर हुआ तथा अन्य लोगों को भी मेरी हरकत का एहसास हो गया तब क्या होगा? और इसमें अगर कोई परिचित निकला तब?

''ज्यों-ज्यों सोचता रहा, मेरी घबराहट बढ़ती गई। एक क्षण ऐसा आया, जब हर आँख मुझे घूरती हुई मालूम हुई। उनसे छूटती चिनगारियाँ उस अँधेरे में भी मुझे बेधने लगी थीं। अब एक क्षण के लिए भी वहाँ बैठ पाना मेरे लिए मुश्किल था। मैं चुपचाप उठकर हॉल के बाहर आ गया।

''मैं काफी व्यग्र था। समझ नहीं पा रहा था कि यह सब कैसे हो गया? इतना लिफ्ट देने के बाद भी उसने ऐसा सलूक क्यों किया? सोचते हुए मैं बगल के रेस्तराँ में जाकर बैठ गया। सिगरेट जलाकर प्याली में उठता तूफान देखता रहा।''

फूलन बताता जा रहा था, ''ऐसे ही काफी समय बीत गया। अंत में सिनेमा छूटा। मैं ऐसी जगह बैठा था, जहाँ बालकनी से निकलनेवाले साफ दिखाई दे रहे थे। पर मैं उनकी नजरों से दूर था।''

''मैंने देखा, हर व्यक्ति निकला चला आ रहा है, किंतु वह युवती अभी तक नहीं दिखाई दी। ऐसा तो नहीं कि वह मुझे मारने के बाद डर गई हो। मैं भी पहले चला आया हूँ। सोच रही हो कि बाहर वह कुछ लोगों को लेकर यदि घेरेगा तो क्या होगा? इसलिए अपने बचाव की व्यवस्था किए बिना शायद वह बाहर न निकले। या यह भी हो सकता है कि वह मैनेजर के कमरे में गई हो और पुलिस का सहयोग लेने की व्यवस्था कर रही हो। पर अगर वह पुलिस के साथ आई और मुझे देख लिया तो? तब तो पुलिस लफंगों और शोहदों की धारा लगाकर मुझे पकड़ लेगी।...पर क्या प्रमाण है कि वह व्यक्ति मैं ही हूँ? मैं साफ कहूँगा कि यह औरत झूठ बोलती है। किसी बदनीयती से मुझे फँसाना चाहती है।...मेरे मन में विचारों की कुश्ती चल ही रही थी कि वह बालकनी से निकलती दिखाई पड़ी।

''मेरी आशंका निर्मूल निकली। मैंने देखा कि उसके आगे-पीछे कोई नहीं है। अपनी दोस्त के कंधों का भरपूर सहारा लेते हुए वह धीरे-धीरे सीढ़ियाँ उतर रही है।

जरूर उसके पैर में कोई कष्ट है। एक बार मेरी दृष्टि उससे चिपक गई।'' इतना कहने के बाद फूलन थोड़ी देर के लिए रुका और मेरी ओर देखकर मुस्कराते हुए बोला, ''यार, नियति ने इतना गहरा मजाक मेरे साथ कभी नहीं किया था।'' और फिर वह अपनी बात पूरी करते हुए कहने लगा, ''अब मैं रेस्तराँ के बाहर आ गया था और साइकिल स्टैंड की दीवार की आड़ में खड़ा हो गया। अंतिम सीढ़ी पर आते-आते वह ऐसा लड़खड़ाई, गोया गिर ही पड़ेगी। उसकी दोस्त ने उसे सँभाला। तब तक धड़धड़ाता हुआ एक व्यक्ति सीढ़ी से उतरा। लगता था, वह इसी सिनेमा का कोई कर्मचारी है।

'' 'क्या बात है ?' उसने सहायता के लिए स्वयं को प्रस्तुत किया।''

'' 'कोई बात नहीं,' उस युवती की दोस्त बोली, ''मेरी सहेली का बायाँ पैर नकली है। एक दुर्घटना के कारण जाँघ तक काट देनी पड़ी थी। इसी से यह कभी-कभी लड़खड़ा जाती है।''

फूलन ने बताया, ''इसके बाद मैं 'धक' से करके रह गया। अच्छा होता, मेरे सामने इस रहस्य का उद्घाटन न होता।

□

# रोशनी कहाँ गई

जून के महीने में ही भादो का आसमान फट पड़ा। पिछले चार दिनों से रिकॉर्ड बारिश हो रही है। मौसम वैज्ञानिक कहते हैं कि यह सब पर्यावरण के बिगड़ने का परिणाम है।

मैं बाहरी ओसारे में बैठा इस बेमौसम बरसात का आनंद ले रहा हूँ—अकेला, एकाकी। सामने की सड़क गायब हो गई है। चारों ओर पानी हिलोरें ले रहा है। उसकी बनती-बिगड़ती लहरों में छपकौली खेलता मुझे अपना बचपन दिखाई देता है। जब अभिभावक बिगड़ते थे, तब साहबान के साए में आकर, कागज की नावें बना-बनाकर लहरों में ऐसे ही छोड़ता था। तब मैं अकेला नहीं होता था। चुन्नू, मुन्नू, रहीम, फुलवा आदि साथ होते थे। आज मैं अकेला हूँ और वह बचपन भी नहीं रहा, अब है तिहत्तर वर्षों का बुढ़ापा।

मैं देख रहा हूँ सामने दूर के एक मकान से मुझसे भी बूढ़ा अपने से बूढ़े छाते में, जिसकी कुछ तीलियों ने कपड़ा छोड़ रखा है, सिमटा चला आ रहा है। उसके लड़खड़ाते पाँव पानी से पूरे निकले नहीं कि वह दूसरा बढ़ा देता है। लगता है अब गिरा, तब गिरा। फिर भी वह चला आ रहा है।

ऐसी मुसीबत झेलने के पीछे कोई कारण अवश्य होगा या कोई पागलपन सवार हो, बादलो फोबिया तो नहीं।

अब तक जिसका अनुमान था, चश्मा लगाने के बाद वह आकृति साफ हो गई। यह है पं. दीनानाथजी, मेरे हमपेशा रहे हैं। मुझसे चार साल पहले एक कॉलेज के भौतिक विभाग के प्राध्यापक के पद से रिटायर्ड हुए, पर 'टायर्ड' तब हुए, जब आज से दो साल पहले उनकी पत्नी का निधन हो गया। न कोई बाल-बच्चा हुआ और न किसी को उन्होंने अपना बनाया। एकदम तनहा। आगे नाथ, न पीछे पगहा।

तब से उनकी जिंदगी वैज्ञानिक किताबों में ही खोई रहती है। जब कभी दिखाई भी पड़ते हैं तो अपनी ही बनाई किसी समस्या से उलझे हुए कुछ बड़बड़ाते हुए एकदम

खब्तुल हवास से। मुहल्लेवालों से भी बहुत कम बोलते, बस काम-से-काम रखते। न ऊधो का लेना, न माधो का देना। किसी से कुछ बातें हुईं भी तो बिना सिर-पैर की। कोई कहता कि उनके दिमाग का कोई स्क्रू ढीला है। कोई कहता कि आधे पागल हैं। फिर भी अभी उनके प्रति आदरभाव बाकी है। बच्चों द्वारा उनपर ढेला फेंकने की स्थिति नहीं आई है।

'दिनभर चले अढ़ाई कोस' की गति से मेरे फाटक तक आते-आते उन्हें पंद्रह-बीस मिनट तो लगे ही होंगे। मैंने उठकर फाटक खोला।

सूरज तो बादलों में पहले ही डूब गया था। अब दिन भी डूबने को था। अँधेरा गाढ़ा हो चला। बत्तियाँ जला दी गईं।

मेरा पौत्र चारु पता नहीं क्यों उनको देखकर हँसने लगता है। इस समय भी खुशी-खुशी उसने उनका पैर छुआ और फुदकता हुआ भीतर चाय के लिए कहने चला गया।

बात मौसम के बिगड़े मिजाज से शुरू हुई, "कभी आपने जून में ऐसी बारिश और ऐसे घने बादल देखे हैं? जो कल शाम से आए तो आज तक बरसते रहे। अरे, सावन-भादो मास हैं। कहीं आगे सूखा न पड़े। कहीं भादो जून न बन जाए!" उन्होंने कहा।

"इस मौसमी उलट-फेर का कारण आपके वैज्ञानिकों ने बताया है?" मैंने पूछा।

"हाँ, बताया तो है।" दीनानाथजी बड़ी गंभीरता से बोले, "पर उनकी भविष्यवाणियाँ शत-प्रतिशत कहाँ सिद्ध होती हैं!" फिर वे रुक गए। थोड़ी देर बाद वैसी ही चिंतन-मुद्रा में बोले, "मौसम विभाग का निष्कर्ष तो निरीक्षण के औसत परिणाम पर निर्भर है। उसका आज का निष्कर्ष कल गलत भी हो सकता है। उसमें निष्कर्ष की अस्थिरता है; पर विज्ञान के दूसरे विभागों में अस्थिरता नहीं है, यह नहीं कहा जा सकता। फर्क बस इतना ही है कि मौसम विज्ञान की अस्थिरता की अवधि बहुत कम है। विज्ञान के अन्य विभागों के निष्कर्ष गणितीय आधार पर निकाले जाते हैं और हर एक ऐसे निष्कर्ष के साथ एक सिद्धांत अस्तित्व में आ जाता है। वर्षों तक वह तथ्य सत्य की तरह स्थापित हो जाता है। पर यह सत्य कब तक सत्य रहेगा, यह नहीं कहा जा सकता। कल एक दूसरा वैज्ञानिक पैदा होगा। वह उसी क्षेत्र में दूसरा सिद्धांत प्रतिपादित करेगा और पहला गलत हो जाएगा। आज जो वैज्ञानिक सत्य है वह कल सत्य नहीं भी रह सकता।"

"फिर वह सत्य कैसा है?" मैंने कहा, "सत्य है जो कभी बिनसै नाहीं! जो सत्य कल बदल जाए मरणाधर्मा हो, वह सत्य नहीं है।" "सत्य तो अमरेश्वर है; जब कुछ नहीं था, तब भी सत्य था; जब कुछ नहीं रहेगा, तब भी सत्य रहेगा। पर तथ्य बदलते रहे हैं।"

"आप तो दर्शन की बात करने लगे।" उन्होंने कहा, "विज्ञान दर्शन नहीं, दर्शन

के सत्य को पाने की सतत यात्रा है। विज्ञान का जीवन तथ्यों पर ही निर्भर है। वह दर्शन के सत्य की अनदेखी नहीं करता, वह उसको स्वीकारते हुए आगे बढ़ता है। वह कहता है कि कोई वस्तु नष्ट नहीं होती। उसका रूप नष्ट होता है, 'उसका फार्म' बदलता है। पानी गरमी से भाप बना। फिर वह बादल हुआ। ठंडा हो बरसा। फिर पानी-ही-पानी। जिसे भौतिक भाषा में नष्ट होना कहते हैं, वह मात्र रूप बदलता है।''

मुझे अचानक 'गीता' की पंक्ति याद हो आई। 'नासतो विद्यते भावो ना भावो विद्यते सतः।' असत्य का अस्तित्व नहीं है और सत्य का अभाव नहीं है। सत्य उससे परे है, जो होना है, सूर्य है, फार्म है। विज्ञान उसी नश्वर को दृष्टि में रखकर अनश्वर की तलाश में आगे बढ़ता है। मैं सोचता रहा।

मुझे अपने में खोया देखकर उन्होंने तुरंत टोका, ''लगता है, आपका ध्यान और कहीं है, आप मुझे सुन नहीं रहे हैं।''

मैंने हँसते हुए कहा, ''आप अपने में खोए थे और मैं अपने में। भला ऐसे लोग कभी एक-दूसरे को सुनते हैं?''

''इसीलिए तो ऐसे लोगों को पागल कहते हैं।'' दीनानाथजी बोले और हम दोनों हँस पड़े।

इसी बीच बिजली कड़की। एक प्रकाश बरसकर अचानक लुप्त हो गया। दीनानाथजी तुरंत बोल पड़े, ''देखिए पानी बरस रहा है, बह भी रहा है। पर वह बहकर कहाँ जा रहा है या कहाँ जाएगा, इसे हम सब जानते हैं; किंतु इन्हीं बादलों से प्रकाश बरसा, वह कहाँ गया? इसे हम नहीं जानते।''

इसी बीच चारु चाय ले आया। यद्यपि चारु किसी के आने पर चाय नहीं लाता, यह काम नौकरों का है। पर दीनानाथजी चारु को बड़ा प्यार करते हैं। इस बार भी उसके ट्रे रखते ही उसे खींचकर अपने से चिपका लिया।

चारु का मुस्कराता बचपन उन्हें भाता है, पर चारु को दीनानाथजी नहीं, बल्कि उनकी बातें अच्छी लगती हैं, खब्तियों की बकवास की तरह। इस संदर्भ में मुझे एक घटना याद आती है।

एक दिन मैं अपराह्न में सोकर उठा ही था कि चारु दौड़कर आया। उसने सूचना दी कि 'वे' आए हैं।

''वे कौन?'' मैंने पूछा।

उसने मुस्कराते हुए अपनी दाहिनी कनपटी पर तर्जनी घुमाई और बोला, ''वही··· 55 जिनका 'स्क्रू' ढीला है।''

इस समय भी चारु ढीले 'स्क्रू' को देखता और हँसता रहा···कि अचानक बिजली गुल हो गई। दीनानाथजी बोल पड़े, ''अब देखिए बल्ब बुझ गया। बल्ब है, तार है,

स्विच है; पर करेंट टूट गया और रोशनी गायब हो गई।...फिर वही सवाल, आखिर रोशनी गई कहाँ?''

''रोशनी जहाँ से आई थी, वहाँ चली गई।'' चारु बोला और ताली बजाकर हँसता-उछलता निकल गया। यदि वह रहता भी तो मैं डाँटते हुए कहता ''बड़े लोगों के बीच छोटे टाँग नहीं अड़ाते। भागो यहाँ से।''

पर दीनानाथ उसकी बात सुनकर अपनी प्रकृति के अनुसार गंभीर हो गए। उन्होंने कहा, ''बच्चे कभी-कभी अनजाने में बड़ी महत्त्व की बात कह जाते हैं। चारु हँसी-हँसी में वह कह गया, जिससे अधिक विज्ञान अभी तक नहीं कह सका है। विज्ञान भी कहता है कि किरणें 'इनफिनिटिव' में समा जाती हैं या अनंत में खो जाती हैं। हर रोशनी का अंत बस एक जैसा होता है। दीया जहाँ बुझा, अँधेरा हुआ-चाहे वह मिट्टी का दीया हो, चाहे बिजली का, चाहे जिंदगी का। जहाँ रोशनी दीये से अलग हुई, अनंत में समाई। 'कबीर' का पिंजरा पड़ा रह गया और सूआ उड़ गया। अजीब बात है, सूआ जब पिंजरे में रहता है तब भी दिखाई देता है, उड़ता है तब भी दिखाई देता है। आसमान में वह अपनी पहचान रखता है। पर जिंदगी का सूआ कभी दिखता नहीं, जब पिंजरे में था, तब भी नहीं और जब उड़ा, तब भी नहीं। वह एक अदृश्य अदृश्य में चला गया। किरणों की तरह अनंत में समा गया या चारु के शब्दों में, जहाँ से आया था वहाँ चला गया।

''आध्यात्मिक लोग इसके विषय में तरह-तरह की बातें कहते हैं। उनकी बातें एक-दूसरे से टकराती भी हैं, उनकी टकराहटें सुनता हूँ। उनमें उलझता हूँ। पर किसी निश्चित निष्कर्ष पर न मैं पहुँच पाता हूँ और न वे पहुँच पाते हैं।'' इतना कहते-कहते दीनानाथजी को खाँसी आ गई। शायद उनके यूक का कोई कण वायु नली में चला गया था। वे बेतरह खाँसते रहे।

मैंने उनकी पीठ सहलाई। थोड़ी देर बाद वे प्रकृतिस्थ हुए।

मैंने कहा, ''बुढ़ौती का शरीर है। छोटी-मोटी परेशानी भी तिल का ताड़ हो जाती है।''

''क्या करोगे, भाई? अब तो उसे झेलना ही होगा। बुढ़ौती गले पड़ी ढोल है। चाहे आप इसे आनंद से बजाइए या बोझ की तरह ढोहिए।'' उनका 'मूड' फिर बदला। वे दूसरे अंदाज में बोल पड़े, ''जवानी जाकर भी न आए और बुढ़ापा आकर भी न जाए।''

''यह अनुभवजन्य पंक्तियाँ मैं बचपन से सुनता आया हूँ।'' मैंने कहा।

दीनानाथजी बीच में ही बोल पड़े, और अंतिम दम तक सुनते रहेंगे। ये पंक्तियाँ हमारे-आपके मरने के बाद भी जीवित रहेंगी, क्योंकि ये शाश्वत हैं जैसे मृत्यु, जैसे यह अँधेरा।

पंडितजी का दिमाग अब भी अंधकार और प्रकाश में ही उलझा था। वे फिर अपनी पूर्व मुद्रा में आ गए और बोले, ''अंधकार शाश्वत है, प्रकाश नहीं। भले ही हमारा पारंपरिक चिंतन उसे असत्य और अज्ञाय का प्रतीक माने। भले ही हमारे ऋषियों ने गाया हो, 'तमसो मा ज्योतिर्गमय। मृत्योर्मा अमृतं गमय' की प्रार्थना की हो।''

मुझे लगा कि दीनानाथजी को झक्कीपन का दौरा पड़ा है। मैंने कहा, ''लगता है, आप स्वयं अँधेरे में रहे हैं।''

अँधेरे में तो आप भी हैं। आप क्या समझते हैं? जब बिजली चमकती है तो वह चमककर रह जाती है? नहीं, इसी अँधेरे में खो जाती है। हर चमकनेवाले का यही अंजाम होता है। चमकना और खो जाना। यह एक क्षण में भी हो सकता है और लाखों-करोड़ों वर्षों में भी। हमारा सूरज चमकता है। हमें ताप और प्रकाश देता है। हमारे सौरमंडल का प्रधान, सबसे बड़ा ज्योतिपुंज, ऊर्जा का केंद्र। हमारा जीवन उसी पर निर्भर है। वह लाखों वर्षों से चमक रहा है, लाखों वर्षों तक चमकता रहेगा। एक दिन उसकी चमक बुझ जाएगी। उसका अस्तित्व ब्रह्मांड के अँधेरे में खो जाएगा। आप क्या समझते हैं? हमारे ब्रह्मांड में ऐसे हजारों ठंडे पड़े सूरज घूम रहे हैं।

लोगों को दीनानाथजी की बातें पागलों का प्रलाप ही लगतीं, क्योंकि लोगों की समझ के बाहर थीं। यह एक वैज्ञानिक जानकारी थी। वे कुछ समय तक चुप रहकर फिर बोलने लगे, अब तो यह बात काल्पनिक नहीं रही। हमारी अंतरिक्ष यात्राओं ने इसे सत्य प्रमाणित कर दिया है। ज्यों ही हम पृथ्वी के गुरुत्वाकर्षण से निकलते हैं, एक गहरे अंधकार में डूब जाते हैं। उसी अँधेरे में तैरते हुए वे ज्योतिष नक्षत्र भी हैं, जो अपने पथ पर गतिशील हैं और हमेशा गतिशील रहेंगे, भले ही वे कभी ठंडे पड़कर अँधे हो जाएँ। ऐसे ही ठंडे पड़े अँधे अनेक सूर्य ब्रह्मांड में अपने अस्तित्व का आभास करा रहे हैं।

''ये सब विज्ञान की बातें हैं।'' मैंने कहा, ''मेरी समझ से काफी दूर हैं।'' दीनानाथजी की फिर स्वाभाविक हँसी फूटी। उन्होंने विश्वास से कहा, ''आप उस श्याम बहन को तो जानते ही होंगे, जो व्यापक है, बिरज है, अजर है। ऐसे गहरे अंधकार ने ही हमारे मनीषियों को ब्रह्म की श्यामता के दर्शन कराए होंगे। तभी तो उस अमूर्त ब्रह्म को जब उन्होंने मूर्त रूप दिया, तब भी उसे श्याम ही माना। विष्णु का रंग भी श्याम है, राम का रंग भी श्याम, श्याम तो श्याम हैं ही।'' वे बोलते ही गए ''फिर श्याम रंग की अद्‌भुत विशेषता है।'' 'सूरदास की काली कमरी चढ़ै न दूजौ रंग।' हर रंग पर दूसरा रंग चढ़ जाता है, पर काले पर कोई दूसरा रंग नहीं चढ़ता। ब्रह्म पर किसका रंग चढ़ेगा? इसी सघन श्यामता में हमारे ऋषियों को वह व्यापक ब्रह्म दिखाई दिया।

एक अजीब बात और है। यदि सभी रंगों को मिला दिया जाए तो श्याम रंग ही बनेगा। सभी रंगों का अभाव भी श्याम ही होगा। सभी रंगों का संगठन भी श्याम है और

सभी रंगों का विघटन भी श्याम है। प्रलय की स्थिति में जब पूरी सृष्टि एक लय हो जाएगी तो वही श्यामता रहेगी, व्यापक ब्रह्म ही रहेगा। और सृष्टि का कारण ही श्यामता है।...इस सृष्टि का सारा प्रपंच श्यामता से चली श्यामता तक की एक ऋत यात्रा है।

इसके बाद दीनानाथजी चुप हो गए और चुप ही रहे। इस अँधेरे में स्पष्ट दिखाई दे रहा था कि उनकी आँखें लगभग झप रही हैं। वे किसी गहरे चिंतन में डूब गए हैं। वे मुझे उस लालटेन की तरह लगे, जिसकी चिमनी पर लोग पागलपन की चढ़ी कालिख ही देखते हैं, पर जिसके भीतर की ज्योति को नहीं देख पाते। मैंने धीरे से कहा, "मैं तो आपको विज्ञान का अध्यापक ही समझता था, पर आप तो अध्यात्म के क्षेत्र में भी पहुँचे हुए निकले।"

"आप ठीक कहते हैं। बहुत से लोग मुझे ऐसा ही समझते हैं। उन लोगों को यह नहीं मालूम है कि अध्यात्म विज्ञान की 'हाइपोथिसिस' है, प्रमेद है, एक निराधार अनुमान है। उस निराधार अनुमान को विज्ञान आधार प्रदान करता है। यद्यपि हमारे यहाँ अनुमान को भी एक प्रमाण माना गया है। विज्ञान उसी प्रमाण को सत्यापित करता है।" इसी बीच बिजली आ गई, बल्ब जल उठे।

चारु फिर दौड़ा हुआ आया और बोला, "बाबा, रोशनी जहाँ गई थी, वहाँ से फिर आ गई।"

"हाँ, बेटा, तुम ठीक कहते हो।" उन्होंने हँसते हुए कहा और उसे अपने पास बुलाया।

"ना बाबा, ना। मैं नहीं आऊँगा।" चारु फिर हँसता हुआ भीतर चला गया। उसकी मुद्रा में एक विचित्र आशंका थी कि पागल के पास कौन जाए।

रात गहराने लगी। अँधेरा घना होने लगा, पर बारिश कमजोर पड़ गई थी। सड़क पर लगा पानी भी कम हो गया था। पं. दीनानाथजी ने छाता उठाया और बिना कुछ कहे चल पड़े।

"मौसम का मूड अब भी खराब है।" मैंने कहा, "आप जाएँगे कैसे?" "जैसे आया था।" उन्होंने हँसते हुए अपने कथन का विस्तार किया, "जैसे रोशनी चली गई थी और चली आई, वैसे मैं भी अपने घर से निकला था, फिर अपने घर चला जाऊँगा।" उनके असामान्य प्रश्नों की तरह उनका उत्तर भी असामान्य होता था।

मैं उसी पानी में उन्हें सड़क के उस पार तक पहुँचा आया। मैंने अनुभव किया कि उनका पैर ठीक से पड़ नहीं रहा है, शरीर शिथिल हो गया है। एक हिम्मत है कि उन्हें चलाए चल रही है।

धीरे-धीरे दिन बीतते रहे। पं. दीनानाथजी अपने छोटे से घर में पड़े-पड़े तनहाई से ही बहस करते हुए समय काटते रहे।

शायद 1 जनवरी थी। उधर लगभग एक सप्ताह से मौसम बर्फीली हवा की चपेट में था। नए वर्ष का ठिठुरता सूरज अभी पूरब की खिड़की से झाँक ही रहा था कि मुहल्ले में कुहराम मचा। मैंने अपने बरामदे से देखा, पं. दीनानाथ के दरवाजे पर कुछ लोग जमा हो रहे थे। मेरी जिज्ञासा ने भी जोर मारा। मैं सीधे उनके द्वार पर आया। भीतर से उस बुढ़िया के रोने की आवाज आ रही थी, जो सवेरे-सवेरे उनकी चाकरी में आ जाती थी।

मैंने भीतर घुसकर देखा, दक्षिण की ओर पैर कर पंडितजी को चौक में लिटा दिया गया था। काफी लोग मौन खड़े थे। किसी के मुँह में जैसे जबान ही न हो। सबकी आँखों में बस एक प्रश्न था, रोशनी कहाँ गई?

□

# दीक्षा

गंगा-तट के लोगों ने काले घोड़ों पर सवार दो अश्वारोहियों को हस्तिनापुर की ओर जाते देखा। उनके पीछे कोई बड़ी सेना तो नहीं थी, पर कुछ लोग धनुष-बाण से युक्त अवश्य चल रहे थे। उनके शरीर लौहवर्णी थे। देखने में भील, निषाद या व्याध जान पड़ते थे।

उनकी वेशभूषा भी विचित्र थी। केवल अधो अंग ताल के कोमल पत्तों से आच्छादित था। कटि में मूँज की मेखला थी, जिससे ये पत्ते लटक रहे थे, जिनके भीतर से इनकी कौपीन बीच-बीच में झाँकती दिखाई देती थी। नंगे पैरों की छितराई हुई उँगलियाँ उनकी चाल की क्षिप्रता की छाप गंगा-तट पर स्पष्ट छोड़ रही थीं, जिन्हें पढ़कर कोई भी जान सकता था कि ये तेज चलने में अभ्यस्त लोगों की पदचापें हैं।

आकाश में मेष का सूर्य काफी चढ़ आया था, पर अभी मध्याह्न के करीब नहीं पहुँचा था, किंतु धूप तेज हो गई थी। अश्वारोहियों की लौहवर्णी काया धूप की तिलमिलाहट में ताम्रवर्णी लग रही थीं। मार्ग के किसी व्यक्ति ने पहले अश्वारोही को सलाह दी, "आप पसीने से लथपथ हैं, किसी वृक्ष की शरण में चले जाइए।"

"पुष्पवटी (आज के बुलंदशहर के पास का क्षेत्र) के अरण्य का अधिपति लक्ष्य सिद्ध करने के समय कभी किसी की शरणागत नहीं होता, भले ही वह किसी वृक्ष की छाया ही क्यों न हो!" अश्वारोही हँसा और आगे बढ़ गया।

उसकी प्रगल्भ हँसी बड़ी देर तक उस राही पर छाई रही। वह चुपचाप उन्हें जाते देखता रहा और समझ गया कि ये अरण्यवासी हैं और आरण्यक जीवन जीते हैं। इन्हें कभी भी वर्षा, ग्रीष्म, शीत अपनी भयावहता से आक्रांत नहीं कर पाते।

उस राही को उन अश्वारोहियों का वेश भी विचित्र लगा। रजत-मेखला से फँसा हुआ उनका अरुणाभा लिये मटमैला अधोवस्त्र कुछ विचित्र ढंग से चमक रहा था। सिर पर सीपियों और घोंघों से बने मुकुट में मोती-मूँगे और घुमची की झालरें लगी थीं, जो उनके अरण्यराज होने का प्रमाण दे रही थीं।

वेग से चलते हुए वे घड़ी भर में ही हस्तिनापुर के दक्षिणी नगर द्वार पर पहुँचे। उनके साथ बहुत से जंगली कुत्ते भी चले आए थे, जो द्वारपालों को देखकर भौंकने लगे।

द्वारपालों ने उन्हें रोक दिया। ऐसा अद्‌भुत था राजा और अद्‌भुत थी उसकी सैन्य टुकड़ी। उन लोगों ने ऐसा कभी देखा नहीं था। पूरी सुरक्षा सेना ही उन्हें घेर कर खड़ी हो गई। भीतर से कुछ नगरवासी भी चले आए।

"आपके आने का प्रयोजन?" प्रधान द्वारपाल ने पूछा।

"हमें हस्तिनापुर के राजकीय आचार्य से मिलना है।" वनराज की कड़कती आवाज अहम् में डूबी थी।

"राजकीय आचार्य!" उसकी बात द्वारपालों की समझ में नहीं आई। लोगों ने यह भी अनुभव किया कि उसके बोलने का ढंग नगरीय सभ्यता से बहुत दूर है।

"आप लोग रास्ता छोड़ दीजिए और हमें जाने दीजिए।" वनराज ने पुन: कहा।

"नियमानुसार हमें आपके आने की सूचना प्रासाद में भेजनी होगी।" प्रधान द्वारपाल ने कहा, "इसके लिए हमें आपका पूरा परिचय चाहिए।"

"अरे, परिचय क्या! ये सब जंगली लुटेरे हैं!" भीड़ से एक आवाज पत्थर की तरह मारी गई।

इतना सुनना था कि वनवासियों की त्योरियाँ चढ़ गईं।

"कौन है यह अभद्र? हम तुम्हें जंगली लुटेरे दिखाई देते हैं?" दूसरा अश्वारोही भभक पड़ा। वह दाहिने हाथ में अंगुलित्राण पहने था और वनराज का पुत्र ही जान पड़ता था, क्योंकि उसकी आकृति बहुत कुछ उससे मिलती थी। उसने ललकारा, "यदि साहस हो तो वह व्यक्ति सामने आए। चोरों की तरह भीड़ में मुँह छिपाने की चेष्टा न करे।" उसने फिर ललकारा, "सामने आओ, मैं अभी तुम्हारा मुँह बंद कर दूँगा!"

वनराज ने उस दूसरे अश्वारोही को डाँटते हुए पीछे किया। आवेश में वह आगे बढ़ आया था, "तुम्हें प्रतिज्ञा कराकर साथ लाया हूँ कि तुम कहीं भी एक शब्द नहीं बोलोगे!"

धधकते अंगारे पर जैसे पानी पड़ा। वह एकदम बुझ गया।

भीड़ से फिर एक दूसरी आवाज उछली, "पहले इन कुत्तों का भौंकना बंद करो, जो लगातार तुम्हारा बहिष्कार कर रहे हैं, फिर हमारे मुँह बंद करने की सोचना।"

इतना सुनते ही वनराज जोर से हँस पड़ा, "सारी झंझट तो ऐसे ही संदर्भ से शुरू हुई थी कि इसने कुत्ते का भौंकना बंद कर दिया था और रक्त की एक भी बूँद मुँह से नहीं निकली थी।" वह अब भी हँस रहा था। बड़ी रहस्यमय थी उसकी हँसी।

कोई कुछ समझ नहीं पाया। पिछला संदर्भ भी कोई नहीं जानता था। किसी ने

कुछ पूछा भी नहीं, पर इतना सब समझ गए कि यह एक विलक्षण व्यक्ति है।

द्वारपाल भी एक-दूसरे का मुँह देखते रह गए। फिर प्रधान द्वारपाल ने कहा, ''आखिर हम महाराज को क्या सूचना भेजें?''

''कह दो कि पुष्पवटी के अरण्यराज आए हैं।''

''क्षमा कीजिएगा।'' बड़ी विनम्रता से उसने करबद्ध निवेदन किया, ''आप किसी क्षेत्र के राजा तो नहीं ज्ञात होते!''

''मैं राजा नहीं मालूम होता!'' वह फिर हँसने लगा, ''तो मैं क्या दस्यु लगता हूँ?''

''नहीं महाराज, मेरे कहने का यह तात्पर्य नहीं है।'' द्वारपाल बोला, ''मैं देख रहा हूँ कि आपकी कोई पताका नहीं है। राजा-महाराजाओं का जब कहीं प्रयाण होता है तब उनके राज्य की पताका सबसे आगे चलती है।''

''अरण्यराज की कोई पताका नहीं होती।''

''क्या आपके प्रासाद पर कोई पताका नहीं है?''

''हम लोगों का कोई राजप्रासाद नहीं होता।'' वनराज ने कहा, ''हम प्रकृति-पुत्र हैं। पूरा जंगल हमारा प्रासाद है। हम जहाँ चाहते हैं वहाँ रहते हैं, जहाँ चाहते हैं वहाँ विचरते हैं। हमारी जीवन-शैली तुम लोगों से बहुत भिन्न है। हमारे लिए मिट्टी और पत्थर की प्राचीरें बहुत महत्त्व नहीं रखतीं, क्योंकि हमारी प्रजा केवल मनुष्य ही नहीं हैं, पशु-पक्षी भी हैं, जंगल के पेड़-पल्लव भी। सबकी देखभाल का हमपर दायित्व है।''

केवल द्वारपालों को ही नहीं, वरन वहाँ उपस्थित नगर के संरक्षकों को भी वनराज की बातें बड़ी विलक्षण लग रही थीं और रहस्यमय भी। वे अपने ढंग से उन्हें पहचानने की चेष्टा कर रहे थे। ये आदिवासी लोग हैं, संकल्प के धनी। इन लोगों की इच्छाशक्ति चट्टान की तरह दृढ़ होती है। वे यह भी सोच रहे थे कि इनके अहम् के हिमालय से टकराना उचित नहीं।

उसने पुनः सविनय निवेदन किया, ''पर आपके आने का प्रयोजन तो राजभवन में भेजना ही होगा। वहाँ से अनुमति मिलने पर ही हम आप लोगों को नगर में जाने दे सकते हैं।''

''मान लीजिए, यदि अनुमति नहीं आई तो?''

''तब तो हम विवश होंगे आपके लिए यह नगर द्वार बंद कर देने को।''

''अच्छा!'' विस्मय के साथ वनराज फिर अट्टहास कर बैठा, ''तुम्हें शायद मालूम नहीं है, हम विशाल वृक्षों पर गिलहरियों की तरह फुदकते हुए चढ़ जाते हैं। ऊँचे-ऊँचे शिखरों को बादलों की तरह पार करते हैं, फिर नगर द्वार के ये कपाट! ये तुम्हारे लिए विशाल हैं, हमारे लिए इन्हें लाँघना बच्चों का खेल है।''

"फिर आप ही समझिए, हम तो अपने कर्तव्य-बोध से बँधे हैं।" इस बार प्रधान द्वारपाल की आवाज भी काफी दबी थी।

"अच्छा, अब तुम्हीं बताओ," वनराज ने उलटा उन्हीं से प्रश्न किया, "तुम जब हमारे राज्य में आते हो तो क्या किसी की अनुमति लेनी होती है? किसी के पास सूचना भेजनी होती है?...या आने का प्रयोजन बताना होता है? जबकि हम जानते हैं कि तुम्हारे आने का प्रयोजन क्या है! वृक्षों पर बैठे पक्षी तुम्हें देखते ही डर के मारे फरफराकर उड़ पड़ते हैं और अरण्य-गर्भ में छिप जाते हैं। स्वतंत्र विचरण करनेवाले पशु भी गहन गह्वर की ओर लपक पड़ते हैं और हम वनवासियों की प्रत्यंचाएँ चढ़ जाती हैं। हम समझ जाते हैं कि लुटेरे आए हैं। या तो ये आखेट के नाम पर हमारे पशु-पक्षियों के प्राणों पर डाका डालेंगे अथवा ये हमारे उत्पाद—मधु, कंद-मूल अथवा वनौषधियाँ लूटकर ले जाएँगे। और यदि कुछ नहीं कर पाए तो वृक्षों को काटकर उनकी लकड़ियाँ ही उठा ले जाएँगे—भागते भूत की लँगोटी ही सही।"

इतना कहने के बाद भी वनराज चुप नहीं हुआ, वरन वह थोड़े आवेश में आया, "वस्तुतः लुटेरे तुम लोग हो। तुम्हारी लूट से संत्रस्त हम हैं। फिर भी हम तुम्हारी गायों की रक्षा करते हैं। हमारे साम्राज्य में आकर वे पोषित होती हैं। हम तुम्हारे गोधन के संरक्षक हैं। तुम्हें हमारा कृतज्ञ होना चाहिए और हमें तुमसे घृणा करनी चाहिए। फिर भी हम पूरे सम्मान के साथ तुम्हारे नियमों का पालन करते हुए पुनः आग्रह करते हैं कि हमें राजकीय आचार्य से मिलने दिया जाय।" उसने बड़े नाटकीय ढंग से मुस्कराते हुए कहा।

"यह तो मारता भी है और सहलाता भी है। बड़ा होशियार मालूम होता है।" भीड़ में एक बुदबुदाहट रेंग गई।

"आप थोड़ी और प्रतीक्षा करें। हमने एक चर राजभवन में भेज दिया है। वह आता ही होगा।" प्रधान द्वारपाल ने कहा, "वस्तुतः हमारे सामने एक संकट है। हमारे पंजीकृत पत्रों में ऐसी कोई सूचना भी नहीं है, कि इससे पहले आप यहाँ कभी किसी काम से भी आए थे। यदि यहाँ आते-जाते रहते तो हमें आपको जाने देने में कोई कठिनाई न होती और आप भी परेशान न होते।"

"इसलिए कि हम कहीं व्यर्थ नहीं जाते, बिना प्रयोजन के जंगल नहीं छोड़ते।"

इस बार द्वारपाल हँसा, "वही प्रयोजन तो हम जानना चाहते थे।"

इसी बीच राजभवन से सूचना आ गई कि यदि अरण्यराज केवल आचार्यजी से मिलना चाहते हैं तो उन्हें आचार्य प्रासाद की ओर भेज दिया जाए; पर वे नगर में प्रवेश न कर पाएँ। बाहर-बाहर, नगर की सीमा प्राचीर के समानांतर जो मार्ग जाता है, उसी से।

अब द्वारपाल ने उन्हें अनुमति दी और मार्ग बताया, ''आप इस प्राचीर की बगल से चले जाइए। लगभग एक योजन आगे बढ़ने के बाद दाहिनी ओर एक मार्ग इसी मार्ग से फूटेगा। वह इससे प्रशस्त भी है। वह सीधे आचार्य प्रासाद की ओर जाता है।''

किसी औपचारिकता का निर्वाह किए बिना वे लोग उसी ओर बढ़ चले। पीछे-पीछे कुत्ते भी भौंकते चले, जो उनके साथ जंगल से ही आए थे।

नगर द्वार के पहरेदार उन कुत्तों को मारकर भगाने लगे, तब वनराज बोला, ''भाई, इन कुत्तों को मत मारो। हम वनवासी इन कुत्तों से बड़ा प्यार करते हैं।''

''पर ये तो आप लोगों को ही देखकर अनवरत भौंक रहे हैं।''

''इन्हें नगरीय हवा लग गई है। अल्प समय में ही इन्होंने आप लोगों से बहुत कुछ ग्रहण भी कर लिया है। ये भौंकेंगे किसी और को देखकर तथा काटेंगे किसी और को।''

सभी हँस पड़े।

□

आचार्य प्रासाद के समक्ष आकर वनराज चुपचाप खड़ा हो गया। उसके पीछे उसके सब अनुचर भी पंक्तिबद्ध हुए। उसने इतना प्रशस्त और इतना वैभव-संपन्न प्रासाद इसके पूर्व कभी देखा नहीं था। तब तक आचार्य प्रासाद के द्वारपाल बाहर निकले।

''आप कौन हैं और आपके पधारने का प्रयोजन क्या है ?'' पहले जैसा प्रश्न और पहले ही जैसी मुद्रा।

''अभी आप हमसे कोई प्रश्न न करें। हमारी मानसिकता उत्तर देने की स्थिति में नहीं है।'' वनराज ने कहा, ''हमें लगता है कि हम किसी गलत स्थान पर आ गए हैं।''

''आप जाना कहाँ चाहते हैं ?''

''मैं आचार्य द्रोण से मिलना चाहता हूँ।''

''आचार्य द्रोण का प्रासाद यही है।''

''आचार्य द्रोण का प्रासाद!'' वह जैसे अवाक हो गया। उसकी चेतना का आकाश विस्मय के बादलों से आच्छादित हो गया। उसने मुड़कर अपने पुत्र की ओर देखा। वह भी मौन था और उसके साथ आए सारे वन्य सैनिक जड़ हो गए थे।

''ठीक कहते हो न?'' उसने फिर पूछा, ''यह उन्हीं आचार्य का आवास या विलास महल है, जिनके पुत्र को कभी पीने के लिए दूध भी नहीं मिलता था और जब वह रोता था तो उसकी माँ उसे तंदुल का धोवन पिलाकर बहला देती थीं ?''

द्वारपालों ने मुस्कराकर स्वीकारात्मक ढंग से सिर हिलाया।

''तो मैं आचार्यजी से मिल सकता हूँ ?'' विस्मय-विभोर होते हुए भी वनराज ने

अपना प्रश्न दोहराया।

''पहले यह बताइए, आप हैं कौन?''

''मैं हस्तिनापुर के दाक्षिणात्य अरण्य का अधिपति हूँ—हिरण्यधनु।''

''मिलने का प्रयोजन जान सकता हूँ?''

''क्यों? मिलना स्वयं में एक प्रयोजन नहीं हो सकता!''

द्वारपाल सुनते ही स्तब्ध हो गया। उसे विश्वास नहीं था कि अरण्यवासी भी इतने बुद्धिमान् हो सकते हैं। उसके मन में आरण्यकों की छवि जंगली-गँवारों की थी। उसे शायद ज्ञात नहीं था कि इसी अरण्य में वैदिक संस्कृति जनमी है; वेद, उपनिषद् इत्यादि इन्हीं अरण्यों में लिखे गए हैं।

वह स्वयं भवन में गया और काफी देर बाद यह संदेश लेकर लौटा कि अपराह्न जब आचार्यजी राजभवन के लिए प्रस्थान करेंगे तो वे उनके दर्शन कर ले।

वनराज यह सुनकर आगबबूला हो गया, ''क्या मैं सामान्य वनवासी हूँ? अरे, मैं वनराज हूँ और मुझे प्रतीक्षा में खड़ा कर दिया जाए, यह मेरा साक्षात् अपमान है!'' उसके चेहरे पर लालिमा उभर आई। स्पष्ट लगा कि उसकी नसों में खून दौड़ने लगा। फिर भी वह कुछ बोला नहीं, क्योंकि आचार्य के द्वार पर खड़ा था। उसके मन ने कहा कि आचार्य की अपनी एक गरिमा है। वह समाज की बौद्धिक चेतना का अधिपति है। राजा या सम्राट तो केवल भूखंडों का स्वामी मात्र होता है। राष्ट्र की मनीषा का अधिष्ठाता है आचार्य। उसके द्वार पर तुम्हारा कितना भी अपमान क्यों न हो, पर उसके सामने तुम्हें नतमस्तक ही रहना होगा।

वह चुपचाप खड़ा था। उसने चारों ओर दृष्टि दौड़ाई—कहीं कोई नहीं। मानुष को कौन कहे, चिड़िया का पूत भी नहीं। सूर्य पश्चिम में ढुलकने लगा था। उसे बहुत देर से प्यास लगी थी।

'अजीब है यह नगरीय सभ्यता। यहाँ कोई आगंतुक को पानी को भी नहीं पूछता। हमारे यहाँ तो प्रकृति स्वयं पानी लिये खड़ी रहती है।' वनराज सोचता रहा।

उसने दूर दक्षिणी छोर पर एक बड़ी पुष्करिणी देखी। वह चुपचाप उसकी ओर बढ़ा।

''किधर जा रहे हैं, सरदार?'' पुत्र ने पूछा। पुत्र भी अपने पिता को 'सरदार' कहता था। वस्तुतः जंगल में सभी वनराज को 'सरदार' कहते थे। यही उसने जन्म से सुना था और यही उसके लिए पिता का पर्याय हो गया।

''पानी पीने जा रहा हूँ।''

''मैं भी चलूँगा।''

वनराज को अब पता चला कि मेरी तरह बेटा भी प्यासा है। दोनों आगे-पीछे हो

लिये। बेटे का दाहिना हाथ कंधे से लटकते उत्तरीय से जैसे पहले छिपा था वैसे अब भी छिपा रहा।

वनराज पानी पीने के लिए पुष्करिणी की ओर चला ही था कि उसे दूर से आती एक महिला की तीखी आवाज सुनाई पड़ी, ''यह क्या कर रहे हो?''

उसने उधर मुड़कर देखा, ''अरे, यह तो आचार्य-पत्नी हैं।'' शायद उन्हें उसने पहले कहीं देखा था, तुरंत पहचान गया। उसने झुककर अभिवादन किया और वैसा करने के लिए बेटे को भी संकेत किया।

फिर बोला, ''पानी पीना चाहता हूँ।''

''देखो, जरा सँभलकर पानी पीना। उसमें छोटी-छोटी मछलियाँ पली हैं, कहीं तुम्हारे गले में अटक न जाएँ।''

वनराज जोर से हँसा, ''माताजी, हम अरण्यवासी हैं। डूबकर पानी नहीं पीते, खुलेआम पीते हैं। इसीलिए हमारे गले में कभी मछलियाँ नहीं अटकतीं, सीधे पेट में चली जाती हैं।'' सिर नीचा किए हुए ही उसने कहा।

वनराज ने जब दृष्टि उठाई तब वातायन में कोई नहीं था। यदि होता तो वह उनसे भी आचार्यजी से मिलने की इच्छा व्यक्त करता; पर पता नहीं क्यों, इतनी बातचीत से ही उसे संतोष था।

वह पानी पीकर फिर उसी वृक्ष की छाया में आ गया।

शीघ्र ही एक परिचर ने आकर कहा, ''आपको गुरुमाता बुला रही हैं।''

अंधा क्या चाहे, दो आँखें! वनराज मन-ही-मन प्रसन्न था और उत्साह से उस चर के पीछे-पीछे चल पड़ा। साथ में उसका पुत्र भी।

परिचर उन्हें गलियारे से होता हुआ एक प्रशस्त प्रांगण में ले गया। वहीं आचार्य-पत्नी कृपी खड़ी प्रतीक्षा कर रही थीं। दोनों ने उन्हें दंडवत् प्रणाम किया।

राजकीय अहम् से भरी हुई मुद्रा में कृपी ने पूछा, ''कहो, क्या चाहते हो?''

''आचार्यजी से मिलना चाहता हूँ।''

''क्या करोगे तुम लोग उनसे मिलकर?'' कृपी ने कहा, ''जो कहना चाहते हो, मुझसे कहो।''

''आपसे कहने से कोई लाभ नहीं।''

''यह क्या कहता है? क्या चाहता है?'' कृपी कुछ समझ नहीं पाईं। अब उनका झुँझलाना स्वाभाविक था, ''यदि आचार्यजी तुमसे न मिलें तो?''

''तो मैं यहीं अन्न-जल त्यागकर प्रायोपवेशन (अनशन) कर बैठूँगा।'' वनराज ने बड़े प्रभावशाली ढंग से कहा।

आचार्य-पत्नी अवाक रह गईं। वह किंकर्तव्यविमूढ़-सी उन्हें देखती रहीं।

वे भी चुपचाप खड़े ही रहे, जरा भी टस-से-मस नहीं हुए।

"मैं कुछ समझ नहीं पाई। आखिर बात क्या है? तुम आचार्यजी से मिलने के लिए इतने व्यग्र क्यों हो?"

वनराज कुछ बोला नहीं, तुरंत अपने पुत्र को आगे करते हुए उसे निर्देश दिया, "कंधे से उत्तरीय को हटा दो।"

पुत्र ने वैसे ही किया और उँगलियों पर से अंगुलित्राण भी हटा दिए।

अब कृपी के सामने उसका कटा हुआ अँगूठा था, "अरे, यह तो एकलव्य है!" वह चकित रह गईं। अपने पति के कलुष-कर्म से भरा इतिहास उनके सामने कौंध गया। उनका संतुलन गड़बड़ाने लगा। वह चक्कर खाकर गिर जाना चाहती थीं, पर स्वयं पर बड़ा नियंत्रण किया, "तो तुम एकलव्य हो! बोलो, क्या चाहते हो?"

एकलव्य चुप। हजार चुप।

"यह कुछ नहीं बोलेगा।" वनराज बोला, "बोलने के लिए तो मैं आया हूँ।"

"तो आप ही बोलिए, क्या चाहते हैं?"

उसका वही सधा-सधाया उत्तर था, "आचार्य से मिलना।" इस बार उसकी आवाज में पहले से अधिक शालीनता थी, "क्योंकि इस संदर्भ में आप कुछ कर नहीं सकतीं।"

एकलव्य को पहचानते ही कृपी लगभग बुझ-सी गई थीं। अब तो वह और भी टूट चुकी थीं। वह चुपचाप लौट पड़ीं—एक पराजित मानसिकता में, लगभग लड़खड़ाती हुईं। धीरे-धीरे श्लथ-सी आचार्य के सामने आकर खड़ी हो गईं।

आचार्य राजभवन जाने के लिए तैयार हो रहे थे। इस स्थिति में अपनी पत्नी को देखकर वे भी चकित हुए और उन्हें सँभालकर बैठाने की चेष्टा करते हुए बोले, "क्या बात है, कृपी? अभी तो तुम ठीक-ठाक थीं।"

कृपी विस्फारित नेत्रों से उन्हें देखती रह गईं।

"कुछ बोलतीं क्यों नहीं? लगता है, तुम कुछ छिपा रही हो।" आचार्य ने कहा, "जानती हो, तुम मेरी अर्धांगिनी भी हो। पति से कुछ भी छिपाना पाप होता है।"

"इसी स्थिति ने तो मुझे इस संकट में डाला है, क्योंकि मैं आपकी अर्धांगिनी हूँ—आपके पाप और पुण्य में आधे की भागीदार।"

"तुम कहना क्या चाहती हो?"

"वही तो नहीं कह पा रही हूँ।" कृपी श्लथ हो आस्तरण पर ढुलक गईं, "बाहर जाइए। देख लेंगे तो सबकुछ समझ जाएँगे।" इतना कहकर कृपी ने करवट बदल ली।

आचार्य ने समझ लिया कि यह गहन अंतर्द्वंद्व से पीड़ित है। वे मौन खड़े-खड़े कुछ क्षणों तक पत्नी की अंतर्ज्वाला का अनुभव करते रहे। अंत में उसके कड़वे धुएँ

से वह भी व्यग्र हो उठे।

बड़ी त्वरा में तैयार हुए और अपने अनुचरों के साथ बाहर निकले। सामने एकलव्य को देखकर स्तब्ध रह गए—अरे, यह यहाँ कैसे? वे आगे न बढ़ सके। गति थम गई। चारों ओर उन्हें रक्त उगलते अँगूठे-ही-अँगूठे दिखाई देने लगे।

जब थोड़े प्रकृतिस्थ हुए तब उन्होंने एकलव्य के पीछे खड़े व्यक्ति से उनका परिचय पूछा, ''आप कौन हैं?''

''मैं इसका पिता, हस्तिनापुर के दाक्षिणात्य अरण्य का अधिपति हिरण्यधनु हूँ।''

''बताइए, आप क्या चाहते हैं?''

''आपने हमारे पुत्र को शिक्षा तो दी है, पर अभी दीक्षा नहीं दी है।'' हिरण्यधनु ने अत्यंत विनम्र भाव से सिर झुकाते हुए प्रार्थना की, ''हम विनयावंत हो आग्रह करते हैं कि इस गुरु पूर्णिमा को आप इसे दीक्षा देने की महती कृपा करें; क्योंकि बिना दीक्षा के कोई विद्या फलवती नहीं होती।''

आचार्य गंभीर हो गए। उनकी दृष्टि निरंतर एकलव्य के कटे अँगूठे पर ही थी। पश्चाताप से ग्रसित मन ताप से जले तन से अधिक कष्टदायक होता है। एक में ज्वालामुखी का लावा बाहर आ जाता है और दूसरे में वह भीतर-ही-भीतर धधकता रहता है। कुछ देर तक तो वे कुछ बोल नहीं पाए। कुछ समय बाद उस अँगूठे की ओर केवल इशारा किया। फिर बड़े प्रयत्न के बाद बोले, ''तुम इस हाथ से भी शर-संधान कर सकते हो?''

एकलव्य ने बड़े विश्वास के साथ स्वीकारात्मक ढंग से सिर हिलाया। इसके पहले ही उसका पिता बोल चुका था, ''अच्छी तरह। अब तो यह पहले से अधिक सटीक लक्ष्यभेद कर सकता है। यदि आप चाहें तो इसकी परीक्षा ले सकते हैं।''

''पर यह क्यों नहीं बोलता?'' आचार्य ने पूछा, ''यह तो चुप है।''

''यह संकल्पबद्ध है चुप रहने के लिए।'' फिर हिरण्यधनु ने अपने कथन का विस्तार किया, ''यहाँ आने के पहले मैंने इससे कहा था कि मैं तभी तुम्हें आचार्य के पास ले चलूँगा जब तुम वहाँ अपना मुँह बंद रखोगे।''

''ऐसा क्यों?''

''क्योंकि जब भीतर विषाक्त अग्नि जल रही हो तो सभी वातायन और गवाक्ष बंद कर देने चाहिए, जिससे उसका जहरीला धुआँ अपना जहर बाहर बिखेर न पाए।''

आचार्य फिर गंभीर हो गए। उनकी यह गंभीरता पश्चाताप का परिणाम तो थी ही, पर इससे अधिक उनकी इस चिंता का भी परिणाम थी कि अभी अर्जुन का प्रबल प्रतिद्वंद्वी तो सामने ही है। पर वे कर ही क्या सकते थे! बड़ी देर तक चुप रहे। उनकी यह मूकता घने अंधकार में जैसे कुछ खोजती रही। फिर सोचकर उन्होंने एकलव्य से दूसरा प्रश्न किया, ''क्या तुम बाएँ हाथ से भी शर-संधान कर सकते हो?''

उसने नकारात्मक ढंग से सिर हिलाया। हिरण्यधनु को तो इसकी कल्पना तक नहीं थी कि आचार्यजी ऐसा भी प्रश्न कर सकते हैं। फिर भी उसने कहा, ''यदि आपका आदेश होगा तो एकलव्य इस क्षेत्र में भी अपनी साधना आरंभ कर देगा।''

''नहीं-नहीं, मैंने तो यों ही पूछ दिया था।'' आचार्य ने मुस्कराते हुए कहा।

इस पूरे संदर्भ में यह पहला अवसर था, जब आचार्यजी की दाढ़ी-मूँछों के बीच से एक मुस्कराहट झाँकी थी। तपते आकाश में अचानक मेघ आए और बिजली चमकी थी। स्पष्ट लगा कि पश्चाताप और चिंता की लहरों के थपेड़ों से जूझते व्यक्ति को तिनके का सहारा मिला और उसे किनारा भी दिखाई दिया।

अब वे कुछ-कुछ सामान्य लग रहे थे। अर्जुन के प्रति भटकता उनका अंध-प्रेम एक डगर पा गया था; क्योंकि अर्जुन बाएँ हाथ से भी शर-संधान में दक्ष था। इसी से उसे 'सव्यसाची' की संज्ञा मिली थी। उन्हें इसका ही संतोष था कि आज भी अर्जुन एकलव्य से श्रेष्ठ है।

पहले के डरे-डरे, सहमे-सहमे, पश्चाताप से दबे-दबे आचार्य अब तनाव-मुक्त हो सिर ऊँचा कर खड़े थे। मुरझाता फूल अचानक खिल उठा था, जो पहले से एकदम भिन्न था, बिलकुल दूसरा ही आचार्य।

तब तक राजभवन के घंटे सुनाई दिए।

''अपराह्न बीत चुका। अब दिन का अंतिम प्रहर ही शेष है। आप लोग मार्ग छोड़ दें। यह समय राजभवन में मेरे होने का है।'' आचार्य ने कहा।

''फिर, मेरी प्रार्थना का क्या हुआ?''

''कैसी प्रार्थना?''

''मैंने आपसे अपने शिष्य को दीक्षा देने का अनुरोध किया था।''

''किसको दीक्षा?''

''जिसको आपने शिक्षा दी है, एकलव्य को।''

''उसको मैंने शिक्षा नहीं दी है।'' आचार्य ने बड़ी रुक्षता से कहा, ''उसे तो मेरी मूर्ति ने शिक्षा दी है। एकलव्य को यदि दीक्षा लेनी है तो उसी मूर्ति से ले।''

अब तो हिरण्यधनु के रक्त में उबाल आ गया। वह भभक पड़ा, ''आपने शिक्षा नहीं दी थी तो आप गुरुदक्षिणा लेनेवाले कौन थे?'' उसने बड़े आवेश में एकलव्य का दाहिना हाथ उठाकर आचार्य को दिखाते हुए पूछा, ''इस अँगूठे को किसने कटवाया था?''

''बड़े दुर्विनीत मालूम होते हो जी। तुम हस्तिनापुर के आचार्य से जबान लड़ाते हो! तुम्हें लज्जा नहीं आती?''

''लज्जा तो उस आचार्य को आनी चाहिए थी जिसने गुरुदक्षिणा तो ली, पर दीक्षा

देने से मुकर गया!'' अब हिरण्यधनु पूरे आवेश में था, ''क्या यही उसकी नैतिकता है? क्या आचार्य का यही धर्म है?''

भू-लुंठित अहम् और चोट खाया नाग अपनी पूरी शक्ति से फुफकारता है। अब आचार्य कुछ कर डालने की मुद्रा में थे कि अचानक उनका विवेक जागा—यह क्या करने जा रहे हैं! जानते हैं, इसका परिणाम क्या होगा? वे भीतर-ही-भीतर तिलमिलाकर रह गए।

हिरण्यधनु दहाड़ता रहा, ''आचार्य राष्ट्र की अस्मिता का अधिष्ठाता होता है। वह राष्ट्रीय गौरव की चेतना का नियामक भी है और नियंत्रक भी। यदि वही स्वर्ण-खंडों पर बिक जाए, आश्रम के द्वार बंद कर राजकीय चाकर हो जाए, त्याग-तपस्या और साधना को तिलांजलि देकर वैभव का दासत्व स्वीकार कर ले तो उस राष्ट्र का क्या होगा?''

वह बोलता रहा, ''इतना ही नहीं, तुम ईर्ष्या से भी ग्रसित हो। ईर्ष्या वह नागिन है, जो अपने अंडे स्वयं खा जाती है; वह आग है, जो उसे पहले जलाती है जहाँ पैदा होती है, दूसरों को उसकी आँच बाद में लगती है! तुम अर्जुन से बढ़कर किसी धनुर्धर को देख नहीं सकते। इसी ईर्ष्या में तुम खुद जल रहे हो और इसी जलन ने तुमसे मेरे बेटे का अँगूठा कटवाया है। क्या गुरु का यही धर्म है? अपने एक शिष्य के प्रति अति मोह ने दूसरे शिष्य की साधना स्खलित कर दी, जबकि तुम्हारे ही कथनानुसार, तुमने उसे शिक्षा भी नहीं दी थी। कर्म तुम्हारा नहीं और परिणाम की ओर लपक पड़े। यह सरासर अन्याय है, आचार्य! यह तुम्हारी नीचता है!''

अब तक चुपचाप सुनते रहे द्रोण एकदम विचलित हो उठे। कभी किसी के मुख से ऐसे शब्द नहीं सुने थे। विस्फोट की स्थिति थी, फिर भी उन्होंने स्वयं को बहुत सँभाला, ''अब बहुत हो चुका, हिरण्यधनु! अपनी जिह्वा पर नियंत्रण करो। मैं तुम्हें दुर्विनीत ही समझता था, पर तुम दुर्मुख भी हो।''

''सत्य दुर्मुख होता नहीं, आचार्य, पर लगता है—कटु भले ही हो।'' हिरण्यधनु बोला, ''वैसे भी कोई आरण्यक दुर्मुख नहीं होता। उसे चिकना-चुपड़ा बोलना नहीं आता। वस्तुतः यह मैं बोल भी नहीं रहा हूँ, वरन मेरे माध्यम से एक तथाकथित आचार्य द्वारा छली गई आरण्यक की निष्कपट और निश्छल मानसिकता की धधकती आग बोल रही है और मेरी वाणी की कटुता उस आग के विषैले धुएँ की कड़वाहट है। पर इस कड़वाहट से भागकर आप जाइएगा कहाँ, आचार्य? इसका तो आपको पग-पग पर सामना करना पड़ेगा।''

''तो सामना करूँगा। तुम मेरी चिंता मत करो, अपना रास्ता देखो।'' आचार्यजी आवेश में भी नियंत्रित थे।

''मैं तो अपना रास्ता देखूँगा ही, पर आप उस भविष्य की ओर देखिए जो आप जैसे आचार्य की 'करनी' के फलस्वरूप अपने संतप्त उत्तरीय में हस्तिनापुर का महाविनाश छिपाए है। आपकी 'करनी' का ही परिणाम है कि आप सब एक ज्वालामुखी पर खड़े हैं! और जानते हैं कि उसका विस्फोट कितना भयानक होगा?'' वनराज के इतना कहते-कहते ही एकलव्य ने अपने पिता के मुख पर हाथ रखा और उन्हें बलात् बाहर की ओर ले चला।

चलते-चलते भी हिरण्यधनु चिल्लाया, ''आज तो मैं जा रहा हूँ, आचार्य! आज मैं तो अपने पुत्र के काटे गए अँगूठे का हिसाब नहीं ले सका, पर याद रखना आचार्य, इस देश का भविष्य उसका हिसाब लेगा। आनेवाले कल का प्रत्येक शिष्य अपने आचार्य से एकलव्य का अँगूठा माँगेगा।''

□

# एक माँ मरी है

पुरवैया की एक तेज चपत खाकर दीपशिखा बुझ गई। अंधकार को निगल जानेवाला उसका सपना धुआँ बनकर उड़ चला।

सारा कक्ष काजल में डूब गया। दुर्जन के कलुषित मन-सा अँधेरा, साँय-साँय करता अँधेरा, काले नागों-सा फुफकारता अँधेरा उसके सामने खड़ा हो गया। वह अपनी शय्या पर ही काँप उठी। कटी पतंग-सी उसकी मन:स्थिति उस तिमिरावरण में हाथ-पैर मारने लगी। उसे लगा, उस गहरे अंधकार में अनेक छोटी-छोटी आँखें उभरती हुई उसकी ओर चली आ रही हैं। उनमें विलक्षण चमक है—प्यार की नहीं, ममत्व की नहीं, आत्मीयता की नहीं वरन घृणा की, तिरस्कार की, अमर्ष की।

वे आँखें अपलक उसे निहार रही थीं, ...नहीं-नहीं, घूर रही थीं। उनसे चिनगारियाँ छूट रही थीं और प्रत्येक चिनगारी उसे भेदती चली जा रही थी। वह तिलमिलाकर भी स्थिर थी। वह चीखती हुई भी मूक थी। वह व्यग्र होकर भी शून्यमनस्क थी। उसे लगा जैसे वे अकिंचन आँखें उससे पूछ रही हों—बताओ, हमारा क्या अपराध था कि जन्म लेने के साल भर के भीतर ही तुमने हमें मार डाला, हमारी मासूम और बेगुनाह साँसों पर डाका डाला, हमारे जीवन के गौरवशाली दिन अपने कलुषित आँचल में बटोर लिये? आखिर किसके लिए? कंस के चरणों में अर्पित करने के लिए? धिक्कार है तुम्हें! हमारी असंख्य बेगुनाह साँसों से तुमने वैभव से सौदा किया है! धिक् है तुम्हारा यह यौवन! पर याद रखो, तुम्हारे वैभव का यह भवन हमारी चीखती हड्डियों पर ही निर्मित है। वे हड्डियाँ आज भी चीख रही हैं और हजारों वर्षों तक इतिहास के पन्नों में चीखती रहेंगी। अनागत भविष्य भी उन चीखों को समेट नहीं पाएगा। आज भले ही विलास की मादकता में तुम भूली रहो, पर भावी पीढ़ियाँ तुम्हारा परिहास करेंगी, तुमपर थूकेंगी। तुम कभी सुखी नहीं रह पाओगी। यह हम निरीह बच्चों का शाप नहीं है वरन तुम्हारे कुकर्मों का फल होगा।

वह व्यग्र हो जाती है, करवट बदलती है, बैठने की चेष्टा करती है, फिर भी

ढुलक जाती है। फिर असंख्य मासूम आँखें उसे चारों ओर से घेर लेती हैं और एक साथ पूछती हैं, "तुमने कभी हमारी माताओं की ओर देखा है ? उनकी आँखों में झाँकने का प्रयास किया है ? यदि किया होता तो उन्हीं आँखों के समुद्र में तुम डूब मरतीं। तुम्हें चुल्लू भर पानी की आवश्यकता न पड़ती।

हत्याओं की कारा में बंद होकर भी तू स्वयं को सुखी समझती है! हमारे जैसे अनेक नन्हे-मुन्नों को यम के हाथ में सौंपकर तू स्वयं को 'माँ' समझती है! हृदयहीन कवि, तापहीन अग्नि और वात्सल्यहीन ममता''हा-हा-हा!' सैकड़ों अट्टहास उसे चतुर्दिक् से चुभने लगते हैं। वह चौंक पड़ती है, 'अरे, कोई है ? जल्दी आओ। इस अंधकार से मुझे बचाओ। यह मुझे चबा जाएगा!'

यह अंधकार नहीं, वस्तुतः उसका अवचेतन ही इस अँधेरे में प्रगल्भ हो उठा था। उसका प्रत्यय ही उसे धिक्कार रहा था।

बाहर बादलों भरा आसमान रात भर बड़बड़ाता रहा। हवा पागलों-सी चक्कर मारती रही। वातायन के पट घायल कपोत की तरह फड़फड़ाते रहे।

अंत में दीपशिखा जलाई गई। प्रकाश होते ही परिचारिकाओं ने सिरहाने की ओर कुछ दूरी पर प्रद्योत को खड़े पाया। उन्हें देखते ही सबकी सब एकदम सहम उठीं। सिर झुकाकर नमन किया और चुपचाप कक्ष से बाहर निकल गईं।

शय्या पर पड़ी वह विस्फारित नेत्रों से सब देखती रही, वरन वह कुछ और देखना चाह रही थी। उसके मुख से निकला, "वे सब कहाँ चली गईं ?"

"क्यों ? परिचारिकाओं को पुनः बुला दूँ ?" प्रद्योत ने कहा।

अब उसकी दृष्टि एकदम सिरहाने की ओर मुड़ी, "अरे आप! आप कब से यहाँ खड़े हैं ?"

प्रद्योत कुछ नहीं बोला, बड़ी सहानुभूति से उसे देखता रहा, जैसे उसकी आँखें उसकी चोट को सहला रही हों। संवेदना का शीतल स्पर्श पा महादेवी की व्यग्रता नयनों से बह चली। अब वह सिसकने लगी थी।

प्रद्योत उसकी शय्या के और निकट आया और उसे अपने आलिंगन में भर लिया। उसने अपनी पत्नी को कभी इतना व्यग्र नहीं देखा था। उसे उसके चट्टान जैसे व्यक्तित्व पर गर्व था। यह पहला अवसर था जब विंध्य की पहाड़ी भूकंप से थर्रा उठी थी और लावा महादेवी की आँखों से बह रहा था।

सिसकन कुछ कम हुई। उस कक्ष के चारों ओर उसने अपने विस्फारित नेत्र घुमाए।

"क्या खोज रही हो, महादेवी ?" प्रद्योत ने पूछा।

"देख रही हूँ कि वे सब कहाँ चली गईं ?"

"कौन? परिचारिकाएँ! ज्यों ही उन्होंने दीप जलाया, मुझे यहाँ पाया। वे सब सहमी हुई कक्ष के बाहर निकल गईं। क्यों, उन्हें पुनः बुला दूँ क्या?"

"नहीं-नहीं। मैं परिचारिकाओं को नहीं पूछ रही हूँ।" वह बोली, "मैं तो उन आँखों के संबंध में पूछ रही हूँ, जो अंधकार में चारों ओर से बरछी की तरह चुभने लगी थीं।"

"कैसी आँखें? किसकी आँखें?" प्रद्योत साश्चर्य बोला।

"उन मासूम और निरीह बच्चों की आँखें, जिनकी हत्या मैंने की।" इतना कहते-कहते उसकी मुद्रा में विचित्र परिवर्तन हुआ, "वे मुझसे अनेक प्रकार के प्रश्न पूछ रही थीं।...पूछ रही थीं कि 'तुमने मेरी हत्या क्यों की?' "

प्रद्योत अब समझने लगा था कि महादेवी का अवचेतन ही उसे धिक्कार रहा है, उसे विकल कर उठा है। फिर भी उसने उसे समझाने और उसे प्रकृतिस्थ करने की चेष्टा नहीं की। उसे भय था कि सांत्वना के शीतल जल के छींटे से धधकती आग कहीं और अधिक भड़क न उठे। उसने बड़ी कुशलता से बस इतना ही कहा, "तो तुम उन आँखों से क्यों नहीं कह देतीं कि जाकर कंस से ही प्रश्न करें। तुमने स्वयं तो उन्हें मारा नहीं, अपनी इच्छा से तो उनकी हत्या नहीं की। तुम तो निमित्त मात्र बनीं।"

"आखिर निमित्त मैं ही क्यों बनी? दूसरी कोई क्यों नहीं बनी?" स्वयं से बार-बार पूछा गया यह प्रश्न बड़ी सहजता से उसने प्रद्योत के समक्ष दोहराया। वह अब चेतना के सामान्य तल पर उतर आई थी।

"पर यह हमारी विवशता है, महादेवी! हम कंस के चाकर हैं। स्वामी की इच्छा की पूर्ति और आज्ञा का पालन हमारा कर्तव्य है।" प्रद्योत के स्वर में स्वामीभक्ति से कहीं अधिक सेवक की परवशता थी।

'ऐसी भी परवशता क्या जो मनुष्य को मनुष्य ही न रहने दे, उसे हत्यारा बना दे!' वह बोलना चाहकर भी चुप रही। उसके विषण्ण नेत्र दक्षिणी वातायन की ओर मुड़े, जहाँ दशमी का तिर्यक चंद्र बादलों से झाँक रहा था।

प्रद्योत का आलिंगन ढीला पड़ा। दोनों चुप थे। कहने को बहुत कुछ होने पर भी दोनों चुप थे। यह घुटन भरी मूकता बड़ी बोझिल थी। कई बार पवन के तेज झकोरों से भी वह टूट न पाई। अचानक महादेवी के भीतर जैसे कुछ चमक उठा। उसके मुख से निकल पड़ा, "क्या ऐसा नहीं हो सकता?"

"क्या?"

"कि हम कंस के चंगुल से निकल भागें!"

इतना सुनना था कि प्रद्योत एकदम घबरा उठा। उसने बाईं हथेली महादेवी के मुख पर रखी और दाहिनी तर्जनी से द्वार की ओर संकेत किया।

"इतना डरते क्यों हो ? वहाँ कोई नहीं है।" मुँह पर से हाथ हटाते हुए वह बोली।

"वहाँ कोई भले ही न हो, पर ये दीवारें तो हैं।"

"तो क्या करेंगी ये दीवारें ?"

"इनके भी कान होते हैं।" प्रद्योत अपनी आशंका पर बल देते हुए कहता रहा, "सुना है, मथुरा की दीवारों में भी कान उगने लगे हैं, नहीं तो इतनी सारी बातें कंस तक पहुँचती कैसे हैं ?"

"कौन सी बात ?"

वह कुछ बोला नहीं। गले तक आई बात जैसे उसने ढकेलकर नीचे कर दी और सोचने लगा—'गुप्तचर विभाग के हमारे ऐसे अधिकारियों का ऐसा सोचना निरापद नहीं है।' उसकी चिंतनशील आँखें अंधकार में डूबती चली गईं।

थोड़ी देर बाद प्रासाद के द्वार पर ब्राह्म मुहूर्त के घंटे बजने लगे। अचानक मेरे द्वार के बाहर भी कई लोगों के आने-जाने की हलचल सी हुई। मैंने तुरंत उठकर देखा, महादेवी की परिचारिकाएँ थीं। वे कुछ घबराई हुई कानाफूसी कर रही थीं।

"क्या बात है ?" मैंने पूछा।

"शकट मारा गया।"

"अरे ! वह कैसे ?" मुझे आश्चर्य था। इतना बड़ा मल्ल मारा कैसे गया ? किसने उसे मारा ?

"यह कुछ मालूम नहीं।" परिचारिकाओं में से एक ने कहा, "द्वारपालों में दबी जबान चर्चा हो रही थी, पर उन्होंने स्पष्ट कुछ नहीं बताया।"

शकट बड़ा पराक्रमी मल्ल था। उसमें कोई चारित्रिक खोट भी नहीं थी। इसी से लोग उसे सम्मान की दृष्टि से देखते थे। उसका मारा जाना साधारण घटना नहीं थी। निश्चित रूप से इस घटना से मथुरा का जनमानस थर्रा उठेगा।

पहले प्रद्योत ने महादेवी से उसकी मृत्यु की सूचना छिपानी चाही; पर जब वह उसके पीछे पड़ गई तब उसे बताना पड़ा। उसने यह भी कहा, "अभी तो यह उड़ती खबर है, द्वारपालों के बीच अफवाह है।"

"यह अफवाह नहीं, सत्य भी हो सकता है।" महादेवी स्वयं बड़ी गहराई तक काँप गई, "बेचारा था बड़ा सज्जन। सत्ता के निकट होते हुए भी कभी किसी को सताया नहीं। था भी मल्लों में बेजोड़!" उसके मुख से निकला तो इतना ही, पर भीतर-ही-भीतर वह बहुत कुछ सोचती रही।

सवेरा होते ही मथुरा के मानस में भूचाल-सा आ गया। लोग तरह-तरह की बातें करते रहे, "देखो, कंस का पाप किसे-किसे नहीं खा जाता!" लोग सोचते अवश्य थे, पर कोई किसी से कुछ कहता नहीं था। लुके-छिपे बातें अवश्य होती रहीं। फिर भी

कार्य-कारण स्थापित करने में जनमानस जितना सक्षम होता है उतना कोई व्यक्ति नहीं। लोग बड़े सहज भाव से कहते, ''बेचारा कंस की आज्ञा न मानता तो क्या करता, मथुरा में जीना जो था! पर इस समय तो मर गया था। कंस का प्रभुत्व उसे भय से छुड़ा न सका। यदि छुड़ा सकी तो केवल मृत्यु।''

फिर भी हर कोई उसकी प्रशंसा कर रहा था। कोई कहता, ''वह बड़ा पराक्रमी था, आखिर मारा कैसे गया?'' कोई कहता, ''इतना चतुर होकर भी वह शत्रु के चंगुल में कैसे फँस गया?'' कोई कहता, ''रथ से तेज धावक होकर भी निकल भागने में वह समर्थ न हो सका। यही आश्चर्य है!'' कोई कहता, ''वह मारा नहीं गया, वरन फिसल गया। बस इतने से उसके प्राण-पखेरू उड़ गए।'' जितने मुँह उतनी बातें।

पर किसी को यह नहीं मालूम था कि मथुरा का यह मल्ल गोकुल गया क्यों? फिर गोकुल में उसका ऐसा शत्रु कौन है, जो उसके प्राणों का प्यासा था? ये कुछ ऐसी शंकाएँ थीं, जो हर जबान को छूती और उड़ती चली जा रही थीं। जहाँ कोई इस संदर्भ में सोचने की चेष्टा करता, कोई-न-कोई प्रश्न उसके सामने खड़ा हो जाता। सबके सामने प्रश्न-ही-प्रश्न थे, उत्तर किसी के पास नहीं था।

हो सकता है, कंस को इसके बारे में सबकुछ ज्ञात हो; किंतु साँप का फन कौन पकड़े? कौन उससे पूछे? उसके पार्षद भी आपस में फुसफुसाते रहे, पर कोई बात स्पष्ट नहीं हो पा रही थी।

मध्याह्न से कुछ पूर्व ही सुसज्जित रथ पर शकट का शव गोकुल से लाया गया। आश्विन के प्रथम पक्ष का तेज सूर्य आकाश में चमक रहा था। अधिकतर लोग पसीने से लथपथ थे। राजपथ के दोनों ओर नर-नारियों का समूह अंतिम दर्शन के लिए खड़ा हो गया। लोगों ने देखा कि शव-वाहन के पीछे एक रथ पर चिंतित मुद्रा में नंद भी बैठे हैं। उनके पीछे अपने-अपने वाहनों पर उनके पार्षद हैं। यादवों का एक समूह पैदल ही दौड़ता चला आ रहा था।

प्रद्योत प्रातः ही राजप्रासाद बुला लिया गया था। महादेवी की जिज्ञासा प्राचीरों के मध्य मौन न रह सकी। वह अपनी परिचारिकाओं के साथ राजपथ पर निकल आई और बड़ी क्षिप्र गति से शव-वाहन की ओर बढ़ती चली गई।

वह जिधर भी निकलती, बच्चे उधर से भाग जाते। माताएँ उसे देखकर कतरा जातीं। किंतु इस स्थिति का भान महादेवी को नहीं था, क्योंकि उसकी दृष्टि में तो शकट की अप्रत्याशित मृत्यु थी, उसका अज्ञेय अंत था; पर परिचारिकाएँ परिस्थिति समझ रही थीं।

महादेवी उमड़ते जन-समुद्र में तेज लहर-सी आगे बढ़ी चली जा रही थी कि अचानक एक स्त्री से बुरी तरह टकरा गई। उसकी गोद का शिशु गिर गया।

''न पुत्राः कहीं की! अंधी है?'' वह स्त्री बड़बड़ाई।

जब तक महादेवी ने चाहा कि वह उस शिशु को उठाकर उसकी माँ को दे दे तब तक उस स्त्री के साथ की और औरतें एकदम चिल्ला उठीं, ''ना, ना, ना! तुम शिशु को हाथ तक न लगाना! तू न पुत्रा, पुत्र ना है, पूतना है! हमारे बच्चे पर दया करो!''

''क्यों?'' उसके मुख से निकला।

कोई उत्तर नहीं।

महादेवी भौचक रह गई।

''अरे! शिशु को उठा और भाग चल, नहीं तो यह राक्षसिन तेरे पुत्र को चबा जाएगी। पूतना जो ठहरी!''

उसने तुरंत अपना बच्चा उठाया और आँखों से घृणा बरसाती भाग चली। फिर नारियों के झुंड में विचित्र भगदड़ मची, मानो कोई क्रुद्ध साँड़ फुफकारता उनमें घुस आया हो। बिना आशंका की भगदड़ बिना पंख की अफवाह की भाँति उड़ती चली जाती है। इस समय भी कुछ ऐसा ही हुआ। फिर जिधर पैर बढ़ाए उधर भगदड़, बवंडर हो गई—''भागो, भागो! न पुत्राः आ रही है, न पुत्राः आ रही है!'' बार-बार यही आवाज उसके मस्तिष्क से टकराती रही, 'न पुत्राः! पुत्र ना!! पूतना!!!'

वह एकदम घबरा गई। उसने दोनों हाथों से अपने कान बंद कर लिये। आँखें मूँद लीं और सिर झुकाकर उस जन-समुदाय के बीच खड़ी हो गई। यदि दोनों ओर से दो परिचारिकाओं ने उसे सँभाला न होता तो वह फिर शायद गिर पड़ती।

इसी बीच शकट का शव उसके सामने से निकला; पर वह कुछ देख न सकी, केवल भीतर-ही-भीतर उबलती रही। किसी परिचित का स्वर उससे टकराया, ''बेचारी शकट के निधन से कितनी दुःखी है!''

किंतु शीघ्र एक दूसरी आवाज भी खिलखिलाहट के साथ उभरी और पूरे माहौल में तीर की तरह चुभती चली गई, ''त्रिया चरित्रं पुरुषस्य…'' और फिर वह एकदम काँप उठी। उसके लिए सारा वातावरण बस एक शब्द के तीन रूपों में ही विभक्त हो गया, 'न पुत्रा! पुत्र ना!! पूतना!!!'

बहुत प्रयत्न करने पर भी सत्य तक पहुँचा नहीं जा सका। केवल इतना ही हाथ लगा कि शकट को कंस ने ही गोकुल भेजा था; पर वह किस कुचक्र का पात्र बनकर गया था, यह बात दबी-की-दबी रह गई। वह नंद के महल में ही मरा हुआ पाया गया। मात्र इसी आधार पर अनुमान लगाया जा रहा था कि कोई षड्यंत्र नंद या उसके परिवार के इर्द-गिर्द घूम रहा है। किंतु शव-यात्रा में शोक मुद्रा में नंद का उपस्थित होना सारे रहस्य पर एक नया आवरण डाल रहा था।

इस दुःखद परिस्थिति में भी कंस ने अपने उद्धत स्वभाव के विपरीत नंद और

यादवों की अगवानी की थी। प्रासाद के मुख्य द्वार पर जब शकट का शव उतारा जाने लगा तब नंद ने भरे गले से कंस को संबोधित करते हुए कहा था, ''मुझे खेद है, राजन्, कि इस विराट् मल्ल का मृत शरीर मेरे ही भवन में पाया गया; किंतु अभी तक मैं यह निश्चय नहीं कर पाया कि यह वहाँ क्यों गया था और मारा कैसे गया!''

कंस ने एक बार नंद को बड़ी कुटिल दृष्टि से देखा, जैसे कहना चाह रहा हो, सब जानकर भी अनजान बनना चाहते हो। किंतु अचानक उसकी मुद्रा बदली। नितांत परिवर्तित रूप से उसने स्वयं को उपस्थित किया और बोला, ''मनुष्य कहीं नहीं जाता, गोपेश्वर! मृत्यु स्वयं अपने आखेट को बुला लेती है।''

''कुछ ऐसा ही होता है, राजन्! नहीं तो इसे मेरे यहाँ जाने की क्या आवश्यकता थी?'' नंद ने पुनः कहा।

कंस ने इस बार भी एक तीक्ष्ण दृष्टि नंद पर डाली। वह फनफनाया और फिर पिटारे में बंद हो गया। वह मन-ही-मन सोच रहा था कि किसी ने बड़ी होशियारी से इसे मारा है। कंस ने सांकेतिक भाषा में ऐसा कुछ कहा भी।

वास्तविकता यही थी; पर नंद यह मानने को तैयार नहीं थे कि किसी ने इसे मारा है, क्योंकि उसके तन पर कहीं भी चोट नहीं थी, न बाहर और न भीतर। वह धरती पर ढुलका पड़ा था, जैसे किसी ने बड़े प्यार से उसे सुला दिया हो। निकट ही उनका नटखट छोरा कृष्ण खेल रहा था। निश्चित ही शकट की हृदय गति रुक गई होगी।

नंद का सोचना था, नहीं तो उसके भवन में शकट की निरपराध साँसों पर डाका डालनेवाला आखिर कौन था?

किंतु कंस समझता था कि शकट की हत्या में नंद का हाथ है। उसकी अनभिज्ञता मात्र धोखा है, प्रवंचना है, नाटक है। फिर भी वह इस नाटक को नाटक ही रहने देना चाहता था, क्योंकि वह जानता था कि गोपनीयता के आवरण के नीचे प्रयत्न असफल होकर भी अपनी सार्थकता बनाए रखता है। इससे उसने इस संदर्भ में किसी से कुछ नहीं कहा, पर भीतर-ही-भीतर घुटता रहा।

दैनिक कार्यों में भी उसकी रुचि नहीं थी। वह किसी से मिलना भी पसंद नहीं करता था। उसने आदेश निकाल दिया कि 'कोई भी अमात्य जब तक बुलाया नहीं जाए, मेरे यहाँ आने का कष्ट न करे।' बहुधा वह अंतःपुर की स्त्रियों पर भी झुँझला उठता था। उसकी रानियाँ स्वयं उसके सामने जाने से कतराती थीं। विचित्र तनाव में मथुरा का राजप्रासाद जी रहा था।

एक दिन प्रातःकाल एक अप्रत्याशित घटना घटी। यज्ञशाला में 'काम्य अग्निहोत्र' चल रहा था। प्रधान पुरोधा के निर्देशन में कर्मकांड संपन्न किए जा रहे थे। हवन समाप्त होने में लगभग अर्ध घटिका शेष थी कि अचानक महाराज यज्ञशाला में उपस्थित हुए।

उनके केश बिखरे हुए थे। उत्तरीय का एक छोर भू छू रहा था। कटिबंध छूटा पड़ रहा था। सारा व्यक्तित्व अस्त-व्यस्त था।

आते ही कंस जोर से बोला, "बंद करो यह सब खिलवाड़!"

पूरी यज्ञशाला थर्रा उठी। पुरोधा यज्ञवेदिका पर ही उठकर खड़े हो गए। उन्हें लगा, महाराज नहीं, साक्षात् यमराज पधारे हैं। वे उनका रौद्र रूप देखते रह गए।

कंस दहाड़ता रहा, "यह यज्ञादि करने से क्या लाभ, जब हमारा शत्रु अभी धरती पर जीवित है!" इतना कहते-कहते घायल सिंह-सा कंस हवन कुंड की ओर झपटा और शेष सामग्री बिफरे हुए शिशु-सा स्वयं दोनों हाथों से उठा-उठाकर अग्नि में झोंकने लगा। किसी में साहस नहीं था, जो उसे रोके।

वह झोंकता गया, झोंकता गया। जब संपूर्ण साकल्य झोंक चुका तब वह छत्रचुंबी धधकती ज्वाला को देखकर एक विक्षिप्त-सा अट्टहास कर बोला, "बस इसी ज्वाला की अभ्यर्थना में ही तुम लोग व्यस्त हो न, तब तुम सब मेरी अभ्यर्थना करो, मेरी आराधना में मस्तक झुकाओ। मेरे भीतर देखो, इससे भी विशाल ज्वाला जल रही है—इससे भी अधिक दाहयुक्त, इससे भी अधिक धूमयुक्त।" इतना कहते-कहते वह एक तप्त वायु के झोंके-सा यज्ञशाला के बाहर निकल गया। उसके परिचारक उसके पीछे दौड़ते रहे; पर कोई उसके निकट नहीं जा रहा था, मानो उन्हें भस्म हो जाने का भय हो।

अब वह दूर उद्यान में निकल गया था। फिर अचानक रुका। उसने पीछे मुड़कर यज्ञशाला की ओर देखा। नीले नभ में धूमकेतु फहराता चला जा रहा था। वह बड़बड़ाया, "हर अग्नि का भविष्य यही धूम और राख है। इन्हीं को बटोरकर इतिहास गौरवान्वित होता है। क्या मैं भी राख और धूम बनकर उसमें समा जाऊँगा?" पश्चाताप की झीनी परत उसकी आकृति पर फैल गई। किंतु शीघ्र ही उसकी अहमन्यता ने उसे फाड़कर फेंक दिया। वह चिल्लाया, "नहीं-नहीं, कंस धूम और राख बनकर नहीं, वरन धधकती ज्वाला की तरह इतिहास में जिएगा। एक ऐसी ज्वाला जो कभी धूम नहीं उगलेगी; एक ऐसी ज्वाला जो कभी राख नहीं होगी।"

इस घटना के बाद से लगभग सभी समझ गए थे कि कंस का मानसिक संतुलन बिगड़ गया है। मृत्यु का प्रत्याशित भय अप्रत्याशित रूप से उसे घेरता चला जा रहा था। इस परिस्थिति के लिए प्रजा एक स्वर से मगध के प्रधान दंडनायक प्रलंब को कोसती थी। वह कुटिल वृद्ध उसका सबसे बड़ा हितैषी था। उसी के कहने पर उसने अपने पिता को बंदी बनाया और स्वयं मथुरा का शासक बन बैठा। यद्यपि कंस का श्वसुर जरासंध इस पक्ष में बहुत अधिक नहीं था।

आज प्रलंब मथुरा आया था। वह दिन भर कंस के साथ ही रहा। रात को उसके कक्ष में सोया भी। लोगों ने समझ लिया कि कुछ खिचड़ी अवश्य

पकी होगी। एक अनचीन्ही और अनजानी आशंका वातावरण में साँय-साँय करने लगी थी।

□

ब्राह्म मुहूर्त के कुछ पूर्व ही प्रद्योत को जगाया गया और उन्हें सूचना दी गई कि गर्गाचार्य पधारे हैं।

गर्गाचार्य और इतनी रात को! विलक्षण आशंका ने प्रद्योत को एकदम झकझोर दिया। उसकी नींद फुर्र हो गई। वह दौड़ा हुआ द्वार पर आया और अभिवादन कर आचार्य को ऊपर लिवा गया।

गर्गाचार्य मथुरा के राजपुरोहित थे। अपने काम से काम रखते थे। 'न ऊधो का लेना, न माधो का देना।' इसी स्वभाव के कारण वे उग्रसेन के भी उतने ही विश्वस्त थे जितने कंस के। निश्चित है कि इस समय भी कंस का कोई महत्त्वपूर्ण संदेश लेकर वे आए हैं, इसे समझने में न द्वारपाल को देर हुई और न प्रद्योत को। उनके आगमन की सूचना पल भर में सर्वत्र पसर गई। पूरे भवन में जाग हो गई।

"सूर्योदय होते ही महाराज ने आपको सपत्नीक बुलाया है।" आचार्य ने कहा।

"तो इसके लिए आपको ही, वह भी इतनी रात को, कष्ट करना पड़ा!" प्रद्योत बोला।

"क्या करता, चाकर जो ठहरा! स्वामी की आज्ञा हुई, दौड़ा चला आया।" बड़े दबे कंठ से वे बोले।

अनेक जिज्ञासाएँ होने पर भी प्रद्योत ने गर्गाचार्य के मर्म को ही छूने की चेष्टा की, "अरे, आप आचार्य हैं, चाकरी की बात क्यों सोचते हैं?"

"इसलिए कि अब चाकरी ही करनी पड़ती है।" उनके स्वर में वितृष्णा थी, "अब मथुरा में किसी का आचार्यत्व कहाँ सुरक्षित है!"

"जहाँ आचार्य का आचार्यत्व सुरक्षित नहीं वहाँ सत्ता कैसे सुरक्षित रहेगी?"

"तो उसे सुरक्षित कहता कौन है!" इतना कहते-कहते वह खिलखिलाकर हँस पड़े।

उनकी यह हँसी ज्वालामुखी पर शीतल निर्झर है या पिघला हुआ लावा? प्रद्योत समझने की चेष्टा करने लगा। 'गर्गाचार्य को समझना इतना सरल नहीं।' उसके मन ने कहा। वह चुपचाप उनका मुँह देखता रह गया।

"क्या सोचने लगे?" आचार्य ने पुनः पूछा।

"सोचता हूँ कि मुझे सपत्नीक बुलाने की क्या आवश्यकता पड़ गई!"

"कंस के दरबार में कब किसकी आवश्यकता पड़ेगी, इसे काल देवता भी नहीं जानते।"

"काल देवता भले न जानें, पर आपको तो जानना चाहिए।" प्रद्योत ने कहा।

आचार्य इस बात पर हँसकर, उठकर चलने को हुए।

"अरे! इतनी जल्दी क्या है?" प्रद्योत ने उन्हें रोकते हुए पूछा।

"महाराज की आज्ञा है कि मैं सूचित करके अविलंब लौट आऊँ। मेरे आपके यहाँ आने की किसी को कानोकान जानकारी न हो।"

"ऐसी गोपनीयता क्यों?"

आचार्य पुनः मुस्कराए। प्रद्योत उन्हें पहुँचाने द्वार तक आया। इसी बीच उसने बहुत कुछ जानना चाहा, किंतु आचार्य ने प्रत्येक प्रश्न के उत्तर में मुस्कराहट और खिलखिलाहट से ही काम लिया।

अब प्रद्योत ने पूछा, "शकट की मृत्यु का आखिर क्या रहस्य है?"

गर्गाचार्य की खिलखिलाहट कुतूहलपूर्ण हो गई, "राजभवन आइए, शायद कुछ पता चले।"

आचार्य चले गए, किंतु उनकी मुद्रा और कहने के ढंग से स्पष्ट लगा कि वे शकट की मृत्यु का रहस्य जानते हैं।

शंखों और घंटों की समवेत ध्वनि से स्तब्धता मुखरित हो उठी। मंदिरों में ब्राह्म मुहूर्त की आरती आरंभ हुई। प्रद्योत ने सोचा, जब सूर्योदय तक प्रासाद में उपस्थित होना है तब क्यों नहीं अभी से ही महादेवी को जगा दिया जाए। उसने इस कार्य के लिए एक दासी को बुलाया भी; किंतु पता नहीं क्यों उसे भेजना उचित नहीं समझा। वह स्वयं उठा और अंत:पुर के प्रकोष्ठ में पहुँचा। उसकी कल्पना के विपरीत महादेवी पहले से ही जाग रही थी। वह तकिए के सहारे ढुलकी थी। उसकी चिंतन-मुद्रा दक्षिणी वातायन की ओर एकटक लगी थी, जो उसकी असामान्य स्थिति की द्योतक थी।

उसकी यह स्थिति देखते ही प्रद्योत संकुचित होते हुए धीरे-धीरे कक्ष में प्रविष्ट हुआ।

"आज बड़ी जल्दी ही जाग गई, महादेवी!" वह बोला।

महादेवी एकदम सकपका उठी। उसे अनुमान नहीं था कि स्वामी इस समय स्वयं चले आएँगे। उसने सँभलते हुए कहा, "जगाना तो उसे होता है जो सोता हो।"

"तो क्या तुझे आज फिर नींद नहीं आई?" प्रद्योत आत्मीयता से महादेवी का सिर सहलाने लगा।

"नहीं, नींद तो आई थी, पर नींद में भी मैं जाग गई थी।"

प्रद्योत ने अग्नि पर पड़ी राख को कुरेदना उचित नहीं समझा। इसके बाद उसने कुछ नहीं पूछा। एक क्षण चुप रहकर सीधी-सीधी बात कह दी, "आज सूर्योदय तक महाराज की सेवा में उपस्थित होना है।"

"मुझे मालूम है।" एक कृत्रिम मुस्कराहट उसने अधरों पर चिपका ली, जो क्षण भर में वाष्प बनकर दीर्घ नि:श्वास में बदल गई। उसकी मुद्रा ने स्पष्ट बता दिया कि मैं ही नहीं, पूरा भवन इस समाचार से अवगत है।

प्रद्योत का रथ जब मथुरा के राजप्रासाद के उद्यान में पहुँचा, उषा की माँग भरी जा चुकी थी। आकाश पर कुंकुम बिखर गया था। रथ से उतरते ही प्रतिहारी उन्हें सीधे महाराज के कक्ष की ओर ले चले। लगता है, उन्हें पहले से ही आदेश दे दिए गए थे।

उपशाला से ही स्पष्ट दिखाई दिया कि कंस अपने कक्ष में घूम रहा है। उसकी विकलता उसकी गति में उतर आई है। वह बड़ी तेजी से चक्कर लगा रहा है, किंतु अकेला है। उसके बिखरे केश और अस्त-व्यस्त वेशभूषा से लग रहा है कि वह रात को सो नहीं पाया है।

प्रद्योत और महादेवी को देखते ही वह एक खिन्न हँसी हँसते हुए बोला, "मैं सोच ही रहा था कि तुम लोग आते होगे।"

"जब आपकी आज्ञा थी तब भला हम कैसे न आते!"

"तुम्हारे जैसे विश्वस्त और आज्ञापालकों से मुझे ऐसी ही आशा थी।"

इसके बाद संकेत से उसने सभी परिचारकों को हट जाने के लिए कहा। सबके सब चुपचाप चले गए। अब वह दोनों को लेकर अपने शयनकक्ष की ओर गया। वहाँ भी एक दासी शय्या ठीक कर रही थी। उसने उसे भी हटाया, जैसे वह कोई गोपनीय बात कहने जा रहा हो। प्रद्योत और महादेवी की उत्सुकता बढ़ती गई।

शय्या पर ढुलकते हुए वह बोला, "तुम लोग थोड़ा और निकट चले आओ। हमारी जरा सी असावधानी तुम्हारे प्राण संकट में डाल सकती है।" उसी समय ऊपर गवाक्ष में बैठे पक्षियों में कुछ कुलबुलाहट हुई। वह एकदम उठकर बैठ गया, "कौन है?" उसकी कर्कश ध्वनि शून्य में टकराकर चूर हो गई।

कोई कुछ नहीं बोला।

"अवश्य ही कोई इधर आया होगा, जो पक्षियों में हलचल हुई है।" उसने प्रद्योत को संबोधित करते हुए कहा, "जरा द्वार खोलकर देखो तो कोई हम लोगों की बातें सुन तो नहीं रहा है!"

शंकित मन सतर्कता की शूली पर झूलता है। यह सतर्कता ही कंस को रह-रहकर चुभ रही थी।

बाहर से लौटकर प्रद्योत ने बताया कि कहीं कोई नहीं है। केवल गवाक्ष में कपोत मिथुन-कल्लोल कर रहे हैं। इतना कहते-कहते एक मुस्कराहट उसकी आकृति पर उभरी और फिर आतंक में दबते-दबते कह गई, 'सत्ता और सिंहासन की महत्त्वाकांक्षा से दूर ये पक्षी हमसे कहीं अच्छे हैं, जीवन को जीना तो जानते हैं। और हम हैं कि

जीवन को भोगने की लालसा में ही मरे जा रहे हैं।'

पर प्रद्योत की मुस्कराहट की आवाज सुनने की मन:स्थिति में कंस नहीं था। उसने बस इतना कहा, "द्वार को खुला ही रहने दो। कम-से-कम दिखाई तो पड़ेगा कि बाहर कौन आ-जा रहा है।"

फिर धीरे-धीरे वह खुलने लगा, "मथुरा में देवकी की पुत्री की अवस्था का अब कोई बालक नहीं है, वरन उससे वर्ष भर बड़े बालकों को भी समाप्त किया जा चुका है।" फिर उसने गर्व भरी दृष्टि महादेवी की ओर डाली।

महादेवी की आकृति लाल होने लगी। ऐसा लगा कि शरीर का रक्त उसके मस्तिष्क की ओर दौड़ रहा है, जो शीघ्र ही फटकर बिखर जाएगा।

आँखों के समक्ष लाल-पीला छाने लगा और फिर आँखें बंद कर वह गहन अंधकार में डूबती चली गई।

"क्या सोचने लगी, महादेवी?" कंस ने उसकी गंभीर मुद्रा देखकर पूछा।

पर उसे जैसे कुछ सुनाई ही नहीं पड़ा।

प्रद्योत ने स्थिति सँभाली, "आजकल इनका स्वास्थ्य ठीक नहीं है। लगता है, फिर सिर में पीड़ा होने लगी है।"

"सिर में पीड़ा हो रही है तो बगल के कक्ष में जाकर लेट जाओ।" कंस बोला।

"नहीं, मैं लेटूँगी नहीं।" ज्वालामुखी छूटने को हुआ, "नहीं तो वे सारे बच्चे मुझे घेर लेंगे!"

"कैसे बच्चे?" कंस का प्रश्न था।

"वही, जिनकी मैंने हत्या की है। उन निरीह बच्चों की मासूम आँखें मुझसे पूछती हैं, 'बताओ, हम क्यों मारे गए?' " महादेवी लगभग बिलखने के निकट थी।

कंस अट्टहास कर बैठा, "अरे पगली, मरे हुए लोग भी कहीं पूछते हैं! सारी पूछताछ तो जीवन तक ही सीमित रहती है, जीवन समाप्त तो हर बात समाप्त।"

महादेवी कुछ बोलना चाहती थी, किंतु प्रद्योत ने उसका दाहिना हाथ पीछे से दबाया, जैसे उसके गले तक आई बात का गला दबा दिया गया हो। वह चुप थी, चुप ही रह गई।

"मैं तुझे इतना दुर्बल नहीं समझता था, महादेवी!" कंस ने कहा, "इतनी सफलताओं के बाद तुम्हारा पाषाण-सा हृदय मोम की तरह पिघल जाएगा, इसका मुझे अंदाजा नहीं था!"

"लेकिन मनुष्य के निष्ठुर होने की एक सीमा होती है।" दबे गले से महादेवी बोली।

"निष्ठुरता! हा-हा-हा!" बीभत्स अट्टहास से सारा वातावरण काँप उठा, "इस

सिंहासन के पाये कितनी निष्ठुरता पर टिके हैं, इनका अनुमान तुम्हें नहीं हो सकता। जानती हो, सत्ता अपनी महत्त्वाकांक्षा का प्रासाद निरीह साँसों के कंधों पर ही बनाता है, चाहे वह मासूम बच्चों की हो या वृद्धों की।''

''किंतु सत्ता से अलग रहनेवाले हम लोग...''

महादेवी बोलने लगी थी कि प्रद्योत ने डाँटा, ''बेकार की बकवास बंद कर महाराज को सुनने की चेष्टा करो।''

वह चुप हो गई।

''क्या कहा? सत्ता से अलग! कहाँ हो तुम लोग सत्ता से अलग! यदि सत्ता से अलग होते तो सवेरे-सवेरे कुत्ते की तरह दौड़े न चले आते। अरे, तुम लोग भी इसी सत्ता की इकाई हो; पर यह समझने की कभी भूल मत करना कि तुम्हारे न रहने पर यह सत्ता नहीं रहेगी।'' धीरे-धीरे कंस का अहम् भभकता चला गया, ''जो अपने पिता को बंदीगृह में डालकर सत्ता प्राप्त कर सकता है, वह उसकी रक्षा के लिए तुम्हारे जैसे लोगों को असि के घाट उतारने में जरा भी नहीं हिचकता।'' कंस के चुप होने के बाद भी उसकी साँसें क्रुद्ध बनैले सूकर की तरह हुंकारती रहीं।

'कुत्ते' शब्द का प्रयोग प्रद्योत और महादेवी—दोनों को बुरा लगा, पर वे क्या करते! कभी-कभी सीमाहीन स्वामीभक्ति भी व्यक्ति को बड़ा निरीह बना देता है। उन्होंने समझ लिया कि कंस का आक्रोश अपने उत्कर्ष पर है। चुपचाप उन्होंने स्वयं को कछुए की तरह मौन के कोटर में समेट लिया।

इसी समय प्रतिहारी ने सूचना दी कि गर्गाचार्य आए हैं।

''उनसे कहो, अभी प्रतीक्षालय में ही बैठें। आवश्यकता पड़ने पर बुला लिया जाएगा।'' कंस बोला।

प्रतिहारी सिर झुकाए चला गया।

अब कंस उठकर कक्ष के आग्नेय कोण की ओर गया। वहाँ रखी रत्नजटित मंजूषा खोली और खोजकर बहुत छोटा सा बंद पात्र निकाला। कुछ सोचता रहा। फिर अपनी शय्या के निकट आया और वह पात्र महादेवी की ओर बढ़ाया। महादेवी उसे उलटकर देखने लगी।

''इसे अभी मत खोलना।'' कंस ने कहा, ''चुपचाप इसे अपनी कंचुकी में छिपा लो।''

महादेवी और प्रद्योत—दोनों पूछना चाहते थे कि इसमें क्या है; किंतु कंस के आक्रोश के समक्ष वे मौन ही रह गए। फिर भी उनकी दृष्टियाँ उस पात्र पर टिकी रह गईं।

''तुमने पूछा नहीं कि इसमें क्या है?'' कंस ने मुस्कराते हुए स्वयं प्रश्न किया

और उत्तर भी दिया, "इसमें महाविष है, यह मत समझना कि मैंने तुम्हें खाने को दिया है।" और फिर जोर से हँसा। तनाव शिथिल हुआ।

महादेवी बोली, "यदि आपकी आज्ञा हो तो मैं भी इसे खा सकती हूँ।" इतना कहकर वह गंभीर रह गई। वह नहीं कह पाई, 'क्योंकि मैं जीवन से ऊब चुकी हूँ।'

कंस प्रसन्नता से उछल पड़ा, "मुझे विश्वास है कि तुम मेरे लिए विषपान भी कर सकती हो। तुम्हारे जैसे कर्तव्यनिष्ठ से मुझे ऐसी ही आशा है; किंतु इसे मैंने तुम्हारे लिए नहीं वरन नंद के पुत्र के लिए दिया है।"

इतना सुनना था कि महादेवी की शिराओं में रक्त उबाल खाने लगा। उसके नेत्रों से चिनगारियाँ छूटने लगीं। झंझा में पड़ी दीपशिखा की भाँति उसकी देह काँप उठी। क्रोध की लालिमा और क्रूरता की छाया से उसकी आकृति संध्या का आकाश हो गई। उसने अपनी काँपती हथेलियों की मुट्ठियाँ बनाईं, फिर खोला; फिर बनाई, फिर खोला। इस क्रिया को उसने कई बार दुहराया। प्रद्योत ने समझ लिया कि महादेवी अब पकड़ के बाहर है, किंतु वह कुछ कर नहीं सकता था। ज्वाला को जलने देने के अतिरिक्त उसके पास कोई चारा नहीं था।

कंस उसकी असामान्य स्थिति देखता रह गया।

"क्या बात है, महादेवी?" उसने बड़े सामान्य भाव से कहा।

"सोचती हूँ, आज तक मैंने जिन बालकों की हत्याएँ की हैं, वे सब इन्हीं हाथों से हुई हैं। जिन मासूम गरदनों पर मेरी उँगलियाँ पड़ीं वे 'चें' बोलकर सदा-सदा के लिए मौन हो गईं। किंतु आज मुझे महाविष दिया गया है। लगता है, इन हाथों से अब आपका विश्वास उठ गया है। उठ ही जाना चाहिए।" वह अपनी उँगलियों की ओर देखकर बोलती रही, "ये क्यों अभी तक बनी हैं? इन्हें तो कट या गलकर गिर जाना चाहिए।" वह मुट्ठियाँ खोलती और बंद करती रही। उसका प्रलाप चलता रहा।

कंस ने अब गोपनीयता उधेड़ी, "तुम्हारे हाथों पर से मेरा विश्वास नहीं उठा है, महादेवी। किंतु वह सामान्य बालक नहीं है, और न गोकुल की सामान्य परिस्थिति ही है। जानती हो, उसकी हत्या के लिए मैंने शकट को भेजा था और वह मारा गया। आज तक गुप्तचर नहीं बता सके कि उसकी हत्या किसने की। ऊपर से नंद का यह नाटक कि वह हत्यारे की खोज कर रहा है। जब शकट जैसे मल्ल के प्राण जा सकते हैं तब तुम खतरे से मुक्त रह पाओगी, इसका विश्वास क्या!" क्षण भर रुकने के बाद वह फिर बोला, "उस बालक पर या जिस पर जी चाहे, परिस्थिति के अनुसार तुम इस विष का प्रयोग कर सकती हो।"

महादेवी बार-बार उस पात्र को देखती रही। कुछ ही समय के लिए एक घुटन भरी चुप्पी छा गई।

फिर कंस बोला, ''यह महाविष अपने स्तनों में लगा लेने के बाद तुम उस बालक के लिए साक्षात् मृत्यु हो जाओगी। तुम्हारे स्तन में मुँह लगाते ही उसके प्राण-पखेरू उड़ जाएँगे।''

कंस मुस्कराया, पर महादेवी भीतर-ही-भीतर सिसक उठी—मैं कितनी अभागिन हूँ। कोई शिशु मेरे स्तन में मुँह लगाते ही दम तोड़ देगा। क्या सचमुच मैं राक्षसिन हूँ? क्या मैं सचमुच अपने वात्सल्य को ही चबाती रहूँगी? क्या मैं अपने बच्चों को ही निगल जानेवाली नागिन हूँ? क्या मैं सचमुच निपूती रहूँगी और पूतना कही जाऊँगी? महादेवी सोचती रही। उसकी आँखें छलछला आईं और क्षण भर बाद वह पागलों-सी चीखी, ''नहीं-नहीं, मुझसे ऐसा नहीं होगा। मैं नंद के शिशु को नहीं मार सकूँगी।'' यह पहला अवसर था जब महादेवी के भीतर बैठी माँ ने विद्रोह किया।

''ऐं! यह पागल हो गई है क्या?'' कंस भभका, ''क्यों नहीं करेगी? तुझे करना पड़ेगा। तुम्हारी नसों में इसी राजपरिवार का नमक प्रवाहित है। उसे चुकाना पड़ेगा।''

वह सिसकती रही। उसकी हर सिसकन कहती गई, 'अब मैं कठोर नहीं हो सकूँगी।'

माता कभी कठोर नहीं होती। माता का हृदय पाषाण का नहीं, नवनीत का होता है। पर वहाँ उसकी आँसुओं की भाषा समझनेवाला कौन था!

कंस दहाड़ता रहा, ''यह कार्य तुझे ही करना होगा। तू ही इस कार्य को कर भी सकती है। मुझे तेरी योग्यता पर गर्व है।''

''किंतु मुझे अब अपनी योग्यता से घृणा हो चली है।'' सिसकन में मात्र एक वाक्य उभरा।

''आखिर क्यों?'' दाँत पीसते हुए कंस बोला।

''इसलिए कि मैं जिधर से निकलती हूँ, स्त्रियाँ घृणा से मुँह फेर लेती हैं, बच्चे भय से भाग जाते हैं और माताएँ मेरा स्पर्श पा स्नान करती हैं। पूरी मथुरा मुझे 'निपूती' या 'पूतना' कहती है।'' पता नहीं वह किस आवेग में इतना बोल गई।

कंस अब क्रोध से काँपने लगा था। उसने जोर से आवाज लगाई, ''अरे, कोई है?''

एक भी परिचारक नहीं आया।

''लगता है, सब कृतघ्न मर गए हैं।'' वह बड़बड़ाया और बड़ी तेजी से द्वार की ओर बढ़ा तथा द्वार खोलकर चीखने लगा, ''कहाँ गए तुम सब?''

कई परिचारक हड़बड़ाए हुए एक साथ चले आए।

स्थिति बिगड़ती देखकर प्रद्योत ने महादेवी के कान में कुछ कहा। उसने आँखें पोंछकर सँभलने की चेष्टा की।

"देखते हो इस स्त्री को!" कंस परिचारकों से बोला, "इसे ले जाकर काल कोठरी में डाल दो।" कंस आपे से बाहर था, "जो अपने पिता को रौरव यातनाएँ भोगने के लिए बाध्य कर सकता है, वह इस क्षुद्र नारी को क्या समझता है!"

किंतु परिचारक कुछ सहमे से खड़े ही रहे। वे अमात्य की पत्नी पर हाथ कैसे लगाएँ! फिर महाराज ने दुबारा जोर भी नहीं दिया।

तब तक प्रद्योत स्वयं विनयावनत हो बोला, "महाराज शांत हों। महादेवी को पुनर्विचार का अवसर दें।"

कंस चुप ही रहा। वह पुनः आकर अपनी शय्या पर ढुलक गया, "अच्छा, तुम लोग जाओ।" उसने परिचारकों से कहा, "जब फिर बुलाया जाएगा तो आना।" इस बार उसकी ध्वनि में ताप कम था।

सभी परिचारक चले गए। अब उसने कूटनीतिक बाण चलाया, "यदि तुम मेरी आज्ञाओं का पालन करोगी तो तुम्हारे पति को मथुरा का महामात्य बना दिया जाएगा। उसका वही सम्मान होगा जो मगध में प्रलंब का है।" फिर वह नाटकीय ढंग से हँसा, "दोनों का समान पद क्यों न हो! दोनों के नाम का प्रथम अक्षर भी तो समान है। प्रलंब, प्रद्योत, हा-हा-हा! और तब राशि भी एक ही हुई। कन्या राशि! हा-हा-हा!" वह फिर हँसा, "फिर उनका पद एक क्यों न हो!" उसकी कृत्रिम हँसी गूँजती रही।

"जो भी सोचना हो, जल्दी सोचो।" कंस पुनः बोला, "तुम क्या चाहती हो, अपने पति को महामात्य बनाना या पति के साथ रौरव नरक भोगना?"

महादेवी अब भी मौन थी।

प्रद्योत ही बोला, "जो भी आज्ञा होगी, महाराज, उसका पालन होगा।"

"तब सुनो। आज शरत् पूर्णिमा है। गोकुलवासी आज मध्य रात्रि की ज्योत्स्ना में विष्णु-पूजा करते हैं।" इतना कहते-कहते कंस फिर हँस पड़ा, "क्या पागलों की मान्यता है कि इस रात विष्णु क्षीरसागर में निवास करते हैं! सुना है, नंद अपने बालक को भी विष्णु की भाँति दुग्ध-स्नान कराएगा। गोकुल की नारियाँ मंगल गान करेंगी। इस मांगलिक समारोह में कोई किसी को पहचान थोड़े ही पाएगा। तुम धीरे से उन्हीं में मिल जाना और मौका देखकर अपना कार्य कर डालना।" वह कहता गया। दोनों चुपचाप सुनते गए, "लेकिन याद रखना, दूसरे दिन उस बालक का शव नंद के भवन से बाहर निकलना चाहिए, जैसे शकट का शव निकला था।" वह प्रगल्भ हँसी हँसता रहा।

महादेवी चुप थी, मूर्तिवत। लगता था, अब वह वहाँ नहीं है, मात्र उसका शरीर शव सा वहाँ है; पर वास्तविकता यह थी कि महादेवी के भीतर एक 'माँ' छटपटा रही थी। स्पष्ट लग रहा था कि उसकी मरी हुई माँ उसके भीतर जी रही है और उसे विष पीने के लिए बलात् विवश किया जा रहा है।

यों प्रद्योत भी वाणी-विहीन था, फिर भी वह सिर हिलाकर महाराज की आज्ञा-पालन करने का आश्वासन देता जाता था।

अंत में कंस ने परिचारक को बुलाया और कहा, ''आचार्य प्रतीक्षालय में बैठे हैं, उन्हें बुला लाओ।''

क्षण भर में गर्गाचार्य कक्ष में उपस्थित हुए। नितांत सौम्य और शांत, मान-अपमान से निस्पृह उनका व्यक्तित्व किसी योगिराज से स्पर्धा न कर मात्र अपनी अस्मिता की रक्षा में ही व्यस्त था। तभी तो प्रतीक्षालय में इतनी देर से व्यर्थ बैठाए जाने पर भी उन्होंने कोई प्रतिक्रिया व्यक्त नहीं की, वरन कंस के समक्ष एक आज्ञापालक सेवक की भाँति आकर मौन खड़े हो गए।

कंस ने अपनी सारी योजना उन्हें धीरे-धीरे बता दी और अंत में उनसे पूछा, ''आज रात्रि में प्रथम प्रहर या उसके बाद कोई शुभ लग्न बताइए, जिसमें महादेवी की यात्रा आरंभ हो।''

आचार्य सोचते रहे। फिर बड़ी गंभीरता से बोले, ''महाराज, महादेवी तो साक्षात् मृत्यु बनकर जाएँगी और मृत्यु कभी लग्न देखकर नहीं आती। इसलिए मेरे विचार से महादेवी के लिए किसी लग्न की आवश्यकता नहीं पड़ेगी।'' आचार्य हँस पड़े।

इस षड्यंत्र में भी आचार्य ने किस योग्यता से अपने को तटस्थ रखने का रास्ता निकाल लिया। प्रद्योत सोचता रह गया। वह कुछ बोला नहीं, केवल आचार्य की हँसी में अपनी मुस्कराहट मिला दी।

''ठीक है, आचार्य! मृत्यु कभी लग्न देखकर नहीं आती!'' कंस की चिंतन-मुद्रा ने फिर वही वाक्य दुहराया।

''मृत्यु यदि लग्न देखकर आती, महाराज, तो जीवन के लिए इतनी खतरनाक न होती।'' इस बार आचार्य की हँसी परम उन्मुक्त थी। इतना तेज हँसते हुए आचार्य को बहुत कम लोगों ने देखा था। तनाव बहुत ढीला हो गया था।

कार्यक्रम निश्चित हो गया। रात के प्रथम प्रहर में ही राजकीय रथ प्रद्योत के यहाँ पहुँच जाएगा। गोकुल एक योजन से कम ही है। पहुँचने में घड़ी भर भी तो नहीं लगेगा। फिर मथुरा की सीमा-रेखा पर ही महादेवी को उतार देना है। वहाँ से वह पैदल ही जाएगी, जिससे किसी को जरा भी संदेह की संभावना न रहे।

महादेवी की संवेदनशीलता अंतर्मुखी हो गई थी। वह उस समय स्वचालित यंत्र से अधिक नहीं रह गई थी।

□

रथ राजपथ पर बढ़ा जा रहा था। प्रद्योत भी मथुरा की सीमा-रेखा तक छोड़ने चल रहा था। रह-रहकर महादेवी पीछे मुड़कर अपने भवन को देखती थी। बीच-बीच में

उसका हाथ अपने वक्ष की ओर भी जाता था। विभिन्न शंकाओं से घिरी-घिरी, सहमी-सहमी महादेवी आज पहले से बहुत भिन्न थी। प्रद्योत उसे देख रहा था और वह रथ से दूर भागते अपने भवन को।

"क्या देख रही हो, महादेवी?" प्रद्योत ने उसके अंतर्मंथन की थाह लगानी चाही।

"देखती हूँ कि भवन मुझे छोड़कर भागा जा रहा है।"

"कितनी उलटी बात है, भवन कहाँ भागा जा रहा है। भाग तो तुम रही हो उसे छोड़कर।"

महादेवी चुप हो गई। क्षण भर बाद ही उसके मुख से एक वाक्य टपका, "मन करता है, मैं संसार को ही छोड़कर भाग जाऊँ।"

फिर उसने अपने वक्ष पर हाथ रखा।

"कलेजा धड़क रहा है क्या?"

"नहीं तो।"

"तब रह-रहकर वक्ष पर हाथ क्यों रखती हो?"

"अपने मित्र को टटोलती हूँ।"

"हाँ, हृदय से अच्छा कोई मित्र नहीं होता। वह अंतिम समय तक साथ देता है।"

"पर इस समय महाविष ही मेरा मित्र है। वह भी अंतिम समय तक साथ देगा।" इतना कहकर वह खिलखिला उठी। उसकी हँसी को चाँदनी की धवलता में खोते देर नहीं लगी।

प्रद्योत को महादेवी की मन:स्थिति का अनुमान लग गया। उसने उसे धारा से खींचकर किनारे लाने की कोशिश की, "लेकिन प्रिये, भावुकता की धारा में बहने से समस्या का समाधान नहीं निकलता। उसके लिए तो यथार्थ के धरातल पर आना पड़ेगा।"

"और यदि यथार्थ खाने दौड़ रहा हो तो?" महादेवी मुस्कराई।

प्रद्योत चुप हो गया।

"बोलते क्यों नहीं? तब यथार्थ से भाग जाना चाहिए न?"

प्रद्योत अब भी चुप था।

द्वितीय प्रहर के आरंभ की सूचना देनेवाली घंटे की ध्वनि राजप्रासाद से तैरती हुई उनके कानों तक पहुँची।

महादेवी चौंकी, "लगता है, देर हो रही है।"

"किंतु मथुरा की सीमा-रेखा भी तो पीछे छूट गई।" प्रद्योत ने कहा।

इसके कुछ ही क्षणों के बाद सारथि ने रथ रोक दिया।

प्रद्योत उछलकर रथ से उतरा और महादेवी धीरे से। पूरी प्रकृति क्षीरसागर में निमग्न थी। धरती पर चारों ओर नवनीत पुत गया था। आकाश में चंद्र मुस्करा रहा था। वह अब भी पूर्व की ओर झुका था। प्रकृति की धवलता ने दोनों को क्षण भर के लिए मोह लिया; किंतु समय की गति और कर्तव्यपरायणता ने इस बंधन को शीघ्र ही तोड़ा।

''अच्छा, अब मैं चलता हूँ। तुम्हें अपने कार्य में सफलता मिले।'' प्रद्योत ने कहा।

किंतु पता नहीं क्यों, महादेवी का मन इस समय उसे छोड़ने को ही नहीं था, ''क्यों? इतनी जल्दी मुझे छोड़ देंगे।'' उसने ललचाई दृष्टि से उसे देखा और उसका हाथ पकड़कर आगे बढ़ने लगी।

''इतनी दूर तक तो तुम्हारे साथ रथ पर आया ही।'' प्रद्योत बोला।

''थोड़ा यथार्थ के धरातल पर भी तो चलो।'' महादेवी ने मुस्कराहट में डुबोकर एक व्यंग्य-बाण मारा।

प्रद्योत ने उसी स्वर में उत्तर दिया, ''पर मुझे तो यथार्थ खाने नहीं दौड़ रहा है। मैं चल सकता हूँ।''

''चलने के पहले हर व्यक्ति ऐसा ही सोचता है।''

फिर दोनों हाथ में हाथ डाले कुछ डग आगे बढ़े। महादेवी का मन संदर्भ से दूर हटकर चारों ओर की दुग्ध-मज्जनी प्रकृति में तैरने लगा था।

वह अचानक बोल पड़ी, ''क्या ऐसा नहीं है?''

''कैसा?''

''मैं लक्ष्मी, तुम विष्णु और चारों ओर क्षीरसागर।'' वह बिहँस पड़ी। उसके साथ प्रद्योत भी। उस हँसी में वासना की सहज ऊर्जा थी। प्रथम मिलन का कंपन था। ज्योत्स्ना और धवल हो गई थी।

कुछ सोचती हुई वह पुनः मुस्कराई, ''आज पहली बार समझ पाई हूँ।''

''क्या?''

''यदि होंगे तो विष्णु-लक्ष्मी भी बड़े भावुक होंगे।''

''यदि भावुक न होते तो धरती और आकाश छोड़कर क्षीरसागर में विहार करते!''

एक बार फिर दोनों की हँसी साथ उभरी और धूल की तरह उड़ती चली गई।

धीरे-धीरे दोनों बहुत दूर तक निकल आए। यमुना का तट भी निकट ही था। करील की कुंजें दिखाई पड़ रही थीं। दूर से आता बहुत सारी नारियों का स्वर भी स्पष्ट होने लगा था। प्रद्योत ने किसी प्रकार महादेवी से अपने को छुड़ाया और रथ पर चढ़ लौट पड़ा। महादेवी उसे देखती रह गई।

कुछ दूर आगे बढ़ने पर प्रद्योत ने पुनः पीछे देखा, श्वेतता में छोटे होते बिंदु की भाँति महादेवी स्थिर दिखाई दी। 'पता नहीं क्यों, आज वह मुझे छोड़ना नहीं चाहती

थी। लगता है, शकट की हत्या से वह भयभीत है।' प्रद्योत ने सोचा। ठीक इसके साथ ही एक दूसरी आवाज भी उसके मन में उठी, 'पति होकर भी तुम अपनी पत्नी को पहचान नहीं पाए।' उसे लगा, जैसे कोई कह रहा है, 'उसके हृदय में झाँको और उसमें बैठी माँ को देखो।'

रथ धड़धड़ाता चला जा रहा था। उछलता हुआ एक वन्य जीव बाएँ से दाएँ निकल गया।

"यह क्या?" अचानक प्रद्योत के मुख से निकला।

"श्रृगाल ने रास्ता काटा।" सारथि बोला।

"रथ रोको, मैं उसका वध करूँगा।" प्रद्योत ने बताया, "वध करने से अपशकुन समाप्त हो जाएगा।"

रथ रोक लिया गया। प्रद्योत धनुष-बाण लेकर उतरा और झाड़ियों तक गया भी, पर श्रृगाल खोज नहीं पाया।

"महाराज, अब वह कहाँ मिलेगा!" सारथि बोला।

"तब अपशकुन का क्या होगा?"

"उसे भी इस श्रृगाल की भाँति झाड़ी में ही खोया हुआ समझिए।" सारथि बोला। निश्चय ही वह मुस्कराया भी होगा, किंतु दिखाई नहीं पड़ा।

आशंकाएँ मनुष्य को जितना घेरती हैं उतनी संभावनाएँ नहीं। प्रद्योत रथ पर बढ़ा चला जा रहा था, पर आशंकाओं से घिरता जा रहा था, 'क्या होगा इस अपशकुन का? इसका प्रभाव तो मुझपर पड़ना चाहिए। महादेवी तो इससे मुक्त ही रहेगी, क्योंकि आते समय श्रृगाल ने रास्ता नहीं काटा था। वह अवश्य ही अपने कार्य में सफल होगी। हो सकता है, मेरे महामात्य बनने में कोई बाधा आए। पर मैं उसे देख लूँगा।' विचार चलता रहा, रथ बढ़ता रहा।

अब महादेवी यमुना के किनारे पहुँची। तमाल-सी यमुना भी बालक की खिलखिलाहट की भाँति श्वेत हो गई थी। वह चुपचाप वहीं तट पर बैठ गई। कहीं कोई नहीं था। आभास था कि संपूर्ण गोकुल विष्णु-पूजा में मगन है। हास-उल्लास और गायन के स्वर उमगे चले आ रहे थे; पर उससे टकराकर चूर होते जा रहे थे। वह अपने भीतर ही कहीं कुछ खोज रही थी। उसने आकाश के चंद्र की ओर देखा, फिर यमुना की ओर, और फिर अपने वक्ष में छिपे जीवन साथी को टटोला। एक विषण्ण हँसी उसके अधरों से फूटी। क्या था उस हँसी में—ज्योत्स्ना या कालिमा? आकाश से बरसता अमृत या कंचुकी में छिपा विष? शायद वह न समझ पाई।

अब उसने कंचुकी उतारी। विष पात्र को वहीं भूमि पर रखा। फिर अपने उन्नत उरोजों को देखने लगी। देखती रही। कदाचित् ही किसी पुरुष की वासना ने उन्हें इतनी

देर तक और एकटक निहारा हो। फिर भी वह देखती रही। कितने पीन, कितने उन्नत, वक्ष की धरती पर समानांतर मेरु-से खड़े। शायद वह सोच रही थी, आकाश से दुग्ध-वर्षा हो रही है। पूरी सृष्टि में इतना दूध बह रहा है, फिर इनमें दूध क्यों नहीं है? ये निशुष्क मांसपिंड मात्र क्यों हैं? यह पुरुष की काम-तुष्टि के लिए ही रह गए हैं, किसी बालक की संतुष्टि के लिए नहीं! आखिर ये घट रीते-के-रीते ही क्यों हैं? शायद इसलिए कि मैं 'माँ' नहीं हो पाई।

इसी समय उसके अति कल्पनाशील मस्तिष्क ने बहुत सारे बच्चों की खिलखिलाहट सुनी। जैसे सबके सब उसे चिढ़ा रहे हों। उधर यमुना में 'डब' की आवाज हुई। उसका ध्यान टूटा। पानी में अब भी हलचल हो रही थी। उसे सोचते देर न लगी कि किसी जल-जंतु ने डुबकी लगाई है।

उसका चिंतन चलता रहा। उसने विष पात्र खोला। पहले आकाश के चंद्र को देखा और फिर अपने विष को। उसके मानस पर विष्णु-महोत्सव का एक दृश्य आया। विष्णु-प्रतिमा पर नवनीत-लेपन किया जा रहा है। उन्हें क्षीर में बैठाया जा रहा है। साथ में लक्ष्मी भी हैं। यह सब खुली चाँदनी में हो रहा है। वह सोचती है, कितना विलक्षण है! कुछ लोग उत्सव मना रहे हैं और मैं अपने आप में डूबती चली जा रही हूँ! कुछ लोग पुण्य कर रहे हैं, पुण्य करने जा रहे हैं और मैं पाप के लिए स्वयं को तैयार कर रही हूँ। कुछ लोग दूध, मक्खन आदि चाँदनी में रख रहे हैं। आकाश से बरसते अमृत को अमृत से मिला रहे हैं और मैं महाविष को चाँदनी दिखा रही हूँ—कितना विपर्यय है, कितना विरोधाभास है!

तभी उसे जैसे कंस की आवाज सुनाई पड़ी, 'तुम्हें करना पड़ेगा, अवश्य करना पड़ेगा या पति के साथ रौरव की यातनाएँ भुगतनी पड़ेंगी।' कंस की आग उगलती आँखें उसकी आँखों के सामने आ गईं। वह चीख उठी, "नहीं-नहीं, कभी ऐसा नहीं होगा। मेरा पति कभी यातनाएँ नहीं भुगतेगा। उसने कोई अपराध नहीं किया है।" यह सन्नाटा उसकी चीख बड़ी सरलता से निगल गया। हवा साँय-साँय करती और बहती रही।

अब महादेवी एक दूसरे धरातल पर थी, स्वचालित खिलौने जैसी। उसने विष अपनी दाहिनी हथेली पर उड़ेला और दोनों स्तनों पर अच्छी तरह लगाया। उसने एक बार फिर अपने उरोजों को ज्योत्स्ना में देखा। एक विचित्र अनुभूति हुई। वह पुनः सँभली और खाली विष पात्र यमुना में फेंक दिया। 'डब' की आवाज हुई। इस बार जल-जंतु को नहीं, वरन महामृत्यु को डुबकी लगाते उसने देखा।

थोड़ी देर बाद उसने यमुना में मल-मलकर हाथ धोए। उसे ऐसा लगा जैसे वह रक्त से सना हाथ धो रही हो।

अब वह कुंजों से होती हुई गोकुल की वीथियों के बीच चली जा रही थी। दूर

से पर्वत ऋषि और घूँघट में छिपी नारी लगभग एक-सी दिखाई देती है। निश्चित ही उस हर्षोल्लास में कोई भी महादेवी को पहचाननेवाला नहीं था। घुसते-घुसते घुस गई, मिलते-मिलते मिल गया। अमृत के मध्य विष भी छिप गया। अब वह गोकुल की गोपियों के बीच पहुँच गई।

धीरे-धीरे वह नंद के महल में भी पहुँच गई। सारा प्रासाद संगीत में डूब रहा था। शिखर थिरक रहे थे। महल की सबसे ऊपरी छत पर कन्हैया को दुग्ध-स्नान कराया जा रहा था। महिलाएँ गा रही थीं—'बिसनू भयो आज नंदजी को छोरो…' और तालियाँ बजाती हुई उसके चारों ओर नाच रही थीं।

महादेवी भी उन्हीं में गाने लगी। तालियाँ बजाने लगी और उन्हीं के साथ कुँवर कन्हैया के चारों ओर घूमने लगी। स्वर में स्वर मिल गया, ताल से ताल मिल गया, गति से गति मिल गई; पर मन से मन नहीं मिला, अमृत से विष नहीं मिला।

वह अपने घात में थी। जब वह कृष्ण की ओर देखती थी तो उसकी मुस्कराहट उसे बिंधने लगती थी। एक अपरिचित टीस से वह व्यग्र हो उठती थी। कई बार उसने प्रयत्न किया और हर बार यही स्थिति हुई। सचमुच, उसने इतना सुंदर बालक इससे पहले कभी नहीं देखा था। वह बार-बार देखना चाहती थी। उसकी टीसती आशंका बार-बार उसके नेत्र हटा देती थी। उसका आंतरिक द्वंद्व चलता रहा। वह ताल और लय पर चलती रही। उसके होंठ हिलते रहे। स्वर निकलता रहा—'बिसनू भयो आज नंदजी को छोरो।'

अंततः द्वंद्व तीव्र व्यग्रता में बदल गया। उसने आँखें मूँद लीं। अब वह अपने नेत्र कभी नहीं खोलेगी। अब वह कुछ नहीं देखेगी—न दुग्ध और नवनीत के विशाल पात्र को, न बिहँसते बाल कृष्ण को, न रजतवर्णी प्रकृति को, न गोपियों को और न स्वयं को। फिर भी गाती रही, तालियाँ बजाती रही और अन्य गोपियों के साथ बाल कृष्ण के चारों ओर थिरकती रही।

इसी बीच उसे किसी का धक्का लगा या स्वयं ठोकर खा गई। वह लड़खड़ाकर गिरी और गिरी भी तो कृष्ण के ऊपर ही। किसी ने उसे सँभाला, अन्यथा बड़ी चोट लगती। दुग्ध पात्र का कोना धँस जाता तो प्राणांत तक हो सकता था। कुछ समय के लिए स्वर और ताल का तारतम्य टूट गया।

"अंधी है क्या? सूझता नहीं है?" कुछ गोपियों ने उसे फटकारा।

"अरे, माई री माई! गिरी भी तो लल्ला पर, निपूती कहीं की!" यह दूसरी आवाज थी।

महादेवी एकदम घबरा गई। पहचान लिये जाने के भय से वह पसीने-पसीने हो चली। वह चुपचाप धरती पकड़कर सिर नीचा किए हुए बैठ गई।

तब तक यशोदा भी इधर आईं। उन्होंने उसके सिर पर हाथ रखा, ''लगता है, बिचारी को चक्कर आ गया। कक्ष में ले जाकर सुला दो।''

दोनों ओर से गोपियों ने सहारा देकर उठाया।

''अरे, इसे यहीं सोने दो, सुधा बरस रही है। पल भर में मन और मस्तिष्क दोनों शांत हो जाएँगे।''

इस गोपी की बात मान ली गई। उसे वहीं लिटा दिया गया। वह घूँघट में जितना छिपा सकती थी, स्वयं को छिपाकर दीवार की ओर मुँह किए ढुलकी रही।

''अरे, सिर के नीचे कुछ लगा दे री!'' यशोदा का ममत्व बोला और फिर उसने दूसरा प्रश्न किया, ''कहाँ की हो, बहन?''

इस बार घूँघट में नहीं वरन विवेक में स्वयं को छिपाना था। उसने बड़े साहस से काम लिया और मात्र इतना कहा, ''इसी बरसाने की।''

फिर एकदम चुप हो गई, मानो अब वह कुछ भी बोलने की स्थिति में न हो। यशोदा उसे वैसा ही छोड़कर हट गईं। फिर जिन्होंने उसे 'निपूती' कहा था उन गोपियों को संबोधित करती हुई बोलीं—

''देखो, आज से किसी को भी 'निपूती' न कहना। यह बहुत बड़ी गाली है। भगवान न करे, गोकुल की कोई गोपी निपूती रहे!''

''हाँ, यदि उसे निपूती रहना भी हो तो मथुरा में ही रहे।'' गाती हुई गोपियों में से कोई बोल पड़ी।

''यदि कोई निपूती न भी हो तो भी वह मथुरा में निपूती हो जाएगी। वहाँ पूतना जो ठहरी।'' यह दूसरी आवाज थी।

''छिह! तुमने किसका नाम ले लिया। तेरी जीभ अवश्य गल जाएगी। न हो तो दक्षिण दिशा की ओर मुँह करके उसके नाम पर पाँच बार थूक और फिर अपने ही थूक पर पाँच बार पैर पटककर उसे रौंद, तब कहीं तेरे पाप का मार्जन होगा।'' बहुत सारी गोपियाँ एक साथ हँस पड़ीं।

सचमुच वह उठकर छत के दक्षिण छोर की ओर गई और जैसा बताया गया था, थूककर और पैर पटककर उसे रौंदने लगी। इस बार अट्टहास का ज्वालामुखी फूटा। महादेवी को ऐसा लगा जैसे वह उसी के उबलते लावे के नीचे दबती चली जा रही है।

जब वातावरण कुछ सामान्य होने को आया, संगीत पूर्ववत् चलने लगा।

एक गोपिका बोल पड़ी, ''कैसी हैं मथुरा की नपुंसक स्त्रियाँ?''

''अरे, यदि स्त्री होगी तो नपुंसक होगी ही। पुंसत्व तो पुरुष का धर्म है।'' इस उत्तर पर फिर ठहाका लगा।

''मेरे कहने का तात्पर्य था कि मथुरा की नारियाँ कैसे पूतना को सह लेती हैं?

गला दबाकर उसे मार क्यों नहीं डालतीं?'' थिरकती सारिकाओं के मध्य यह एक नागिन की फुफकार थी।

''कोई पुरुष बच्चों की हत्या करे तो कोई बात समझ में आती है। अरे, वह स्त्री होकर बच्चों की हत्या करती है! कैसा है उस स्त्री का हृदय?'' एक वृद्धा का यह स्वर था।

''यदि मिलती तो उसे चीरकर देखा जाता।'' यह एक दूसरा क्षुब्ध उबाल था।

''तुम लोगों ने क्या बकवास लगा रखी है!'' यशोदा ने डाँटा, ''इस शुभ अवसर पर उस राक्षसिन की चर्चा बंद करो।''

सबकी सब चुप हो पुनः संगीत के स्वर-ताल में खो गईं। पर निकट ही पड़ी महादेवी को लग रहा था कि बड़े-बड़े शिलाखंड टूट-टूटकर उसपर गिर रहे हैं और वह कुचली चली जा रही है। उसने अपना मुख बिलकुल धरती की ओर कर लिया था। अब जरा भी साहस उसमें रह नहीं गया था कि वह ऊपर की ओर देखे। ऊपर आकाश में चंद्र पश्चिम की ओर ढुलकने लगा था।

''अब कन्हैया को नींद आ रही है री!'' कृष्ण को ऊँघते देखकर एक गोपी बोली।

संगीत थमने लगा। धीरे-धीरे गोपियाँ भी नंद के भवन से जाने लगीं। कोलाहल शून्य में सिमटने लगा। सबसे पहले परिचारिकाओं ने कन्हैया को उठाया और यशोदा के कक्ष में सुला आईं। दुग्ध पात्र हटाया गया।

रात्रि का तृतीय प्रहर आधा से अधिक बीत चुका था। चंद्रमा के रूप में बने आकाश के विशाल छिद्र से स्वर्गिक सुधा-धार अब भी वैसी ही बह रही थी।

वह प्रशस्त प्रांगण एकदम खाली हो गया था। केवल एक कोने में महादेवी ज्यों-की-त्यों पड़ी थी। यशोदा उसके निकट आईं और सिर सहलाते हुए बड़ी आत्मीयता से बोलीं, ''जी कैसा है?''

''सिर फटा जा रहा है।'' मुँह नीचा किए ही उसने कहा।

''लगता है, बहुत पहले से बीमार हो।''

महादेवी चुप थी।

''तब यहाँ क्यों आई? तुम्हें औषधि लेकर घर पर ही विश्राम करना था।'' यशोदा ने कहा और परिचारिकाओं को उसे सहारा देकर उठाने तथा अपने ही कक्ष में लिटाने का आदेश देकर नीचे चली आईं।

थोड़ी देर में महादेवी लाई गई। उसका सारा अंग शिथिल था। पैर लड़खड़ा रहे थे। हाथ नाटक में लगाए गए विष्णु की नकली भुजा की तरह झूल रहे थे। वह वस्तुतः बाहर से कहीं अधिक भीतर से टूटी थी। 'धम्म' से आकर शय्या पर गिर गई। कितना

विचित्र था—एक ओर यशोदा, दूसरी ओर महादेवी और बीच में कन्हैया!

कुछ ही समय बाद पता नहीं क्या सोचकर यशोदा उठीं और एक परिचारिका को बुलाया। उससे कहा, ''इसे बगल के कक्ष में ले जाकर लिटा दो। पूरा कक्ष खाली है। जब तक चाहेगी, सोती रहेगी। और हाँ, किसी पात्र में वहाँ पानी भी रख देना। ऐसा न हो कि बिना पानी के इसका गला सूख जाए।''

महादेवी दूसरे कक्ष में ले जाई गई। अनेक मासूमों का गला घोंटनेवाली का गला सींचने की व्यवस्था हो गई।

समय सरकता चला गया। हर्षातिरेक भी व्यक्ति को थका देता है। लोग शय्या पर पड़ते ही निढाल हो गए। पूरा नंद-प्रासाद नींद की चादर ओढ़ खर्राटे भरने लगा। यदि जाग रहे थे तो बाहर प्रहरी और कक्ष में पड़ी महादेवी। इस समय वहाँ उसका कोई नहीं था—खाली कक्ष था, सन्नाटा था और वह थी। वातायन से झाँकता ढलता शशि था और सामने थीं कंस की आग उगलती बड़ी-बड़ी भयानक आँखें।

उन आँखों के साथ ही उसकी कर्कश ध्वनि भी सुनाई पड़ी, 'बस यही अवसर है, तुम बच्चे को उठा ले आओ। जल्दी करो, अन्यथा पछताना ही हाथ रह जाएगा। ...याद रखो, यदि तुमने हमारे आदेश का पालन नहीं किया तब तुम तो भयानक यातनाएँ भुगतोगी ही, तुम्हारा पति भी भुगतेगा, नहीं तो वह महामात्य बनाया जाएगा।' आवाजें बराबर उसके कानों से टकराने लगीं, 'तुम्हारा पति महामात्य बनाया जाएगा। नहीं तो यातनाएँ भुगतेगा। तुम्हारा पति महा...'। वह व्यग्र हो उठी। उसने अपने दोनों कान हाथों से कसकर दबा लिये, फिर भी आवाजें उनसे टकराती रहीं। वह व्याकुलता में ही बड़बड़ाने लगी, ''मेरे पति ने कोई अपराध नहीं किया है, वह क्यों यातनाएँ भुगतेगा? जो भोगना है, मैं ही भोगूँगी।''

'तब उठो। अभी उठो। अवसर चूकने पर तुम्हारी भी वही गति होगी जो शकट की हुई। जल्दी करो।' इस बार उसे उसके मन ने झकझोरा।

वह धीरे से उठी। कक्ष से बाहर आई। पश्चिम की ओर सरकता चंद्रमा उसकी विवशता पर कैसा बिहँस रहा था! आकाश में किलकारी मारता कोई पक्षी उसके सिर के ऊपर से उड़ गया। वह एकदम काँप उठी। चोर का जी आधा। शायद कोई विरही चक्रवाक अपनी प्रिया से मिलने जा रहा था; किंतु वह तो मृत्यु होकर अपने आखेट के पास जा रही है। आज उसका हृदय इतनी तेजी से धड़क क्यों रहा है? उसने मथुरा के सारे बच्चों को मारा है, पर कभी ऐसी स्थिति नहीं हुई।

वह दबे पाँव यशोदा के कक्ष में पहुँची। वह करवट बदले खर्राटे ले रही थीं। उसके मन ने कहा, 'जल्दी करो।' पर वह साहस बटोर नहीं पा रही थी। लगता है, बिखर जाएगी। क्यों ऐसा हो रहा है?

अब वह किसी तरह बालक के निकट पहुँच चुकी थी; पर उठाने में उसके हाथ काँप रहे थे। फिर वही कर्कश ध्वनि उसके कानों से टकराई, 'अरे मूर्ख, जल्दी कर!' उसने सोते कन्हैया को उठा लिया और एक मूक आह की तरह निकल भागी।

अपने कक्ष में आकर उसने भीतर से द्वार बंद कर लिये। कंस की बड़ी-बड़ी आँखों में अब आग नहीं थी, वरन प्रशंसा का भाव था, 'वाह-वाह' था, 'अब अपना काम पूरा करो। वह देखो, प्रद्योत महामात्य के सिंहासन पर बैठ रहा है। कंचुकी खोलो, स्तनपान कराओ, कंचुकी खोलो।' यह कहीं और की नहीं, स्वयं महादेवी के भीतर की ध्वनि थी।

महादेवी के जिस हृदय में अंधकार था वहीं प्रकाश भी; जहाँ पाप था वहीं पुण्य भी और जहाँ कंस की आक्रोशपूर्ण दानवी मुद्रा थी वहीं हजारों चीखते बच्चों के चलचित्र भी। ज्यों ही उसने अपनी कंचुकी खोली, बच्चों की चीखें उभर आईं, 'खबरदार! ऐसा मत करना। तुमने हम सबको तो मार डाला ही है, पर इस बालक को छूना मत। देखो, यह कैसा मुस्करा रहा है! मृत्यु की गोद में भी मुस्करा रहा है।' उसने कृष्ण की ओर देखा, सचमुच वह किलकारी भर रहा था। वह उसे वातायन के पास लाकर ज्योत्स्ना में देखने लगी। उसकी हँसी से चाँदनी फीकी पड़ रही थी। उसने सोचा, नभ अपनी गोद में चंद्र लेकर गौरवान्वित है तो क्या मैं चंद्र को गोद में लेकर गौरवान्वित नहीं हूँ? वह कभी आकाश की ओर, कभी अपने अंक के चंद्र को देखती रही।

उसके मानस में बच्चे चीखते रहे, 'अब तक जो किया सो किया, अब अपने पापों का प्रायश्चित्त करो, पूतना। अब तक हमारी हँसी और मुस्कराहटें ले जाकर कंस के चरणों में चढ़ाती रही हो। क्या तुम स्वयं को नहीं चढ़ा सकतीं?' वह सोचने लगी। सैकड़ों बच्चों की खिलखिलाहटें उसे घेरती रहीं। कंस की आँखें उसे घूरती रहीं और अंक में पड़ा कन्हैया किलकारी भरता रहा।

सचमुच यह कितना सुंदर है! क्या यह मेरा बच्चा नहीं हो सकता? क्या मेरा वात्सल्य जीवन भर तरसता रह जाएगा? उसके भीतर बैठी माँ साकार हो उठी—नहीं-नहीं, यही मेरा शिशु है। मैं इसका अहित नहीं करूँगी। इसी समय कंस की कही हुई बात उसके मस्तिष्क में उतराई, 'तुम इस विष का उस बालक पर या जिसपर भी चाहो, परिस्थिति के अनुसार प्रयोग कर सकती हो।' 'जिसपर भी चाहो', ... 'जिसपर भी चाहो' की ध्वनि उसके मस्तिष्क में लगातार आवर्तित होती रही। वह विचित्र भावावेश में उठी। जल पात्र से पानी लेकर अपने स्तनों पर लगाती और उसे पागलों-सी चाटने लगी। सामने श्वेत शय्या पर पड़ा कृष्ण अब भी बिहँस रहा था, हाथ-पैर मार रहा था, मानो विष्णु क्षीरसागर में तैर रहे हों।

उसने झट से कंचुकी बंद कर ली। कहीं ऐसा न हो कि यह मुँह लगा ही दे। विष

का प्रभाव बढ़ने लगा। वह बड़बड़ाने लगी, ''मेरी शव-यात्रा निकल रही है। शकट की शव-यात्रा से शानदार है मेरी शव-यात्रा, क्योंकि यह किसी हत्यारे की नहीं, वरन एक माँ की शव-यात्रा है।''

उधर प्रासाद के द्वार पर ब्राह्म मुहूर्त के घंटे बजे, इधर महादेवी के प्राण-पखेरू उड़ चले। इसके कुछ देर बाद ही प्रासाद के सिंह द्वार पर भीड़ इकट्‌ठी होने लगी। भगवान जाने, यह बात कैसे फैल गई कि मथुरा से पूतना आई है!

भीड़ चिल्ला ही रही थी, ''वह राक्षसिन पूतना आई है, कन्हैया को बचाना! वह राक्षसिन आई है, कन्हैया को बचाना!''

पल भर में जाग हो गई। यशोदा ने आँखें खुलते ही देखा, कन्हैया गायब था। वह विक्षिप्त हो उठीं। बगल के कक्ष में गईं। वह भीतर से बंद था। कई बार चिल्लाईं, पर कोई उत्तर नहीं। अंत में जोर से धक्का दिया। बाहर भीड़ चिल्लाती रही। शायद दरवाजा पूरा बंद नहीं था, धक्के से खुल गया। वह स्त्री मरी पड़ी है। उसकी छाती पर कृष्ण खेल रहा है। तब तक नंद के साथ बहुत सारे लोग आ गए।

यशोदा ने सबको बताया, ''यहाँ कोई पूतना या राक्षसिन नहीं है। हमारा कन्हैया सकुशल है। कल रात को ही एक गोपी बीमार होकर आई थी। आज मर गई।''

कन्हैया को यशोदा ने उठाया और एक आत्मीय दृष्टि शव पर डाली। उसे ऐसा लगा, बच्चे को छाती से चिपकाए जैसे कोई 'माँ' मरी हो!

□

## अश्रव्य चीखें

कभी-कभी यथार्थ इतना विस्मयकारी, आश्चर्यजनक और विलक्षण होता है कि वह विश्वास से परे हो जाता है, मन की पकड़ से दूर और कल्पना की पहुँच से भी बाहर। ऐसा ही एक यथार्थ मेरे जीवन में घटा था—आज से लगभग अर्द्धशताब्दी पूर्व।

संभवत: वह सन् 1948 का सितंबर रहा होगा। मेरी आर्थिक असमर्थता ने मुझे विश्वविद्यालय के द्वार तक पहुँचा दिया था, पर वह कक्षा में विधिवत् प्रवेश न करा पाई थी। फलत: मैंने प्राइवेट पढ़ने का निश्चय किया। अपने समय के बहुत से नामी-गिरामी शिक्षकों की कृपा से मैं उनकी कक्षाओं में जाकर बैठ जाता था। बिना किताब-कॉपी के और बिना कुछ नोट बनाए मैं कक्षा में मौन श्रोता बना बैठा रहता था। आचार्यों के प्रत्येक शब्द को अपनी स्मृति की झोली में बड़ी सजगता से बटोरता रहता था।

उस समय तो वे पर्याप्त होते थे, पर अन्य समस्याओं से जूझता जब पैदल ही घर लौटता था तब पता चलता था कि उन शब्दों में से कितनों को पंख लग गए थे और स्मृति की झोली से वे फुर्र हो गए हैं। फिर भी, बचे शब्दों को एक नोट बुक में खतिया लेता था और आगे की सुधि करता था।

इस प्रक्रिया में इतना कुछ छूट जाता था कि मेरा नोट हमेशा आधा-अधूरा ही रह जाता। उससे अध्ययन की दिशा तो मिलती, पर मंजिल की संभावना दूर ही दिखती थी।

अब क्या करूँ? कक्षा के कुछ छात्रों को दोस्त भी बनाया, उनसे किताबें लेकर नोट बनाने की भी चेष्टा की। इस क्रिया में मेरी आरजू-मिन्नत के बावजूद वे पुस्तकें देने में बहुत हीला-हवाला करते थे, जबकि वे आपस में पुस्तकों का खूब लेन-देन करते थे।

आखिर बात क्या है? मुझे स्पष्ट लगता कि मैं उन सब में एक अस्पृश्य-सा हूँ। उनमें अधिकांश न तो मुझसे बोलते थे और न संपर्क ही रखना चाहते थे। एक तो मैं प्राइवेट विद्यार्थी, जिसके संबंध में सामान्य मान्यता है कि उनके पास स्वप्न तो होते हैं,

पर सामर्थ्य नहीं होता। फिर मेरे कपड़े भी फटे-पुराने, उनके कपड़ों की तरह हाई-फाई नहीं। फिर कभी कॉलेज रेस्तराँ 'अटेंड' करना तो दूर, उसके करीब जाता तो भी मैं उन्हें दिखाई नहीं देता था। वे स्वयं को ऐसी रोशनी समझते थे कि वे मेरे जैसे अँधेरे के पास आना भी नहीं चाहते थे; हाँ, बगल से गुजर अवश्य जाते थे।

□

उस दिन संध्या हो चुकी थी। बारिश हो रही थी। धीरे-धीरे कॉलेज के विद्यार्थी जा चुके थे। मैं सीढ़ी पर चुपचाप बैठा बारिश के रुकने की प्रतीक्षा कर रहा था। कक्षाओं के द्वार बंद किए जाने की आवाजें बीच-बीच में सुनाई पड़ रही थीं। आकाश में भादों के बादलों की धमा-चौकड़ी मच रही थी कि अचानक मेरी बगल में आकर मेरी कक्षा का विद्यार्थी बैठ गया—शक्ल-सूरत से परिचित और ऐसे बिलकुल अपरिचित।

"बड़े 'पेनसिव मूड' में हो, भाई। कोई याद आ रही है क्या?" उसने मुझे गुदगुदाने की कोशिश की।

"याद क्या आएगी? स्वयं भूलने की कोशिश कर रहा हूँ।" मैं बोला।

बातचीत से पता चला कि वह भी यहाँ के चपरासी का बेटा है। उसके पिता सेंट्रल लाइब्रेरी में काम करते हैं। बहता पानी भी धरातल खोजता है। मेरे उस साथी को अपना धरातल मिल गया और मुझे अपना। शीघ्र ही हम दोनों में घनिष्ठता भी बढ़ी।

"संध्या के बादल जल्दी नहीं फटते।" उसने कहा, "न हो तो आज रात तुम मेरे यहाँ, यूनिवर्सिटी कैंपस में ही रह जाओ।"

"धन्यवाद!" मैं बोला, "ऐसा संभव नहीं है। मेरी माँ बहुत जल्दी घबरा जाती है। इस बरसाती रात में वह मेरे बारे में पता नहीं कैसी-कैसी आशंकाएँ कर लेगी! फिर मेरी पत्नी भी आजकल यहीं हैं।" इतना कहते-कहते मेरे अधरों के बीच एक मुस्कराहट रेंग गई। वह भी हँसने लगा।

"ओ, अब समझा!" उसने हँसते हुए कहा और "अभी आया" कहकर चला गया।

न उसने मेरा नाम-पता पूछा और न विस्तार से अपनी कैफियत बयान की। थोड़ी देर बाद वह एक कामचलाऊ छाता लेकर आ गया और मुझे देते हुए बोला, "यह प्रयत्न मैंने तुम्हारे लिए नहीं, वरन भाभीजी के लिए किया है।" उसने हँसते हुए कहा।

मैंने उसे अनेक धन्यवाद दिए और विनम्रता व्यक्त करते हुए बोला, "मैं शायद इस उपकार का बदला जल्दी न चुका पाऊँ।"

"तुम क्या चुका सकोगे? तुम्हारे पास है ही क्या! मुझे जो लेना होगा, वह अपनी भाभी से मिलकर कभी ले लूँगा।"

इस बार हम दोनों की हँसी इस बरसात में भीगती बहुत दूर तक चली गई।

दोनों एक ही छाते में किसी तरह सिकुड़ते हुए एक-दूसरे के कंधे पर हाथ रखे चल पड़े। रास्ते में मैंने उसे अपने बारे में विस्तार से बताया कि मैं स्थानीय डी.ए.वी. इंटर कॉलेज में नौकरी करता हूँ। छोटे दर्जे के बच्चों को पढ़ाता हूँ, केवल इस स्वार्थ से कि अध्यापक की हैसियत से मैं यूनिवर्सिटी की परीक्षा भी दे सकूँ।

तुम्हारे इस उपकार से मेरा कल का स्कूल नहीं छूटेगा। इसी क्रम में संक्षेप में मैंने अपनी दिनचर्या भी बताई और कहा, ''मेरे सारे क्लास सवेरे ही हो जाते हैं। साढ़े दस बजे तक मैं खाली हो जाता हूँ, फिर घर आकर खाना खाते ही यहाँ के लिए चल पड़ता हूँ।''

''कोई बाल-बच्चे ?'' उसकी जिज्ञासा ने अब और कुरेदना शुरू किया।

''अभी तक मैंने ऐसी गलती नहीं की है।'' हम दोनों फिर हँसने लगे।

□

फिर हम लोग बराबर मिलते रहे। करीब आते गए। उसके घर भी आना-जाना शुरू हुआ। उसके पिता बड़े सीधे-सादे ढंग के आदमी थे। उनकी भी मुझे आत्मीयता मिली। पहले वे समझते थे कि मैं 'रिपीटर' हूँ। गत वर्ष फेल हो गया हूँ। इस वर्ष फिर कोशिश कर रहा हूँ। पर जब उन्हें मेरी असलियत का पता चला कि मैं नौकरी करता हूँ और अपना अध्ययन भी जारी रखना चाहता हूँ। वे मेरे प्रति अधिक सदय हो गए। उन्होंने मेरे सामने अपने पुत्र से कहा, ''उमाशंकर, सचमुच तुम्हारा दोस्त बड़ा संघर्षशील है। एक ओर परिवार को भी सँभालता है और दूसरी ओर अपना भविष्य भी सँवारना चाहता है। ...मैं इसके लिए कर क्या सकता हूँ ?'' वे सोचने लगे।

इसी बीच लाइब्रेरी से संदेश आया कि अभी-अभी साहब ने आपको बुलाया है। वह तुरंत कपड़ा पहनकर चले भी गए। उस दिन बात आई-गई और खत्म हो गई।

फिर कुछ दिनों बाद ही उमाशंकर क्लास में मिला। यों तो वह दिखाई रोज ही पड़ता था, पर कोई विशेष बात नहीं होती थी। पर आज उसने बताया, ''बाबूजी आपके बारे में चिंतित हैं कि उसकी मदद कैसे की जाय ? उनका सोचना है कि यदि उसे कोर्स की बुक मिल जाय, तब तो वह घर पर ही पढ़कर नोट बना लेगा। यहाँ आने और समय बरबाद करने की उसे जरूरत न पड़े। फिर 'प्रिपरेशन लीव' के पहले वह कुछ दिन यदि क्लास कर लेता तो उसका बेड़ा पार हो जाता।''

यही तो मैं चाहता था, पर उसके आगे वह चुप हो गया।

''फिर उन्होंने क्या सोचा ?''

''सोचते तो बहुत हैं, पर उन्हें कोई रास्ता दिखाई नहीं देता।'' उसने बताया, ''एक दिन उन्होंने साहब से भी इस संबंध में बात की थी। उनका कहना था कि जिसका यूनिवर्सिटी में 'एनरोलमेंट' ही नहीं है उसे पुस्तकें 'इशू' कैसे की जाएँ ?''

"तब क्या होगा ?"

"अब दो ही तरीके हैं।" उसने कहा, "एक तो किसी का कार्ड लेकर किताबें 'इशू' कराई जाएँ या आप लाइब्रेरी में बैठकर ही पढ़ें।"

"यह दूसरा तरीका ही ठीक है।"

"पर यह न्यायसंगत नहीं है।"

"वह कैसे ?"

"न आपका एनरोलमेंट है और न आप इस यूनिवर्सिटी की सर्विस में हैं, तब आप कैसे लाइब्रेरी हॉल में प्रवेश पा सकते हैं ?"

अब मुझे लगा कि मैं बंद गली के आखिरी छोर पर खड़ा हूँ, जहाँ कोई रास्ता नहीं, केवल अँधेरा है।

"तब क्या होगा, दोस्त ?" मैंने बड़े निराश स्वर में कहा, "मेरे कॉलेज के दयालु प्रिंसिपल ने नौकरी इसी शर्त पर दी थी कि प्राइवेट पढ़कर यूनिवर्सिटी की डिग्रियाँ ले सकूँ।"

मुझे उदास देखकर उसने मुझे ढाढ़स बँधाते हुए कहा, "अभी हिम्मत छोड़ने की जरूरत नहीं है। बाबूजी कोशिश में लगे हैं। ...कोई-न-कोई उपाय तो निकाला ही जाएगा।"

मेरे सामने एकदम अँधेरा था। उमाशंकर उसमें किरण की तलाश कर रहा था। यदि वह किरण मिली तो उसी लकुटी के सहारे आगे बढ़ूँगा, वरना पंगु तो हूँ ही।

मैं क्लास करता रहा, पर अब अपने स्कूल के काम में भी मन नहीं लगता। मेरी इस मन:स्थिति का आभास औरों को होने लगा; पर मैंने इधर-उधर की बातें करके कुछ बताया नहीं, क्योंकि उमाशंकर की स्पष्ट वर्जना थी कि किसी से कुछ कहना मत, क्योंकि जो कुछ भी होगा, गलत काम होगा और यदि बात पहले से फूट गई तो कुछ न हो पाएगा।

दो-चार दिनों बाद ही उमाशंकर ने बताया, "बाबूजी ने तुम्हारे लिए एक तरीका निकाल लिया है। उनका कहना है कि जो लोग वहाँ बैठकर पढ़ते हैं, उनका एक अलग रजिस्टर अलग है। उसमें मैं उसका नाम लिखा दूँगा और वही नंबर मैं दिला दूँगा। द्वार पर जहाँ बाहर से आनेवालों के सामान जमा किए जाते हैं, वहीं यह अपना भी झोला आदि रखकर रजिस्टर का नंबर बता देगा। वहीं इससे हस्ताक्षर कराया जाएगा। ...और तब वह हॉल में जाकर जब तक चाहे तब तक पढ़ सकता है।" वह थोड़ी देर के लिए रुका, फिर बोला, "सबसे बड़ा संकट तो यह है कि आपके पास 'आइडेंटिटी कार्ड' भी तो नहीं है।"

किसी तरह रास्ता तो निकला। मन थोड़ा हलका हुआ। मैंने एक मुस्कराहट अधरों

पर चिपकाई और पूछा, ''तब यह जालसाजी कब से शुरू की जाएगी?''

''अभी नहीं। बाबूजी का कहना है कि जब तक वह खुर्राट जगमोहन है तब तक कुछ संभव नहीं है; क्योंकि वह जाते ही क्लास पूछेगा और जहाँ हमने किसी क्लास का नाम लिया वहीं वह तुरंत उस क्लास का 'नॉमिनल रोल' देखेगा और बात फूट जाएगी।''

''जगमोहन असिस्टेंट लाइब्रेरियन हैं, नियम-कानून के पक्के।'' उसने आगे बताया, ''वे अगले सप्ताह छुट्टी पर जाने वाले हैं। तब इस काम को अंजाम दिया जाएगा।''

□

किसी तरह अनेक बाधाओं को पार कर लाइब्रेरी में स्वाध्याय आरंभ हुआ। कुछ ही दिन चला होगा कि अक्तूबर के अंत में मैं बीमार पड़ा गया। टायफॉइड के प्रबल प्रहार को झेलते हुए मैंने बयालीस दिन बिस्तर पर बिताए। ठीक होने पर भी इतना कमजोर हो गया था कि नौकरी पर हाजिरी लगाने जाना भी मुश्किल हो गया, यूनिवर्सिटी की लाइब्रेरी तक आना तो दूर की कौड़ी थी।

किसी तरह फरवरी आते-आते मैंने अध्ययन के लिए कमर कसी, मार्च में ही परीक्षा थी। अब पढ़ने के सिवा कुछ भी दूसरा मुझे दिखाई नहीं देता था। सभी समझते थे कि मैं इसी विश्वविद्यालय का एक अध्ययनशील विद्यार्थी हूँ। पर मैं तो अपनी असलियत जानता था। हमेशा आशंकाओं से भरा-भरा। कहीं कोई कुछ पूछ न ले, इसलिए मैं लोगों से बातें भी बहुत कम करता था।

फिर भी विद्यार्थी मेरा सम्मान करते थे। उनमें लड़कियाँ अधिक थीं। उनकी सामान्य जिज्ञासा रहती, जैसे—आप क्या पढ़ते हैं, कैसे नोट्स बनाते हैं? आप हार-टलर हैं या 'आउट साइडर'? सबको मुस्कराता हुआ, संक्षिप्त जवाब देता और फिर अपने काम में लग जाता। ...क्योंकि मेरे दोस्त के पिताजी जगदीश सिंह की ओर से हिदायत थी कि किसी से बहुत बात मत करना, वरना असलियत खुल जाएगी। तुम तो निकाले जाओगे, मेरी भी बड़ी किरकिरी होगी।

फिर भी कुछ मनचले लड़के हाल में आ जाते, जो लड़कियों को घूरते, बोलियाँ बोलते, मुझ पर भी फब्ती कसते, ''बड़ा पढ़ाकू बनता है। लगता है, मिडिलची है।'' फिर वे मैगजीन सेक्शन की ओर बढ़ जाते। वह भी पढ़ने के लिए नहीं वरन कुछ विशेष ढंग की तसवीरों की तलाश में।

ऐसे में मैंने अनुभव किया कि जितनी तन्मयता के साथ मुझे अपने अध्ययन की गहराई में डूबना चाहिए वह यहाँ बैठकर करना संभव नहीं है। मैंने इस विषय पर जगदीश सिंह से बातें करनी चाहीं। उन्होंने पास आकर बहुत धीरे से कहा कि घर

आओ, तब बातें होंगी।

साफ जाहिर था कि सबके सामने वे अपने और मेरे संबंधों को जाहिर करना नहीं चाहते थे।

जगदीश सिंहजी लाइब्रेरी के शायद सबसे सीनियर कर्मचारी थे। अपनी ड्यूटी के प्रति ईमानदारी ने उन्हें चपरासी से बुक लिफ्टर बना दिया था। बड़े-बड़े प्रोफेसर भी उन्हें सम्मान देते थे। वे अपनी इस छवि के प्रति बड़े सजग थे। यह तो वे ही जानते होंगे कि मेरे प्रति इतना गलत-सही करने के लिए उन्हें अपने से कितना संघर्ष करना पड़ा था।

एक छोटी सी पुरानी टेबल और कुरसी लगाकर हॉल के एकदम दक्षिणी कोने में अलमारियों के पीछे मेरे लिए जगह बना दी गई। यहाँ रोशनी की भी कमी थी। बगल की दीवार में एक छोटी खिड़की अवश्य थी, पर वह आधी खुलती थी।

इन सारी कमियों के बावजूद यहाँ बड़ी शांति थी। यहाँ मेरा स्वाध्याय अबाध गति से चलता रहा।

हॉल में आते ही मैं अपने विषय की मनचाही पुस्तकें अलमारी से निकाल ले आता और जब कोई पुस्तक न मिलती तो चुपचाप चाचाजी (जगदीश सिंह) से कहता। वे कहीं से खोज-खाजकर निकाल ले आते थे। ...अब मैं अपने अध्ययन में डूबने लगा। कभी-कभी ऐसी समाधि लगती कि समय का ध्यान ही न रहता। एक दिन चाचाजी ने कहा भी, ''कहीं ऐसा न हो कि तुम भीतर पढ़ते ही रह जाओ और अपने समय से हॉल बंद हो जाए। कहो तो चपरासियों को तुम्हारे बारे में सहेज दूँ।''

''नहीं-नहीं, ऐसी कोई जरूरत नहीं है। फिर बात फैल जाएगी और तरह-तरह की चर्चाएँ शुरू हो जाएँगी।'' मैंने कहा और वे मुस्कराने लगे। शायद उन्होंने अनुभव किया कि अपराधी मन द्विविधा और आशंकाओं से भरा रहता है। वे चुपचाप चले गए।

मेरा अध्ययन चलता रहा। मेरी सजगता हमेशा जागरूक रहती। शाम को लाइब्रेरी बंद होने के समय से पहले ही मैं अपनी कुरसी छोड़ देता।

□

सबकुछ ठीक-ठाक चलता रहा; पर एक दिन वही हुआ, जिसकी आशंका थी। अचानक बिजली गुल हो गई और हॉल के 'मेन फाटक' के बंद होने की आवाज सुनाई पड़ी; पर इतने पर भी घुप्प अँधेरा नहीं हुआ। हॉल की दो-चार बत्तियाँ अब भी जल रही थीं। लगता है, उनके जलते रहने का निर्देश था।

मैंने कलाई में बँधी घड़ी की ओर देखा, उसमें अब भी छह बजने में बीस मिनट बाकी थे। निश्चित रूप से मेरी घड़ी ने धोखा दिया था। मैंने उसपर कान लगाया, उसका दम टूट चुका था।

अब क्या करूँ? घबराया। घर नहीं पहुँचूँगा तो लोग क्या सोचेंगे? शीघ्र ही विचार आया कि एक बार कार्ल मार्क्स के जीवन में भी ऐसा हुआ था। उसकी तल्लीनता ने उसे लाइब्रेरी में बंद होने के लिए विवश किया था। उसने पूरी रात के एक-एक मिनट का उपयोग किया था।

मेरे मन ने कहा, ''यह रात भी तुम्हें ईश्वरीय वरदान के रूप में मिली है। परीक्षा निकट है, तुम भी इस समय के एक-एक क्षण का पूरा उपयोग करो।''

अब मेरा मन कुछ शांत हुआ। थोड़ी देर बाद ही मैं दत्तचित्त होकर अपने काम में लग गया। जिस विषय को आज तक मैंने छुआ भी नहीं था, उसी अर्थशास्त्र के परचे की तैयारी में मैं लगा।

घर से चलते समय ही मैंने मन बना लिया था। यहाँ आने पर सबसे पहले अर्थशास्त्र पर लिखी मार्शल की किताब निकलवा ली थी। मैंने उसी पर नोट बनाने का संकल्प लिया कि आज रात यह कार्य पूरा करूँगा।

यह बड़ी प्रसिद्ध पुस्तक है। इसके कुछ ही चैप्टर हमारे कोर्स में हैं। पर यह क्या, जब मैं कोई प्रासंगिक अध्याय खोलता हूँ तो पाता हूँ कि उसके महत्त्व के पृष्ठ किसी ने ब्लेड से निकाल लिये हैं और लगभग पूरी पुस्तक ही घायल है। ब्लेड से भी स्केल लगाकर काटा गया था।

एक अपूर्व और अविश्वसनीय अनुभव और हुआ। ज्यों ही मैं ऐसे पृष्ठों को खोलता, एक गरम आह मेरी बगल से निकल जाती। इस आश्चर्यजनक अनुभूति ने मुझमें एक प्रकार की भयग्रस्त जिज्ञासा जाग्रत् की। आखिर बात क्या है? इन कटे पृष्ठों से इन गरम आहों का क्या संबंध है? इसी जिज्ञासावश पुस्तक उलटता चला गया और हर जगह वैसी ही अनुभूति हुई।

ये आहें निर्जीव नहीं थीं। स्पष्ट था कि कोई पास ही बैठा है और अपनी पीड़ाजनक प्रतिक्रिया व्यक्त कर रहा है। मैंने चारों ओर देखा, कहीं कोई नहीं। मैंने उठकर भी आस-पास निहारा, पर कुछ समझ में नहीं आया। क्या हो सकता है? कहीं कोई जानवर तो नहीं, जो फुफकारता हो और जिसकी आवाज आदमी की आह से मिलती हो। मेरे दिल-दिमाग में जैसे कुछ कौंधा। मैं तुरंत हॉल के कोने में रखी अंकुश लगी एक बड़ी लकड़ी उठा लाया। इससे चपरासी बिजली के ऊपरी स्विच खोलते हैं।

मेरी मानसिक स्थिति विचित्र थी। बाहर से जितनी तैयारी करता जा रहा था, भीतर से उतना ही भयग्रस्त होता जा रहा था; फिर चुपचाप आकर अपनी कुरसी पर बैठ गया। खिड़की से बाहर देखा, फरवरी की रात साँय-साँय कर रही थी।

मार्शल की किताब पर सिर रखकर सोचने लगा, पर कुछ समझ में नहीं आया। एक बार फिर उन पन्नों को पलटने लगा, फिर वैसी ही आहें। थोड़ा आगे बढ़ा। निकाले

गए पन्नों का किनारा, जो अब लगे रहकर भी अपने अस्तित्व का अहसास करा रहे थे, उनपर अँगुली फेरने लगा। अब वे आहें कराहों में परिवर्तित हो गईं, जैसे मैंने किसी हरे घाव पर अँगुली धर दी हो।

अब स्पष्ट लगा, इन निकाले गए पन्नों से उन कराहों का कोई संबंध अवश्य है। पर क्या है? कैसे है? अब भी समझ से बाहर था। मेरी भयग्रस्तता बढ़ती गई। माँ का कभी का कहा याद आया। मैं हनुमान चालीसा का पाठ करने लगा।

☐

धीरे-धीरे मेरी घबराहट बढ़ती गई। एक क्षण ऐसा भी आया कि मैं आपे से बाहर होकर चिल्लाया, "कौन हैं आप? इतना परेशान क्यों कर रहे हैं?" लगभग होश-हवास खोने की स्थिति में था कि एक छाया प्रतिमा-सी कुछ दूरी पर दिखाई पड़ने लगी। मैंने उसका परिचय पूछा।

"शालिपुत्र हूँ।" फिर एक संक्षिप्त अंतराल, "मैं एक भटकती आत्मा हूँ। कभी नालंदा विश्वविद्यालय का छात्र होने का सौभाग्य प्राप्त था मुझे।"

नालंदा विश्वविद्यालय! मेरा विस्मय और बढ़ा, "यह कब की बात कर रहे हैं आप?"

"सातवीं शताब्दी के तीसरे दशक की।"

"तब से आप भटक ही रहे हैं?"

"यही तो मेरा दुर्भाग्य है।" फिर संक्षिप्त अंतराल, "न मैंने मुक्ति की चाह की और न वह मुझे मिली।"

"ऐसा क्यों?"

"क्या कीजिएगा यह सब जानकर? आप अपने को अपनी समस्याओं तक ही सीमित रखें।" कुछ रुककर वह स्वयं बोलने लगा, "आप यही जानना चाहते हैं न कि जब आप पुस्तकों के निकाले गए पन्नों पर अँगुली फेर रहे थे तो मैं कराह क्यों रहा था? लग रहा था कि कोई मेरे घावों को कुरेद रहा है।"

"और जब लोग पूरा पन्ना ही निकालते होंगे तब आपको कैसा अनुभव होता है?"

"तब मैं छटपटाते हुए चीख पड़ता हूँ। मुझे लगता है, कोई मेरा अंग-भंग कर रहा है।"

"तब इस हॉल में तहलका मच जाता होगा?"

अब वह पहली बार मुस्कराया—शायद मेरे अज्ञान पर। उसने उस मुस्कराहट के बीच कहा, "जैसे मैं अदृश्य हूँ वैसी ही मेरी चीखें भी अश्रव्य होती हैं, सुनाई नहीं पड़तीं। उसको सुनाई पड़ती हैं जिसे मैं सुनाई देना चाहता हूँ, जैसे आप।"

"मुझ पर ऐसी कृपा क्यों?"

"हर प्रश्न का उत्तर नहीं दिया जा सकता।" फिर वह चुप हो गया।

"आपकी रागात्मकता इन पुस्तकों से इतनी जुड़ी क्यों है?" मैंने पूछा।

"जी।" उसकी आवाज कुछ काँपती हुई लगी, "वस्तुत: ये पृष्ठ नहीं, मैं चीरा जाता हूँ। इस पुस्तकालय की अधिकांश महत्त्वपूर्ण पुस्तकें घायल हैं। और जितनी घायल हैं उतने ही घाव मेरे बदन पर लगे हैं। ...पर उस समय मैं बहुत प्रसन्न था।"

"कब?"

"जब युवान च्वांग के संपर्क में आने का मुझे सौभाग्य मिला था।"

"यह युवान च्वांग कौन है?"

वह हँसा। फिर बोला, "तुम उन्हें जानते हो, पर ह्वेन-सांग के नाम से। लगता है, अंग्रेजों की जबान पर युवान च्वांग नहीं आया।" उसने बताया, "वे 639 ई. में भारत आए थे और ज्ञान की पिपासा उन्हें नालंदा तक खींच लाई थी। नालंदा विश्वविद्यालय देश का सबसे विख्यात विश्वविद्यालय था। उसकी ज्ञान, गरिमा और संपन्नता विश्व-विदित थी। उसका पुस्तकालय अपने समय का संसार में सबसे विशाल पुस्तकालय था। यह पुस्तकालय तीन बड़े-बड़े खंडों में विभाजित था—रत्नोदधि, रतू सागर और रतू रंजक। अध्ययन करना तो दूर, इनको व्यवस्थित रूप से देखने में भी कई मास लग जाते थे।

"युवान च्वांग ने यहाँ कई वर्षों तक अध्ययन किया था। कितनी ही पांडुलिपियों की उन्होंने प्रतिलिपि कराई थीं। वे स्वयं भी बड़े विद्वान् थे और यहाँ रात-दिन के अध्ययन ने उनकी विद्वत्ता में काफी वृद्धि की थी।" उसने यह भी बताया कि उनकी विद्वत्ता और अध्ययनप्रियता से प्रभावित होकर यहाँ के विद्वानों ने उन्हें 'मोक्षदेव' की उपाधि भी दी थी।

"ऐसा था वह चीनी पर्यटक।" उसने कहा, "मैं उनके संपर्क में बराबर रहा। उन्होंने एक दिन मुझसे हँसते हुए कहा था, 'यदि मेरा बस चलता तो मैं ये सारे ग्रंथ अपने देश उठा ले जाता, शालिपुत्र।'

"मैंने कहा, 'मैं आपको ऐसा करने नहीं दूँगा। मैं क्या, पूरा देश आपको ऐसा करने नहीं देगा; क्योंकि इस राष्ट्र का प्राण इन पुस्तकों में बसता है।'

" 'जानता हूँ, जानता हूँ।' वे हँसते रहे। फिर बोले, 'मैंने तो परिहास में ऐसा कहा था। यदि मैं जरा भी ऐसा सोचता तो इतना श्रम इनकी प्रतिलिपि तैयार करने में न लगता।' "

वह छाया प्रतिमा अनवरत बोलती रही, "अंतत: एक दिन वह भी आया जब वह यहाँ से जाने लगे। बरसात के दिन थे। बरसाती नदियाँ और नाले उफनकर आपस में मिल गए थे। नालंदा एक टापू-सा हो गया था। मैंने उन्हें मना भी किया था, 'अभी आप अपने

जाने का कार्यक्रम न बनाएँ। इस देश में वर्षा के दिनों में यात्राएँ वर्जित हैं। लोग चौमासे के बाद यात्रा पर निकलते हैं।' ...पर वे नहीं माना। कहा, 'हमारे यहाँ ऐसी कोई वर्जना नहीं है। आज मैंने कुलाधिपति से मिलकर उनका आशीर्वाद भी ले लिया है।'

" 'तो उन्होंने मना नहीं किया?'

" 'ऐसी कोई बात तो नहीं कही।' उन्होंने कहा, 'पर कुछ दिन और रुकने के लिए कहा था; किंतु यह तो उनका सौजन्य था। उन्होंने कहा था—यदि आपने जाना निश्चित कर लिया है तो किसी को आपके साथ कर देना चाहिए, जो कम-से-कम एक योजन तक तो पहुँचा दे।'

" 'आपने कहा नहीं कि यहीं के छात्र शालिपुत्र को मैं साथ ले लूँगा। वह मुझे सहष पहुँचा देगा।'

" 'मैंने यह कहा था और उन्होंने सहर्ष स्वीकार कर लिया।'

" 'यह मेरा सौभाग्य है कि आपने मुझे स्वीकार किया।' "

छाया प्रतिमा ने ही बताया, "दूसरे दिन पूर्वाह्न में ही चलने का मुहूर्त था। युवान च्वांग ने आज अन्य आचार्यों से मिलने का कार्यक्रम बनाया। इसके बाद एक मिलन सभा हुई।

"यह मिलन सभा नहीं, बल्कि अपने इस चीनी अतिथि की विदाई सभा थी।" उसका वर्णन करते हुए छाया प्रतिमा ने बताया, "वह अद्‌भुत विदाई समारोह था। नालंदा का शायद ही ऐसा कोई अध्यापक या छात्र था जो इस सभा में उपस्थित न रहा हो। पूरा प्रांगण लोगों से खचाखच भरा था। अनेक लोगों ने युवान च्वांग को ग्रंथ भेंट किए।"

शालिपुत्र का कहना था, "उन्हें इतने ग्रंथ भेंट हुए कि उन्हें ले जाना उनके समक्ष विकट समस्या थी। वे अपने सामानों में बहुत कुछ छोड़ सकते थे, पर एक भी ग्रंथ छोड़ पाना उन्हें पसंद नहीं था।

"शायद पहले से ही आदेश दे दिया गया था। एक विशाल नाव समय से पूर्व ही आ गई थी। सभी ग्रंथ उसपर रखवाने की व्यवस्था की गई। नाविक उन्हें देखकर घबराया—'बाप रे बाप, इतने ग्रंथ! सबको लादकर इस बाढ़ में ले चलना तो मेरे नाव के सामर्थ्य के बाहर है!'

" 'मैं अपने व्यक्तिगत सामान छोड़ दूँगा।' युवान च्वांग ने कहा।

"किसी तरह नाविक तैयार हुआ। तह-पर-तह लगाकर ग्रंथ लादे गए। हम लोगों के बैठने की जगह छोड़कर शायद ही चार अंगुल जगह बची हो।" छाया प्रतिमा ने बताया, "हमने साफ देखा, शायद ही आठ-दस अंगुल नाव पानी के ऊपर थी।"

□

"ठीक मुहूर्त पर नाव छूटी। दोनों ओर से दो मल्लाह उसे खे रहे थे। स्पष्ट लग

रहा था कि प्रभु की कृपा से ही हम यह सागर पार कर पाएँगे, क्योंकि आकाश की नीयत साफ नहीं थी और पानी का तरखा भी तेज था। कभी-कभी तो उसके छींटे नाव पर आ रहे थे। पर मल्लाहों की योग्यता और उनके श्रम पर विश्वास था। वे लहरों को चीरते हुए नाव बढ़ाए चल रहे थे।

"थोड़ी देर बाद हवाओं का दिमाग और खराब हुआ। हिलोरें तेज हुईं। वरिष्ठ मल्लाह ने कहा, 'अब इतना बोझ लेकर आगे बढ़ना मुश्किल है।' अब हम इतना आगे आ गए थे कि पीछे लौटना मुश्किल था। क्या किया जाए? मल्लाह बार-बार बोझ कम करने के लिए दबाव डाल रहे थे। पर हम कर क्या सकते थे? कोई रास्ता दिखाई नहीं दे रहा था। तब तक मल्लाह इस बार लगभग चिल्लाकर बोला, 'कुछ ग्रंथों को पानी में फेंक दीजिए।'

"युवान च्वांग ने बड़े टूटे मन से कम महत्त्व के ग्रंथों को छाँटना भी शुरू किया।" छाया प्रतिमा बोलती रही, "...ऐसा करने में उनके हाथ-पैर काँप रहे थे। फिर भी जितने ग्रंथ फेंकने के लिए उन्होंने निकाले उन्हें देखकर मल्लाह हँसने लगे। वे बोले, 'ओस के चाटने से प्यास नहीं जाती। तृष्णा के लिए तो पर्याप्त जल चाहिए।'

"अब हमारे अतिथि की हालत खराब थी। ये पुस्तकें तो उनकी जान थीं। ज्यों-ज्यों नाव डगमगाती, मल्लाह चिल्लाते, अतिथि का चेहरा पीला पड़ता। मैंने अनुभव किया कि हवाओं की मुद्रा और खराब होने लगी है। अतिथि की घबराहट और बढ़ गई है। 'क्या ये सारे ग्रंथ पानी में बहा देने पड़ेंगे?' उनके रुआँसे गले से निकल पड़ा।

" 'ग्रंथ तो बहाने ही पड़ेंगे।' वरिष्ठ मल्लाह बोला।

" 'या तो आप इन्हें बहाएँ या ये हम लोगों के साथ खुद बह जाएँ।' दूसरे मल्लाह ने कहा, 'हमारा कल्याण इसी में है कि सारे ग्रंथ पानी में फेंक दिए जाएँ। जितना जल्दी हो सके उतना जल्दी करें।'

"युवान च्वांग रोने-रोने को हुए। मेरा मन भीतर-ही-भीतर चीख उठा कि कल लोग तुम्हारे बारे में क्या सोचेंगे कि तुम्हारा विशिष्ट अतिथि इतने संकट में था और तुमने कुछ नहीं किया! तब तुम्हें चुल्लू भर पानी भी डूब मरने को नहीं मिलेगा, इस अथाह जलराशि की क्या बात है!

"अचानक मैं खड़ा हो गया और यह कहते हुए पानी में कूद पड़ा, 'लो, अब नाव हलकी हुई!' "

इतना बताने के बाद एक गंभीर अंतराल।

"तब से मेरी आत्मा निरंतर पुस्तकालयों में भटक रही है। भटकता-भटकता इस पुस्तकालय में आ गया।" छाया प्रतिमा बोलती रही, "अब न वैसे पुस्तकालय रहे, न वैसे अध्येता और न वैसे पुस्तक-प्रेमी।" धीरे-धीरे उसकी आवाज गंभीर होती गई,

''न वैसी व्यवस्था है, न वैसा गुरु-शिष्य संबंध, न वैसा समाज और न वैसा देश।'' इसके बाद तो वह छाया प्रतिमा बोल नहीं पाई। फिर भी मेरी आँखें उसे देखती रहीं, मेरे कान उसे सुनते रहे, मेरा मन उसपर सोचता रहा।

रात गाढ़ी और गंभीर होती गई।

''अब इक्के-दुक्के छात्र ही पुस्तकालयों में पढ़ने आते हैं।'' वह छाया प्रतिमा फिर बोलने लगी, ''अधिकांश छात्र तो पुस्तकालयों में महज पन्ने फाड़ने आते हैं जिनकी परीक्षा के समय उनको जरूरत पड़ती है। वे उनकी कॉपी करने या नोट बनाने की जहमत मोल लेना नहीं चाहते।'' इतना कहते-कहते उसका गला जैसे रुँध सा गया और वह कुछ देर तक बोल नहीं पाया।

कुछ देर बाद उसने फिर अपनी बात दोहराई, ''जब कोई उन पन्नों को फाड़ता या ब्लेड से चीरता है तब वह मुझे चीरता है। मैं चीखता हूँ, चिल्लाता हूँ।''

''यहाँ बैठे लोगों पर इसका कोई असर नहीं पड़ता?''

''यही इस प्रेत-योनि की विशेषता भी है और मेरा दुर्भाग्य भी।'' उसने बताया, ''जैसे मैं अदृश्य हूँ वैसे मेरी ध्वनि भी अश्रव्य है। ...ऐसी कितनी अश्रव्य चीखें इस हॉल में सोई पड़ी हैं।'' वह कुछ समय के लिए चुप हुआ। फिर बोला, ''यह कष्ट तब तक मुझे झेलना पड़ेगा जब तक पुस्तकों के प्रति मेरा मोह समाप्त नहीं होता। यह मोह मुझे इस प्रेत-योनि में बनाए है। न यह मोह छूटता है और न मैं इस योनि से मुक्त हो पाता हूँ।''

□

## बिल्ली का न्याय

जानवर कभी मनुष्यों जैसा बोल सकते हैं, मुझे विश्वास नहीं था। मैं पंचतंत्र की कहानियों को निहायत झूठी और गप्प ही समझता था। किंतु मेरे विश्वास को उस समय बड़ा धक्का लगा जब मैंने एक बिल्ली को राष्ट्रपति भवन के बाहर आदमियों जैसा बोलते हुए देखा।

बिल्ली खून से लथपथ थी। उसके सिर पर प्रहार हुआ था। वह राष्ट्रपतिजी से कुछ निवेदन करना चाहती थी, किंतु प्रहरी ने उसे भीतर नहीं जाने दिया। उसने बिल्ली से कहा, ''आपको महामहिम से मिलने के लिए पूर्व अनुमति लेनी चाहिए थी।''

''पूर्व अनुमति तो मनुष्यों को लेने की जरूरत पड़ती है। हम जानवर महामहिम से बिना अनुमति लिये ही मिल सकते हैं। आप स्वयं देख लें। चूहे, बिल्ली, साँप, छिपकलियाँ और सारे पक्षी सभी राष्ट्रपति भवन में बेरोक-टोक चले जाते हैं। किसी को भी अनुमति की जरूरत नहीं पड़ती।'' बिल्ली बोली।

प्रहरी इस विचित्र बिल्ली की बातें सुनकर कुछ चुप रहा। फिर सोचते हुए बोला, ''किंतु आपको अनुमति लेने की जरूरत पड़ेगी।''

''बिल्ली जब किसी महान से महान बिल्ली से मिलती हैं, तब हमें अनुमति नहीं तो तब भी लेनी पड़ती।''

''पर आदमी जब कभी भी अपने से किसी महान से मिलना चाहता है, तब उसे अनुमति लेनी पड़ती है।'' प्रहरी ने कहा।

''किंतु हम तो जानवर हैं!''

''आखिर बोल तो आदमी जैसी रही हों?''

''तो क्या आदमी का एक ही गुण ग्रहण करने पर उसकी सारी जहमत मुझे अपने सिर ले लेनी पड़ेगी?''

''अवश्य।''

बिल्ली निराश हुई और बड़ी दयनीय दृष्टि से प्रहरी को देखती रही। प्रहरी भी उसे

एकटक देखने लगा। उसके कपाल से निरंतर रक्तस्राव चल रहा था। उसे दया आ गई।

उसने कहा, "अच्छी बात है, मैं आपकी उपस्थिति की सूचना महामहिम के कार्यालय को भेज रहा हूँ।" उसने गेट से ही कार्यालय को फोन कर दिया।

थोड़ी देर बाद एक फार्म लेकर भीतर से एक व्यक्ति आया। फार्म प्रहरी ने उस बिल्ली को दिखाया। फार्म में मिलनेवाले का नाम, उसके पिता का नाम, पता और मिलने का प्रयोजन लिखना था।

बिल्ली न तो लिख सकती थी और न पढ़ ही सकती थी। अतएव प्रहरी स्वयं उससे पूछकर फार्म भरने की कृपा करने लगा।

"तुम्हारा नाम क्या है?" उसने पूछा।

"बिल्ली।"

"तुम्हारे बाप का नाम?"

"बिलरा।"

"रहती कहाँ हो?"

"कोई निश्चित नहीं। यहाँ-वहाँ सब कहीं जहाँ भी रह गई।"

"राष्ट्रपतिजी से काम क्या है?"

"अपनी दुःखभरी कहानी सुनानी है।"

उसने उलटा-सीधा फार्म तो भर दिया, किंतु उसकी मुखमुद्रा से लग रहा था कि वह बिल्ली के उत्तर से संतुष्ट नहीं है। वह कुछ अनिच्छा से बोल उठा—"तुम्हारे उत्तर संतोषजनक नहीं हैं।" संभवतः तुम्हें मिलने की अनुमति न मिले। खैर, दस्तखत नहीं कर सकती तो फार्म पर अँगूठे का निशान लगाओ।"

"हमारे अँगूठे आदमियों जैसे नहीं हैं। मैं अपने पंजे का निशान लगा सकती हूँ।" इतना कहते ही वह कुछ रुकी और फिर एक क्षण बाद ही बोल पड़ी, 'मुझे आप कृपा कर आदमियों जैसा मत समझिए। जितने आदमी, उतने तरह के उनके अँगूठे के निशान होते हैं, पर हममें ऐसा नहीं होता। आदमियों की सूरतें भी अलग-अलग होती हैं। दिल, दिमाग सब एक-दूसरे से भिन्न होता है, फिर भी जब देखो, तभी सब समान होने का दावा करते हैं। पर हम बिल्लियों में सबकी सूरतें एक जैसी, आवाजें एक जैसी, दिल एक जैसा है। सबके पंजे के निशान एक जैसे होते हैं, फिर भी हम कभी समान होने का दावा नहीं करते।"

बिल्ली की बातें सुनकर प्रहरी सोचने लगा। उसने बिल्ली के पंजे का निशान लिये बिना ही उस फार्म को भेज दिया। इस बार महामहिम के सचिव को उसने फोन किया और सारी बातें विस्तार से बता दीं।

सबकुछ सुन लेने के बाद अत्यंत आश्चर्य व्यक्त करते हुए सचिव ने फोन पर ही

कहा, "अच्छा, वह बिल्ली आदमी की बोली बोल सकती है? जरूर भेजो। वह तो जानवरों में वी.आई.पी. है, उसे सम्मान के साथ ले आओ।"

निदान यह कि बिल्ली को राष्ट्रपति भवन में ससम्मान जाने दिया गया। बिल्ली के दोनों ओर बंदूकधारी सैनिक चल रहे थे। उन्हें देखकर वह बिल्ली कुछ समझ न पाई। उसने कहा, "आप लोग बंदूक लेकर मेरे साथ क्यों चल रहे हैं? क्या आप समझते हैं कि मैं भागकर राष्ट्रपति भवन का दूध-मक्खन खा जाऊँगी? पर आप विश्वास करें, मैं इस समय ऐसा कुछ भी नहीं कर सकती। मैं पीड़ा से व्याकुल हूँ। मेरा सिर चकरा रहा है।"

उन सैनिकों में से एक बोला, "ऐसी बात नहीं है। जिन्हें सम्मान प्रदर्शित करते हुए ले जाना होता है, हम लोग उसके साथ ऐसे ही बंदूक लेकर चलते हैं।"

"चोरों को भी आप लोग ऐसे ही जेल ले जाते हैं?"

"जी हाँ।" दूसरा सैनिक बोला।

"वाह रे आदमी, तू भी धन्य है! तेरे यहाँ सम्मान प्रदर्शित करने का वही तरीका है, जो अपमान प्रदर्शित करने का!" बिल्ली की इस बात पर दोनों सैनिक कटे से रह गए।

जब बिल्ली राष्ट्रपति भवन के मीटिंग रूम में पहुँची तब फोटोग्राफरों ने उसके चित्र लिये।

राष्ट्रपति भवन के रिपोर्टर अपनी नोट बुक लिये खड़े थे। बिल्ली फर्श पर बिछी कालीन के एक छोर पर बैठ गई।

"आप इस कुरसी पर बैठिए।" एक गद्देदार कुरसी की ओर संकेत करता हुआ राष्ट्रपति भवन का एक ऑफिसर बोला।

"नहीं। मैं यहीं ठीक हूँ। हम जानवरों को अभी कुरसी से मोह नहीं हुआ है।" बिल्ली ने छूटते ही जवाब दिया। सब चुप हो गए। उनकी बुद्धि को जैसे पाला मार गया हो।

राष्ट्रपति ने आते ही बिल्ली ने कहा, "मुझे आपसे मिलकर बड़ी खुशी हुई।"

बिल्ली सोच नहीं पाई कि वह क्या कहे! उसके मन में आया कि ये कैसे आदमी हैं। देख रहे है कि सिर फट गया है। मैं खून से लथपथ हूँ। फिर भी ये कह रहे हैं कि मुझे आपसे मिलकर बड़ी खुशी हो रही है। क्या आदमी दूसरे के दुःख से दुःखी नहीं होता?

वह बड़ी विनम्रता से बोली, "महामहिम, मैं बड़ी दुःखी हूँ। पीड़ा से कराह रही हूँ, आपको देखकर मुझे खुशी हो रही है?"

महामहिम हँस पड़े। संभवतः वे बिल्ली के अज्ञान पर हँसे। उन्होंने उससे कहा,

"तुम्हें आदमी की तहजीब का ज्ञान नहीं है। मनुष्य जब किसी से मिलता है तब उसका यह कहना लाजिमी हो जाता है कि मुझे आपको देखकर या मिलकर प्रसन्नता हो रही है।"

"चाहे मिलकर भीतर से वह व्यक्ति दुःखी ही क्यों न हो?"

"जी हाँ।"

"ऐसा क्यों होता है?"

"क्योंकि हम आदमी हैं।"

"पर हम जानवरों में तो ऐसा नहीं होता। जैसा हम अनुभव करते हैं, हमारी अभिव्यक्ति वैसी ही होती है।"

"हम सभ्य हैं न!" महामहिम ने मुस्कराते हुए कहा।

"अच्छा, अब समझी। सभ्यता असलियत को अधिक-से-अधिक छिपा लेने को ही कहते हैं।"

इतना सुनकर सब फिर चुप हो गए। इसी बीच फोटोग्राफरों ने दो-एक स्नैप और ले लिये।

मौन भंग करते हुए महामहिम के सचिव ने पूछा, "अच्छा, आप कृपाकर बताइए कि आपने यहाँ आने का कष्ट कैसे किया?"

"आने में तो नहीं, पर उसके पहले से ही मुझे कष्ट है। उसी की फरियाद लेकर आई हूँ।"

"कहिए।"

"धारानंद नाम के एक साधु ने पत्थर खींचकर मुझे मारा है। आप देखते हैं, मेरा सिर बेतरह घायल हो गया है।"

"तो हम लोग इसमें क्या कर सकते हैं?" महामहिम का सचिव बोला।

"आप उस साधु के लिए उचित दंड की व्यवस्था कीजिए।"

"यह मेरा काम नहीं है। आप पुलिस में रिपोर्ट लिखवाइए, वह जैसा उचित समझेगी, वैसा करेगी।"

"जी हाँ, मैं पुलिस थाने पर भी गई। उसने रिपोर्ट नहीं लिखी। उसने कहा, "तुम जानवर हो, जानवरों की रिपोर्ट थाने पर नहीं लिखी जाती। अजीब बात है, आदमियों में जो जानवर हैं, उनकी रिपोर्ट थाने पर लिख ली जाती है, पर जानवरों में जो आदमी हैं, उनकी रिपोर्ट थाने पर नहीं लिखी जाती!"

"तब आप कोर्ट में सीधे इस्तगासा दाखिल कीजिए।" सचिव बोला।

"मैं वकीलों के पास भी गई थी। उन सबका कहना है कि इस्तगासा कोर्ट में दाखिला नहीं किया जा सकता।"

"क्यों?"

"क्योंकि इंडियन पेनल कोड में यह नहीं लिखा है कि बिल्ली को मारने पर कौन सी धारा लगेगी।"

"तब?" सचिव कुछ सोचने लगा। राष्ट्रपतिजी के मुस्कराते चेहरे पर थोड़ी गंभीरता आई।

बिल्ली ने बोलना जारी रखा—"उन्हीं वकीलों ने बताया हमारे संविधान के संरक्षक राष्ट्रपतिजी हैं। तुम्हारी समस्या एक संवैधानिक संकट है। उसे वे ही दूर कर सकते हैं।"

"पर मैं कुछ कर नहीं सकता। मेरे भी हाथ-पैर बँधे हैं।" राष्ट्रपतिजी ने अपनी विवशता प्रकट की।

"किस चीज से बँधे हैं?"

"अपने ही बनाए गए कानूनों से।"

'अपने ही बनाए गए कानूनों से तुमने अपने को ही बाँध रखा है। वाह रे मनुष्य की बुद्धि!' बिल्ली ने मन-ही-मन कहा। वह कुछ बोली नहीं।

कुछ देर के बाद बिल्ली बोली, "आप उस धारानंद नामक साधु को बुलवा तो सकते हैं?"

"हाँ। उसे बुलवाया जा सकता है, पर उसे दंड देने का अधिकार मुझे नहीं है।"

"यदि हम दोनों आपको दंड देने का अधिकार दें और आपसे कहें कि आप हमारे मामले में निर्णय दीजिए। हम दोनों को आपका निर्णय स्वीकार होगा, तब भी आप कुछ कर नहीं सकते?"

"तब तो कुछ किया जा सकता है। किंतु वह आदमी मुझे लिखकर देगा, तभी न!"

"क्यों नहीं लिखकर देगा? आप राष्ट्रपति हैं और वह भी आदमियों के राष्ट्रपति हैं।" मैं जानवर होकर भी आदमी का विश्वास कर सकती हूँ और वह आदमी होकर भी आपका विश्वास नहीं करेगा!"

सुना है, उस दिन बात यहीं पर रुक गई। एक बिल्ली के मुँह लगना महामहिम को ठीक नहीं लगा। उन्होंने अपने निजी चिकित्सकों से बिल्ली के सिर का उपचार करने को कह दिया।

दूसरे ही दिन बिल्ली की फोटो के साथ खबर अखबारों में छपी। इस संवैधानिक संकट की चर्चा बड़े-बड़े पत्रों के संपादकों ने भी अपनी संपादकीय टिप्पणियों में भी की।

लोगों को महान आश्चर्य था। यदि सारी दिल्ली का क्षण भर में ही लिंग परिवर्तन

हो जाता तो भी लोग उतने अचंभे में न पड़ते, जितने अचंभे में इस मानवभाषी बिल्ली की दास्तान पढ़कर पड़ गए।

और संवैधानिक संकट! वह तो लोगों की चर्चा का विषय हो गया। सौभाग्य या दुर्भाग्य कहिए कि पार्लियामेंट बंद थी। नहीं तो वहाँ भी इसके संबंध में अवश्य काम रोको प्रस्ताव आ जाता।

चर्चा के साथ ही साथ लोगों में बिल्ली को देखने की भी इच्छा प्रबल होने लगी। कुछ विद्वान् दिल्लीवासी तो जहाँ कहीं किसी बिल्ली को देखते थे, उसे पकड़ने की चेष्टा करते थे। अपने पास अखबारों में छपी उस बिल्ली की फोटो रखते थे और जहाँ कहीं कोई बिल्ली दिखाई देती, उससे मिलने का एक असफल प्रयत्न अवश्य कर लेते थे।

एक कुशल व्यवसायी कनॉट प्लेस की अपनी दुकान पर उस बिल्ली को सेल्समैन बनाना चाहते थे। वे उसे दो हजार मासिक तक देने को तैयार थे। इसलिए एक 'ऑफर' भी उन्होंने अंग्रेजी के एक पत्र में छपवाया था।

क्या उस बिल्ली को इंडियन एयरलाइन में होस्टेस बनाया जा सकता है? इस पर भी कंपनी विचार कर रही थी। गोया पूरी दिल्ली में उन दिनों एक ही चर्चा थी— बिल्ली, बिल्ली, बिल्ली!

धारानंद साधु को भी सारी बातें मालूम हो गईं। शीघ्र ही राष्ट्रपतिजी की ओर से उसे बुलावा भी आया। वह बहुत डरा और लाचार था, क्या करता! उसके अन्य साथी साधुओं ने उसे समझाया—"अब डरने से काम नहीं बनेगा! राष्ट्रपति ने बुलाया है तो जाना ही पड़ेगा। वे जो भी दंड दें, उसे स्वीकार करने के अतिरिक्त अब कोई चारा भी नहीं। एक बात करना कि जाते ही तुम बिल्ली से क्षमा माँग लेना। हो सके तो जीवन भर उसके गुजारे का जिम्मा ले लेना।"

"यह तो बड़ी भयंकर विपत्ति सिर पड़ेगी।" धारानंद बोला।

"विपत्ति क्या होगी? यही न होगा कि तुम साधु से गृहस्थ हो जाओगे। जान तो बचेगी।" उसके साथियों ने कहा।

दूसरे दिन धारानंद राष्ट्रपति भवन में हाजिर हुआ। पहले महामहिम के सचिव ने उनसे अच्छी तरह लिखा-पढ़ा लिया, जिससे उन्हें फैसला करने में किसी प्रकार की अड़चन न पड़े।

ठीक समय पर वही बिल्ली और साधु महामहिम के समक्ष उपस्थित किए गए। उस साधु ने उन दोनों का उचित अभिवादन किया और बिना किसी भूमिका के अपना अपराध स्वीकार करते हुए अत्यंत कंपित करुणार्द्र स्वर में बोला, "अत्रभवान, मैं बड़ा दुःखी हूँ, मैंने यह भीषण अपराध जिस परिस्थिति में किया है, यदि उस परिस्थिति में

आप होते तो आप भी वैसा ही करते।''

इतना सुनते ही महामहिम का सचिव बोला, ''आप सीधे-सीधे अपनी बातें कहें। व्यर्थ की बकवास करने से कोई लाभ नहीं है।''

साधु अब एकदम डर गया। वह घबराहट में जल्दी-जल्दी बोलने लगा, ''मैं अत्यंत दरिद्र ब्राह्मण हूँ। भिक्षाटन ही मेरी जीविका है। उस दिन सुबह मैं अपनी कुटिया से निकला ही था कि बिल्ली ने मेरा रास्ता काट दिया। मैंने अपने भाग्य को कोसा, पर इसे कुछ नहीं कहा। फिर जहाँ-जहाँ मैं गया, यह बिल्ली मेरे साथ ही साथ वहाँ-वहाँ जाती रही और हर द्वार पर जब भिक्षा माँगने के लिए आगे बढ़ता था, यह बिल्ली मेरा रास्ता काट देती थी। मैं खीजकर इसे गाली देता, इसे भगाने की चेष्टा करता, पर यह भागती न थी।''

''दिन भर में मेरे पेट में अन्न का एक भी दाना नहीं गया था। मैं बेहद भूखा था। किरण डूब रही थी। संध्या हो गई थी। मैंने सोचा, दिवस के अंतिम क्षणों में कम-से-कम एक द्वार पर कुछ-न-कुछ पा जाऊँ। मैं उस द्वार पर बढ़ा ही था कि इसने फिर रास्ता काट दिया। अब मुझे भयंकर क्रोध आया। मैं आपे से बाहर हो गया। मेरा मन और मस्तिष्क अपराध को प्रेरित करनेवाले दोनों भूतों अर्थात् भूख और क्रोध के वश में हो गए। मैंने पत्थर खींचकर इसे मारा। इसके सिर से रक्त की धारा बह निकली।'' इतना कहकर वह साधु हाथ जोड़कर चुपचाप खड़ा हो गया।

उसकी करुण कहानी सुनकर सब लोग स्तब्ध से रह गए। केवल महामहिम ने बड़े गंभीर स्वर में कहा, ''यह तो ठीक है, किंतु तुमने कानून को अपने हाथों में क्यों ले लिया? इस बिल्ली से यदि तुम्हें शिकायत थी तो इसकी रिपोर्ट पुलिस में करनी चाहिए थी। तुम तो आदमी थे। पुलिस तुम्हारी रिपोर्ट अवश्य लिखती।''

''यही तो भूल हुई श्रीमन्।'' साधु बोला।

कुछ क्षणों तक वहाँ एकदम शांति थी।

महामहिम की गंभीर वाणी ने ही वह मौन भंग किया। उन्होंने बिल्ली से कहा, ''मेरे विचार से तो धारानंद का अपराध गंभीर नहीं है। अब तुम्हीं बताओ, इसे कौन सी सजा दी जाए?''

''तो क्या मैं जो सजा कहूँगी, उसे आप अवश्य दे देंगे।'' परम प्रसन्न बिल्ली ने कहा।

''पर याद रखो। इसे मृत्युदंड नहीं दिया जा सकता और न इस पर अर्थदंड ही लगाया जा सकता है, क्योंकि इसके पास कुछ भी देने को नहीं है, और न इसे साल से अधिक की सजा ही दी जा सकती है। यद्यपि मुझे मालूम नहीं है कि बिल्ली को मारने पर किसी को सजा दी जा सकती है या नहीं! इसके लिए मुझे विधिवत् सुप्रीम कोर्ट के

प्रधान न्यायाधीश ने राय लेनी होगी। इस बात को ध्यान रखो, तुम जो भी कहोगी, मैं उसे स्वीकार करूँगा।''

''अपने वचन को याद रखिएगा न?''

''अवश्य।'' महामहिम मुस्कराते हुए बोले।

''तब आप इस साधु को किसी विभाग का मंत्री बना दीजिए।''

''तुम यह क्या कहती हो?'' राष्ट्रपति को अतीव आश्चर्य था। वहाँ जितने व्यक्ति थे, उन्हें बिल्ली से ऐसी आशा न थी। सबके सब स्तब्ध रह गए।

''किंतु मैं यह नहीं कर सकता।''

''याद रखिए, आपने मुझे वचन दिया है। यदि आप इतने महान पद पर रहकर भी अपने वचन का पालन नहीं करेंगे तो जानते हैं, इसका परिणाम क्या होगा? जानवर तो आदमी का विश्वास करते ही नहीं। आदमी पर से भी आदमी का विश्वास एकदम उठ जाएगा।''

''पर मैं किसी को मंत्री कैसे बना सकता हूँ?''

''लोग कहते हैं कि आप छह महीने के लिए एक गधे को भी मंत्री बना सकते हैं।''

''इसके लिए प्रधानमंत्री को राजी करना पड़ेगा।''

''वह तो राजी हो ही जाएँगे। आप उनकी हर बात मानते हैं। वह आपकी एक बात भला नहीं मानेंगे!''

राष्ट्रपति अपने ही वचनों से बँध गए थे। उन्होंने बिल्ली की बातें मान लीं। बिल्ली प्रसन्न हो गई।

शीघ्र ही बिल्ली को लोगों ने धारानंद को मिनिस्टरवाली लंबी आलीशान कार में घूमते हुए देखा।

यह बात चारों ओर फैल गई कि उस साधु को बिना विभाग का मंत्री बना दिया गया। लोगों को बड़ा विचित्र लगा। अब यह आम धारणा सी बन गई कि जब धारानंद मिनिस्टर हो सकता है तब हर कोई मिनिस्टर हो सकता है।

''देखते नहीं हो कल का भिखमंगा आज इंपाला पर घूम रहा है!'' किसी ने कहा।

''अरे यार, यह तो 'अंधेर नगरी चौपट राज' वाली पुरानी कहावत चरितार्थ हो गई।'' दूसरा बोला।

''अजी छह महीने तक ही यह रौनक रहेगी।...फिर भिखमंगे के भिखमंगे! चार दिन की चाँदनी फिर अंधेरी रात।''

''कैसी बातें करते हो दोस्त! मिनिस्टरी वह स्वर्ग है, जहाँ पहुँचने के बाद कोई भी

नरक में नहीं आता। इसमें चार दिनों की चाँदनी की थोड़ी रौनक भले ही कम हो जाए, पर अँधेरा पास नहीं आता।'' पहले व्यक्ति के उत्तर में दूसरा बोल पड़ा।

ऐसी ही आम चर्चाएँ दिल्ली के अस्वस्थ फेफड़े में टी.वी. के कीटाणुओं की तरह रेंगने लगीं।

एक बात और हुई। अजीबोगरीब बात। लोगों में यह विश्वास हो गया कि बिल्ली को मारने से मिनिस्टरी मिलती है। लोग खोज-खोजकर बिल्ली मारने लगे और मंत्री पद प्राप्त करने की सुखद एवं उत्कट अभिलाषा में तारे गिनते रात बिताने लगे।

अनेक बिल्लियों के अंग-भंग हो गए। कुछ को मामूली चोटें आईं और कुछ के प्राण-पखेरू इस नश्वर शरीर को छोड़कर अनंत अंतरिक्ष में विलीन हो गए।

बिल्लियों का दिल्ली में जीना मुहाल हो गया। जिंदगी दूभर हो गई। सभी बिल्लियाँ उस मानवभाषी बिल्ली को ही कोसने लगीं। सभी उसके पास गईं और बोलीं, ''यह सारी विपत्ति तुम्हारे कारण आई है। यदि तू चौबीस घंटे के भीतर इस आकस्मिक एवं अप्रत्याशित आपदा का निवारण नहीं करती तो हम सभी मिलकर पहले तुम्हारा ही खात्मा कर देंगी। फिर देखा जाएगा!''

यह तो नहीं मालूम कि उस मानवभाषी बिल्ली ने उन बिल्लियों से क्या कहा, किंतु दो-तीन घंटे के भीतर दिल्ली की सड़कों पर लाउडस्पीकर से यह घोषणा सुनाई पड़ी, ''भाइयों, आप बिल्लियों को न मारें। उन्हें मारना भयंकर पाप है। इस पाप का दंड आपको भोगना पड़ेगा, जैसा धारानंद नाम का साधु भोग रहा है। यदि आपको विश्वास न हो तो कल शाम साढ़े चार बजे आप सभी रामलीला मैदान में पधारें। मानवभाषी बिल्ली इस रहस्य का वहाँ उद्घाटन करेगी।''

अपयश की भाँति यह घोषणा दिल्ली के कोने-कोने तक फैल गई।

दूसरे दिन संध्या तीन बजे से ही रामलीला मैदान में भीड़ इकट्ठी होने लगी। बिल्लियाँ मंच के निकट थीं और उनके पीछे मनुष्य का अपार जन समुदाय उमड़ा पड़ा था। आपस में सदा झपट्टे मारनेवाली ये बिल्लियाँ एकदम खामोश बैठी थीं। सबकी आकृतियों पर अपरिमित भय छाया था और सभी शांत थीं।

चारों ओर आदमी खड़े थे। यदि वे जरा भी गड़बड़ी करतीं तो मनुष्य की भीड़ उन्हें धरती से विदा होने के लिए विवश कर देती।

ठीक समय पर वह मानवभाषी बिल्ली मंच पर आई और उसने बोलना आरंभ किया। पहले वह बिल्लियों की भाषा में बोलती थी और बाद में वह उसका अनुवाद मनुष्यों की भाषा में करती जाती थी। उसका भाषण तो मुझे याद नहीं है और न ही मैंने उसे लिखा ही, क्योंकि मैं कभी भी प्रेस रिपोर्टर नहीं रहा हूँ। जो कुछ थोड़ा-बहुत याद आता है, वह इस प्रकार है—

''मनुष्यो, बिलरा और बिल्लियो!

मनुष्य लोग मुझे माफ करें। मैं अपने बिल्ली समुदाय को भाइयों और बहनों कहकर संबोधित नहीं कर सकती, क्योंकि जानवरों में भाई-बहिन का संबंध नहीं होता। इससे हममें संबंध के अपवित्र होने की गुंजाइश भी नहीं होती। खैर, इस बात को जाने दीजिए।

...इधर दिल्लीवासियों में यह विश्वास हो गया है कि बिल्लियों को मारने से मिनिस्टरी मिलती है, पर यह सत्य नहीं है। धारानंद को मिनिस्टरी मिली है, वह भी सजा के रूप में । यह बात आपको विचित्र अवश्य लग रही होगी, किंतु जब आप मेरी कहानी जान जाएँगें तो आपको कुछ भी विचित्र नहीं लगेगा।

''अच्छा तो सुनिए, मैं अपनी राम कहानी सुनाती हूँ—

''मैं एक बिल्ली हूँ। पशुओं में निकृष्ट योनि भोग रही हूँ, पर मैं पूर्व जन्म में मनुष्य थी, केवल मनुष्य ही नहीं, एक अच्छे विभाग की मिनिस्टर थी। थी नहीं वरन था। जब मेरा शरीर छूटा और मैं यमराज के पास गया, तब उसने मुझसे कहा कि तुम्हें अब अगले जन्म में बिल्ली होना पड़ेगा। उन्होंने बताया कि मिनिस्टर की कुरसी वह कुरसी है, जिस पर बैठते ही क्षणमात्र में गधा भी महाविद्वान्, कौटिल्य-सा नीतिज्ञ, बृहस्पति-सा ज्ञानी, कुबेर-सा धनी और इंद्र-सा प्रशासक हो जाता है। व्यक्ति पिछले दस पुश्तों का पुण्य क्षय कर यह सारी योग्यता प्राप्त करता है। तभी वह मेहतरों की पंचायत से लेकर कुलपतियों की मीटिंग तक को संबोधित करता है। जूते की दुकानों से लेकर बड़े-बड़े नाट्य एवं संगीत महोत्सवों तक का उद्घाटन करता है। इसके अतिरिक्त वह जहाँ भी मौका देखता है, खाने की कोशिश करता है।

उसके धवल परिवेश में डुबकी लगते ही बड़े-से-बड़े अपराध और बलात्कार गंगा स्नान की पवित्रता पाते हैं। मैंने भी कुछ ऐसा ही किया था। इसी से यमराज ने मुझसे कहा, 'तुमने जहाँ मौका मिला, वहीं से खाया। इतना खाया कि उसका हिसाब रखना मेरे बूते के बाहर हो गया। इसलिए मैं तुम्हें बिल्ली बनाता हूँ कि हर जगह तू मुँह मारे, फिर भी भूखी रहे। आदमियों के छोटे-छोटे बच्चे तुझे ढेले से मारते रहें। तुमने बलात्कार किए, जो समाज की दृष्टि में अपराध की संज्ञा तक न पार कर सके। इसकी भी सजा तुझे बिल्ली की योनि में मिल जाएगी। इसी से तुझे बिलरा नहीं बनाया। बिल्ली बनने पर ही हर बिलरा तेरे साथ बलात्कार करेगा, तब तू बलात्कार की वास्तविक व्यथा समझ सकेगी। मजा तो यह है कि समाज तेरे साथ किए गए बलात्कार को बलात्कार की संज्ञा भी नहीं देगा। तुम्हारे बच्चे को बच्चों का पिता ही तोड़-तोड़कर फेंक देगा। बिल्ली की योनि में तू अपने सारे पापों का फल भोग लेगी।'

''इसी से मैंने धारानंद को सजा दी। उसे मिनिस्टर बनवाया। जिससे यह छह महीने में ही इतना पाप कर डाले कि अगले जन्म में उसे भी बिल्ली होना पड़े और वह मेरी ही तरह यातना भोगे।

''आदमियों का न्याय तो आपने देखा होगा, अब एक बिल्ली का न्याय देखिए।''

सभा के लोग इस तरह चुपचाप लौटे, गोया मुरदा फूँककर लौट रहे हों।

□

# अगाली

यह तो कोई जरूरी नहीं कि मैं संस्था का नाम बताऊँ। मेरे खयाल में यह भी आवश्यक नहीं कि मैं मौसम या उन व्यक्तियों के सही नामों का जिक्र करूँ या उनकी हुलिया बताऊँ, जिनके बीच ये सारे वाकयात हुए हैं। यद्यपि कहानी लिखते समय ये सारी बातें बतानी उतनी ही आवश्यक हैं, जितना आवश्यक वोट माँगते समय झूठा वादा करना या 'मोस्ट मॉडर्न' बनने के लिए व्हिस्की का एकाध 'पेग' पी लेने की आदत डाल लेना।

हाँ, तो आप इतना ही समझिए कि हिंदी की एक संस्था है, स्वनाम धन्य संस्था। जिसका अतीत सिंधु घाटी की सभ्यता की तरह गौरवशाली तथा जिसका वर्तमान बिगड़े रईस की तरह संभ्रांत है। इस संस्था ने हिंदी की बड़ी सेवा की है। इसकी कार्यपद्धति भी भारत सरकार की तरह अनेक विभागों में बँटी है। इसका एक पुस्तकालय भी है। संभवत: संस्था की 'न्यूक्लियस' भी यहीं है। पुस्तकालय की संपन्नता भरे-पूरे परिवार की भारी-भरकम थुल-थुल देहवाली उस वृद्ध महिला की तरह है, जो हर पुरानी याद को अपने में सँजोती तथा परिवार के हर सदस्य पर शुभाशंसाएँ एवं आशीर्वाद बिखेरती रहती है।

यह घटना उसी पुस्तकालय की है।

यों पुस्तकालय में कई कर्मचारी थे। किंतु घटना का संबंध केवल दो ही कर्मचारियों से था। एक थे जिन्हें लोग शास्त्रीजी कहते थे और दूसरे थे वे, जो मिश्रजी के नाम से जाने जाते थे। दोनों व्यक्तियों के स्वभाव और रंग-रूप में वही अंतर था, जो एक भले आदमी और नेता में होता है।

शास्त्रीजी का रंग मुन्ना के स्लेट की तरह, तो मिश्रजी का रंग उस स्लेट के काठ के चौखटे की तरह था। शास्त्रीजी की उम्र कम थी, पर देखने से अधिक मालूम पड़ते थे, तो मिश्रजी देखने से कम और उम्र में अधिक थे। मिश्रजी का ज्ञान उनके पास के प्रमाण-पत्रों से कहीं अधिक था, तो शास्त्रीजी के प्रमाण-पत्र उनके

ज्ञान से कहीं अधिक थे। शास्त्रीजी पद से पुस्तकाध्यक्ष थे, पर लगते 'बुक लिफ्टरों' की तरह थे। मिश्रजी बुक लिफ्टर का ओहदा सँभालते थे, पर मालूम पुस्तकाध्यक्ष के बाप पड़ते थे।

दोनों स्वभाव से भी छत्तीस थे। बहुधा आपस में गाल फुलाए रहते थे। यदि बोलते भी थे तो बिच्छू की तरह डंक मारते हुए। किसी बात पर यदि वाक्‌युद्ध हो जाता था तो उन दोनों की जबान अपनी 'स्पीड' और 'क्वालिटी' में अनुभवी कुलटा औरतों की जबान भी मात कर देती थीं।

कौन पुस्तक है या नहीं है। यदि है तो कहाँ रखी है, इसका ज्ञान जितना मिश्रजी को था, उतना शास्त्रीजी को नहीं था। पुराने पाठक इस तथ्य को अच्छी तरह जानते थे। जब उन्हें किसी पुस्तक की आवश्यकता होती तो वह अपनी फरमाइश मिश्रजी से ही करते थे। आनन-फानन में उनका काम बन जाता था और शीघ्र ही पुस्तक उनके हाथों में वैसे ही चली आती थी, जैसे पैसा डालते ही 'वेटिंग मशीन' से वजन सूचित करनेवाला टिकट आ जाता है। किंतु जो लोग इस तथ्य से परिचित नहीं रहते थे, वे अपनी माँग पुस्तकाध्यक्ष या यों कहिए, शास्त्रीजी के समक्ष सीधे रखते थे और लटके के लटके रह जाते थे।

एक दिन एक सज्जन ने 'कामायनी' के प्रथम संस्करण की शास्त्रीजी से याचना की। शास्त्रीजी ने 'कामायनी' का अंतिम संस्करण निकालकर दे दिया।

उस सज्जन ने कहा, "मैंने आप से प्रथम संस्करण दे देने को कहा था और आपने अंतिम संस्करण दे दिया है!"

"आप भी उलटे दिमाग के आदमी मालूम पड़ते हैं। फैशन, पुस्तक और औरत जहाँ तक हो, लेटेस्ट संस्करण ही स्वीकार करनी चाहिए।" शास्त्रीजी बोले।

"किंतु मैंने कुछ समझकर आपसे प्रथम संस्करण की माँग की थी।" उसकी वाणी में कुछ रुक्षता थी।

"मैंने भी कुछ समझकर अंतिम संस्करण आपको दिया है।"

वह व्यक्ति कुछ क्षणों के लिए चुप हो गया। उसने फिर कहा, "महाशय मैं 'कामायनी' पर रिसर्च कर रहा हूँ। मुझे उसका प्रथम संस्करण ही चाहिए।"

"अच्छा, तो आप रिसर्च कर रहे हैं?" शास्त्रीजी ने कुछ विशेष ढंग से मुँह बनाया। "चलो एक नाम और बढ़ गया।"

"एक नाम और बढ़ गया!···कहाँ?"

"मूर्खों की लिस्ट में।" शास्त्रीजी बोले।

"मूर्खों की लिस्ट में··· ?" वह व्यक्ति वैसे ही 'तुनका' जैसे कोई बेल-बाटम के

भीतर चींटी घुस जाने से तुनक सकती है।

शास्त्रीजी ने अपनी बुद्धि के अनुसार परिस्थिति का अंदाज लगा लिया। वे समझाते हुए बोले, "आप मेरे कहने पर नाराज मत होइए। बात दरअसल यही है कि जो मूर्ख होते हैं, वही विद्वान् बनने के लिए शोध करते हैं। विद्वान् तो विद्वान् ही है, उसे शोध करने की क्या आवश्यकता है?"

वह व्यक्ति शास्त्रीजी के ज्ञान से वाकिफ नहीं था, बिगड़ पड़ा—"मैं इस तरह की वाहियात बातें सुनने का आदी नहीं हूँ। मुझे 'कामायनी' का प्रथम संस्करण चाहिए।"

उसे टेढ़ा होते देखकर शास्त्रीजी कुछ नरम पड़े। उन्हें मालूम था नहीं कि पुस्तक कहाँ रखी है। निदान उन्होंने अपनी झेंप मिटाते हुए बड़े रोब से मिश्रजी से कहा, "वहाँ बैठे-बैठे आप क्या कर रहे हैं? इनकी पुस्तक क्यों नहीं निकालकर दे देते!"

इतना सुनना था कि मिश्रजी जल-भुनकर कबाब हो गए। उन्होंने अपनी मादरी जबान में कहा, "अउर तू इहाँ बइठके का कटहर छीलत होव। उठके तूहई काहे नहीं देतऽ।"

अब क्या था? बात बढ़ गई और सुरसा के मुख की तरह बढ़ती ही गई। भाषा का सांस्कृतिक आदान-प्रदान हुआ। दोनों ने एक-दूसरे से पता नहीं कैसे-कैसे रिश्ते जोड़े। वहीं बैठे कुछ पाठकों ने बीच-बचाव किया। बात अस्थायी रूप से वैसे ही दब गई, जैसे लात खाने पर प्रेम-याचना दब जाती है।

शीघ्र ही शास्त्रीजी ने पुस्तकालय के संयोजक के पास मिश्रजी के विरुद्ध लिखा कि उन्होंने मेरे साथ अभद्रता की और मुझे गालियाँ दीं। इनके खिलाफ अवश्य कार्रवाई होनी चााहिए, अन्यथा पुस्तकालय का अनुशासन खतरे में है।

संयोजक मिस्टर गोस्वामी, सही माने में गोस्वामी (बैल) थे। वे कुछ समझ नहीं पाए कि इस मामले में क्या करना चाहिए। लाचार होकर उन्होंने संस्था के सहायक मंत्री से राय ली। सहायक मंत्री महोदय ने शास्त्रीजी के प्रार्थना-पत्र को ध्यान से पढ़ा और कुछ सोचते हुए मिनिस्टरों की तरह मंद स्वर में बोले, "बात बड़ी गंभीर है, पर जब तक यह न पता चले कि मिश्रजी ने कौन सी गाली दी, तब तक उचित एक्शन नहीं लिया जा सकता।'

बात संयोजक महोदय के दिल में बैठ गई। उन्होंने शास्त्रीजी के प्रार्थना-पत्र पर लिखा, 'जो कुछ आपने लिखा है, उससे बात स्पष्ट नहीं होती। जब तक आप यह नहीं लिखते कि मिश्रजी ने आपको कौन सी गाली दी है, तब तक आपके प्रार्थना-पत्र पर

उचित काररवाई नहीं की जा सकती।'

और वह प्रार्थना-पत्र जहाज के पक्षी की तरह उड़कर शास्त्रीजी के पास पुनः चला आया।

शास्त्रीजी संयोजक महोदय की टिप्पणी देखकर बड़े पसोपेश में पड़े। वे किन-किन गालियों का जिक्र करें? समझ नहीं पाए। पूरी फेहरिस्त बनाने पर तो कई ताव कागज की आवश्यकता पड़ेगी। लाचार होकर उन्होंने सहायक मंत्री नंबर दो से सलाह ली। उन्होंने भी सारे मामले को गंभीरतापूर्वक सुना और अपनी बहुमूल्य सम्मति देते हुए बोले, "देखिए शास्त्रीजी, मिश्रजी ने जितनी गालियाँ आपको दीं, उतनी ही आपने भी उन्हें दे डालीं। हिसाब तो बराबर हो गया। उन गालियों का उल्लेख करने में मेरी राय से कोई लाभ नहीं है और न उनपर कोई काररवाई ही की जा सकती है। यह भी हो सकता है कि उन गालियों का जिक्र करने पर आप उलटे फँस जाएँ। मेरी राय में तो आप उसी गाली का उल्लेख प्रार्थना-पत्र में करें, जो मिश्रजी ने पहले दी और जिस पर इतना तिल का ताड़ हुआ।

सहायक मंत्री नंबर दो की राय शास्त्रीजी को ठीक जँची। उन्होंने उस प्रार्थना-पत्र पर लिख दिया कि मिश्रजी ने मुझसे कहा था कि "तू का बइठके कटहर छीलत हौव!"

बेचारा प्रार्थना-पत्र फुटबॉल हो गया। वह शास्त्रीजी की 'किक' खाकर पुनः संयोजक महोदय के पास चला गया। उन्होंने उसे देखा। शास्त्रीजी के 'पुनश्च' निवेदन पर गौर किया, मनन एवं चिंतन किया, पर वे इस निष्कर्ष पर न पहुँच सके कि शास्त्री के उल्लेखानुसार मिश्रजी ने जो कुछ कहा है, वह गाली है या नहीं है! लाचार होकर उन्होंने सहायक मंत्री नंबर एक से सलाह ली। दोनों में गंभीर विचार-विमर्श हुआ। संभवतः वैसा गंभीर विचार-विमर्श भारत पर आक्रमण करने के पूर्व शायद भुट्टो और याहिया में भी न हुआ होगा।

अंत में सहायक मंत्री नंबर एक ने कहा, "मैं इस निष्कर्ष पर नहीं पहुँच पा रहा हूँ कि मिश्रजी ने जो कुछ कहा है वह गाली है या नहीं है! और जब तक यह सिद्ध न हो जाए कि वह गाली है, तब तक कोई भी कार्रवाई न्यायोचित नहीं होगी।"

"तब क्या करना चाहिए?" संयोजक महोदय चिंतातुर होकर बोले, "मामला गंभीर है। कोई सूरत नजर नहीं आती, कोई उम्मीद नजर नहीं आती। गालिब की शब्दावली दोहराने के बाद सहायक मंत्री नंबर एक चुप हो गए। सिर पर हाथ रखकर बड़ी देर तक सोचते रहे। अचानक उनकी मुख-मुद्रा बदली। ऐसा लगा, जैसे किसी योगी को ब्रह्मज्ञान हो गया हो।

उन्होंने प्रकृतिस्थ होते हुए कहा, "आप क्यों इस मामले में पड़ते हैं।"

"मैं संयोजक हूँ, यदि मैं ही इस मामले में नहीं पड़ूँगा तो कौन पड़ेगा?"

"आप बहुत सीधे-सादे आदमी हैं। वह भी पुराने तरीके से काम करने और सोचनेवाले। आधुनिक तरीका तो काम करने का यह है कि आप कोई काम ही मत कीजिए। किसी समस्या के सुलझाने में व्यर्थ का दिमाग लगाना आज की दुनिया में मूर्खता है। आज का प्रशासन विज्ञान यह कहता है कि आप कुछ मत कीजिए, हर समस्या को दूसरों पर टालिए। यही पद्धति ऑफिस के मामूली बाबू से लेकर मिनिस्टर तक अपनाते हैं। कोई बात है तभी तो! नहीं तो भारत ऐसे महान तथा शक्तिशाली देश का प्रशासन इस सिद्धांत पर क्यों चलता?"

संयोजक महोदय कुछ समय तक सोचते रहे, फिर बोले, "तब मैं इस मामले को किस पर टालूँ? क्या प्रधानमंत्री पर ही छोड़ दूँ।"

"प्रधानमंत्री बेचारे इसमें क्या करेंगे? फिर भी यदि आप चाहें तो पूरे मामले की फाइल बनाकर प्रधानमंत्रीजी के यहाँ भेज दें। मामला दो-चार दिनों तक तो टल ही जाएगा। फिर देखा जाएगा।"

हुआ भी ऐसा ही, संयोजकजी ने फाइल संस्था के प्रधानमंत्रीजी के पास भेज दी।

सुना है, मामला तीन दिनों तक ठप रहा। चौथे दिन प्रधानमंत्री ने संयोजक महोदय को बुलाया और झुँझलाते हुए बोले, "गोस्वामीजी, मैं आपको क्या कहूँ? ऐसे छोटे-छोटे मामले भी आप मेरे यहाँ भेज देते हैं!"

उस फाइल में एक कागज का इजाफा और हुआ, जिस पर प्रधानमंत्री ने बड़ी कृपा कर अपनी आख्या लिखी। जिसका आशय था—फाइल कोश विभाग को भेज दीजिए और उनकी टिप्पणी पर उचित कार्रवाई कीजिए।

फाइल लेकर संयोजक महोदय पुनः सहायक मंत्री नंबर एक के पास आए और उन्हें इस मामले में नए डेवलपमेंट से अवगत कराया।

"तो क्या मैं इस तरह फाइल कोश विभाग को भेज दूँ?" संयोजक ने पूछा।

"नहीं, ऐसे क्यों भेजते हैं! यदि आप चाहें तो इसका नोट लगा दें—प्रधानमंत्रीजी की आख्यानुसार यथाशीघ्र अपनी बहुमूल्य टिप्पणी भेजिए।"

सुना है, इस पर कोश विभाग भी बड़े पसोपेश में पड़ा। उसके प्रधान संपादक ने संपादकीय विभाग की मीटिंग बुलाई। सबके समक्ष उस फाइल का प्रत्येक कागज पढ़ा गया, पर कोई भी संपादक अपनी स्पष्ट राय बना नहीं पाया कि कटहल छीलना गाली है या नहीं। इस संदर्भ में हिंदी और संस्कृत के अतिरिक्त मराठी, गुजराती, पंजाबी और बँगला के भी जितने शब्दकोश उस समय विभाग में उपलब्ध थे, सबको देखा गया। किंतु कुछ निष्कर्ष नहीं निकला। अंत में प्रधान संपादक ने अपना विचार निश्चित किया, "कहीं कुछ नहीं मिल रहा है। यदि आप लोग चाहें तो मैं यह नोट लगाकर फाइल चलता करूँ कि हिंदी में ऐसा प्रयोग अभी तक सुना नहीं गया है। अन्य भारतीय भाषाओं के कोशों में भी इसकी कोई चर्चा नहीं है। अतएव, इसके संबंध में कोश

विभाग कोई राय देने में असमर्थ है।''

किंतु एक सह-संपादक ने अपनी असहमति व्यक्त की और कहा, ''मामला इतना आसान नहीं है, जितना आप लोग समझ रहे हैं। याद रखिए, प्रधानमंत्रीजी के आदेशानुसार फाइल इस विभाग में आई है। ऐसे टालमटोल करने से काम नहीं चलेगा। मामला आगे भी बढ़ सकता है।''

''तो क्या किया जाए?'' प्रधान संपादक कुछ क्षणों तक सोचते रहे। बाद में वे बोले, ''आप हममें से किसी को तरकारी की सट्टी में भेज दीजिए। खोज की जाए कि कुंजड़े कटहल छीलने का प्रयोग करते हैं या नहीं। मामला तरकारी से संबंधित है, इसके संबंध में अंतिम निर्णय कुंजड़े ही कर सकते हैं। यदि कहीं इन शब्दों का खुदा न खास्ता कुंजड़े प्रयोग करते होंगे, तो हमारी टिप्पणी खोजपूर्ण मानी जाएगी और गौरव बढ़ेगा।''

यह बात लोगों को जँच गई। शीघ्र ही दो सह-संपादकों का शिष्टमंडल सब्जी मंडी भेज दिया गया।

प्रत्येक कुंजड़े से 'इन्क्वायरी' की गई। जो कुंजड़ा नहीं भी था, उसे भी कुंजड़ा मानकर पूछा गया, पर समस्या का हल नहीं निकला। इतना पता जरूर चला कि कटहल छीलना तो नहीं कहा जाता, पर बंडा छीलना अवश्य कहा जाता है।

कहते हैं, कुंजड़ों से इन्क्वायरी के आधार पर कोश विभाग में पुनः मीटिंग हुई। कई घंटे विचार-विमर्श होता रहा। अंत में इस फाइल पर कोश विभाग ने जो लंबी एवं खोजपूर्ण रिपोर्ट लगाई, वह इस प्रकार है—''पूरी फाइल गंभीरतापूर्वक पढ़ी गई। हिंदी एवं संस्कृत के अतिरिक्त अन्य भारतीय भाषाओं के कोशों का भी अध्ययन किया गया, पर कहीं पर पर भी कटहल छीलने का प्रयोग दिखाई नहीं दिया। संपादकों ने बड़े मनोयोग से खोज की। अनेक कुंजड़ों से 'इंटरव्यू' लिया गया। पता चला कि 'कटहल छीलना' तो नहीं पर 'बंडा छीलना' अवश्य कहा जाता है।

''ज्ञातव्य है कि यहाँ से कुछ दूरी पर गोपीगंज एक स्थान है। वहाँ का बंडा मशहूर है। इसकी पैदावार भी वहाँ बहुत होती है। ऐसा मालूम होता है कि वहाँ के लोग खाली समय में बंडा छीला करते हैं। इसी से खाली बैठे या सुस्त पड़े रहनेवाले व्यक्तियों के लिए बंडा छीलने का प्रयोग चल पड़ा है। इस विभाग का निश्चित मत है कि बंडा छीलने' के ही वजन पर 'कटहल छीलने' का प्रयोग किया गया है।''

''विभाग की स्पष्ट धारणा है कि बंडा छीलना या कटहल छीलना न तो शिष्ट गाली है और न अशिष्ट, वरन लोगों को अपमानित करने की दिशा में यह एक नया प्रयोग है, नई विधा है, जैसे कहानी की नई विधा अकहानी है। कविता की नई विधा अकविता है। वैसे ही यह गाली की नई विधा अगाली है।''

पुस्तकालय के संयोजक महोदय को अब रास्ता दिखाई दिया। उन्होंने सहायक

मंत्रीजी से राय लेना भी उचित नहीं समझा। उन्होंने यह लिखकर फाइल पुस्तकालय के अध्यक्ष शास्त्रीजी के यहाँ भेज दी—

"कटहल छीलना कोश विभाग की खोज के अनुसार गाली नहीं, वरन अगाली है। अगाली पर किसी को भी दंड नहीं दिया जा सकता, क्योंकि इंडियन पैनल कोड में कहीं भी अगाली देना अपराध घोषित नहीं है।"

□

## काशी के हिप्पी

धूलिवंदन की संध्या थी। रंग और कीचड़ के साथ दिन भर भरपूर बदतमीजी कर लेने के बाद डेढ़सी का पुल इस समय अबीर और गुलाल से नहाकर कुछ-कुछ शिष्ट बनने की असफल चेष्टा कर रहा था। लोग गले मिल रहे थे। कंजूस की थैली में नोटों की तरह आदमियों की तादाद में लगातार इजाफा हो रहा था।

तब तक मैंने देखा कि बगल की गली से एक लड़का दौड़ा हुआ आया और एक विदेशी महिला के मुख पर बड़ी बेतकल्लुफी से कुछ पोतकर उसी गली में 'सर्र' से वैसे ही चला गया, जैसे जबान पर रखते मलाई भीतर चली जाती है।

हँसी-खुशी के माहौल में थोड़ी चुलबुलाहट हुई। किसी ने कहा, 'बड़ा बदतमीज लड़का मालूम होता है।' किसी ने कहा, 'अरे यार, दिल की हसरत थी, यदि निकाल लिया तो क्या बुरा किया? डाका तो नहीं डाला, चोरी तो नहीं की?'

"अब का कही होली के हुड़दंग में मेहररुओं निकललिन।"

"अरे ई मेहरारु होय तब तऽ सोमारू भैया!" गोपाल बोला।

"तब ई का हइन तोहई बतावऽ?"

"जा बेटा, चलके तोहई अजमावऽ।"

कल्लू सरदार ने कहा। और फिर हँसी का रंगीन फौव्वारा उस वातावरण को सराबोर कर गया।

"अरे इ लोग बुरा नाहीं मनतिन। हिप्पी हईं हिप्पी।" यह आवाज किसी अनजान व्यक्ति की थी।

इधर खालिस बनारसियों की निठल्ली गोल अलमस्त थी, उधर वह महिला बड़े भाव से मुस्करा रही थी। जब मैं उसके बगल में पहुँचा, वह अपने साथ के दूसरे पुरुष हिप्पी से कह रही थी—"हाउ जॉली दिस फेस्टिवल इज?"

अब मैंने उसकी ओर पुनः देखा। मक्खन जैसे सुचिक्कन चेहरे पर बड़ी बेरहमी

से जूते की काली पॉलिश पोत दी गई थी। ऐसा लगा, जैसे श्वेत संगमरमर की फर्श पर किसी ने कालिख पोत दी हो।

इसके पहले मैं हिप्पियों के संबंध में उतना ही जानता था, जितना कोई वैदिक कर्मकांडी गाँजे के दम की अनुभूति के बारे में, या झाड़ू लगानेवाला सफाईकर्मचारी आइंस्टीन के रिलेटिविटी के सिद्धांत के बारे में जानता है।

फलत: मेरी जिज्ञासा बढ़ी। मैंने बात करने की ही गरज से उस महिला से कहा, ''बड़े गंदे लोग हैं यहाँ के।''

''नहीं जी, बड़े अच्छे लोग हैं ये।'' वह खिलकर मुस्कराई। उसकी भाषा और उसका उच्चारण हिंदी की दृष्टि से उतना ही शुद्ध था, जितना कचहरी के कर्मचारी का व्यवहार ईमानदारी की दृष्टि से शुद्ध होता है।

''आप लोग कहाँ के रहनेवाले हैं?'' मैंने बिना किसी भूमिका के सीधा पूछ लिया।

''कहीं के नहीं, वरन इस धरती के।'' इस बार उसके साथ का आदमी भी जोर से मुसकराया, या यों कहिए धीरे से हँसा।

''मतलब?''

''मतलब साफ है। आप जिस हवा में साँस लेते हैं, केवल आपकी नहीं। जिस गंगा में स्नान करते हैं, वह केवल आपकी नहीं। यह सूर्य की रोशनी केवल आपकी नहीं, चंद्रमा की चाँदनी केवल आपकी नहीं, बल्कि उन सबकी है जो इनका रसास्वादन कर सकते हैं। वैसे ही यह धरती भी उन सबकी है, जो इस पर रहते हैं। यह तो आदमी है, जिसने धरती के टुकड़े-टुकड़े कर दिए। रूस, भारत, जापान, अमेरिका, इंग्लैंड आदि बना दिए। पर हम आदमी की नालायकी में विश्वास नहीं करते। खुद को केवल धरती का रहनेवाला कहते हैं।''

एक क्षण के लिए मैं चुप हो गया, किंतु शीघ्र ही दूसरा पैंतरा बदलते हुए कहा, ''मेरे पूछने का मतलब यह था कि आप लोग भारत में कहाँ से आए हैं?''

''सैन फ्रांसिस्को से।''

''अच्छा तो आप अमेरिकन हैं? आपकी नागरिकता भी अमेरिकन होगी?''

''नागरिकता तो आदमियों की होती है। हम हिप्पियों की नहीं होती। हमारी तो केवल सांसारिकता ही होती है।''

मैं कुछ विशेष समझ नहीं पाया। मैंने दूसरा प्रश्न किया, ''तब आपको भारत आने के लिए पासपोर्ट और वीसा लेना पड़ा होगा?''

इस बार उसके बगलवाला आदमी जोर से हँसा और उसके पास ही घूमते साँड़ की ओर संकेत करके मुझसे ही पूछा, ''यदि यह टहलता हुआ अमेरिका चला जाए तो

क्या उसे पासपोर्ट या वीसा की आवश्यकता पड़ेगी?''

''तो क्या वाराणसी का साँड़ ही आपका आदर्श है?'' मैंने हँसते हुए कहा।

''ऑफ्कोर्स,'' वह बोलता रहा, ''दरअसल यह मेरा ही नहीं, वरन इस धरती का आदर्श प्राणी है। इसको खाना मत दीजिए। इसकी जमात किसी सरकार के खिलाफ कभी भी पिकेटिंग नहीं करेगी। इन्हें चार डंडे मार दीजिए, यह थाने में जाकर आपके खिलाफ रिपोर्ट दर्ज नहीं कराएगा। बेकार में बाजा बजाकर, विशाल उत्सव करके यह अपनी शादी नहीं करता। इसका मुंडन संस्कार नहीं होता और न यह यज्ञोपवीत पहनता है। न यह कभी किसी मंदिर में जाता है और न गिरजाघर या मसजिद में। यह सही माने में धर्मनिर्पेक्ष है। इन साँड़ों के बीच कभी चुनाव का चक्कर नहीं होता। न इनमें कोई शासक है और न शासित। न कोई शोषक है और न शोषित। शोषण और दोहन से यह सर्वथा मुक्त हैं। भूख लगी, जो मिला खा लिया, प्यार जगा, जिससे चाहा मिल लिये, न इनमें बेकारी की समस्या है और न इन्हें फैमिली प्लानिंग की चिंता।''

''...और न इन्हें गाँजे की चिलम ही चाहिए।'' मैंने व्यंग्य करते हुए बीच में ही कहा।

''जी हाँ, आप ठीक कहते हैं। इन साँड़ों को गाँजे की चिलम की कोई आवश्यकता नहीं है। चिलम की जरूरत तो हम आदमियों को पड़ती है और वह भी आदमियत की दुर्गंध को भुला देने के लिए। जिस दिन हम इस दुर्गंध से मुक्त हो जाएँगे या दरअसल हम साँड़ बन जाएँगे, न हमें गाँजे की जरूरत पड़ेगी और न एल.एस.डी. की।''

''यह एल.एस.डी. क्या होता है?'' गंभीरतापूर्वक उसकी बात सुनते हुए मैं पूछ बैठा।

''अरे आप एल.एस.डी. नहीं जानते?'' औरत-मर्द दोनों मेरे अज्ञान पर जोर से हँसे। ''...यह एक गोली होती है। जो काम इस धरती पर कार्ल मार्क्स नहीं कर सका, उसे यह गोली कर देती है। इसे खाते ही सही मायने में समाजवाद आ जाता है। न कोई गरीब दिखाई देता है और न कोई अमीर। इसे खा लेने के बाद न कोई विद्वान् मालूम पड़ता है और न कोई मूर्ख। एक क्षण के लिए हम मानवी घृणा-द्वेष, माया-मोह आदि से वैसे ही मुक्त हो जाते हैं, जैसे मरने के बाद आत्मा शरीर से मुक्त हो जाती है। इसकी एक टेबलेट लीजिए, सबकुछ नया-नया मालूम होगा। संसार भी बिलकुल नया दिखाई देगा। एक ऐसा संसार, जिसमें धरती स्वर्ग मालूम पड़ेगी और स्वर्ग धरती। जिसमें आदमी साँड़ मालूम पड़ेगा और साँड़ आदमी?'' इसके बाद वह आकाश की ओर देखकर बड़ी देर तक मुस्कराता रहा। ऐसा लगा, जैसे उसकी आँखें सचमुच स्वर्ग की विभूति का चर्वण कर रही हों।

चारों ओर अजीब सा कोलाहल था, किंतु हम लोग कुछ क्षणों तक मौन थे।

खटारा गाड़ी की तरह ढकेलकर बातचीत का सिलसिला मैंने ही फिर चालू किया, ''आप लोगों को यह शहर कैसा लगा?''

''निहायत अच्छा। बहुत अच्छा। पर इतने दिनों तक यहाँ रहने के बाद भी हम लोग यह निश्चित नहीं कर पाए कि इस शहर में भिखारियों की संख्या अधिक है या नेताओं की। यहाँ के अजीब-अजीब तरह के नेताओं से मेरा वास्ता पड़ा है। राजनीतिक पार्टियाँ तो सामूहिक रूप से नेता बनाने की मशीन ही हैं। इन्हें जाने दीजिए। इनके अतिरिक्त इस नगर में अनेक सामाजिक नेता हैं—दलितों के, रिक्शेवालों के, सोनारों के, जुलाहों के, अध्यापकों के, विद्यार्थियों के, पंडों के, डॉक्टरों के, वकीलों के, संगीतज्ञों के, कवियों के, साहित्यकारों के, पत्रकारों के आदि-आदि। गोया कोई ऐसा पेशा नहीं,जिसमें पेशेवर नेता न हों। सही तो यह है कि जितने पेशे हैं, उससे सौ गुने नेता हैं। आजकल अमेरिका में जिसे जीवन से घृणा हो जाती है, वह हिप्पी हो जाता है। वैसे ही भारत में लगता है, जिन्हें काम करने से घृणा हो जाती है, वह नेता हो जाता है।''

इतना कहने के बाद वह चुप हो गया और भंग की तरंग में नाचते-गाते, अबीर-गुलाल उड़ाते हुए जाती एक टोली की छलकती मस्ती को वैसे ही देखने लगा, जैसे कड़ाही में उबलते हुए दूध को बिल्ली देखती है।

उस माहौल के खत्म होते ही मैंने पुनः पूछा, ''आखिर इन नेताओं के प्रति आपकी कोई अन्य प्रतिक्रिया भी है?''

''हमारी दूसरी प्रतिक्रियाएँ भी अच्छी हैं। यदि इन नेताओं की तादाद ऐसे ही बढ़ती रही और ये बिना काम किए अपना घर भरते रहे, तो बाबा भोलेनाथ की कृपा से वह दिन दूर नहीं है जब भारत में केवल दो ही वर्ग के लोग रह जाएँगे। यहाँ की एक चौथाई जनता तो नेता हो जाएगी और जो बाकी बचेंगे, सब हिप्पी हो जाएँगे। तब एक नए भारत का जन्म होगा। जिसमें न दुःख होगा न पीड़ा होगी, चारों ओर आनंद वैसा ही बिखरा रहेगा, जैसा आजकल की सुंदरियों के चेहरों पर पाउडर। जनता प्रसन्नता में बाबा विश्वनाथ के डमरू पर नाचेगी। डम-डम-डम···।'' और पता नहीं किस रव में वह भी नाचने लगा।

मैंने देखा उसने बातचीत के सिलसिले में बाबा विश्वनाथ का नाम कई बार लिया। मैंने कहा, ''बाबा विश्वनाथजी के संबंध में आप लोगों के विचार बहुत ऊँचे मालूम होते हैं?''

''निश्चित ही हमारे ही नहीं, बहुतों के विचार बहुत ऊँचे हैं। अभी कल ही हिंदी के एक पी-एच.डी. मिले थे। वह शैव दर्शन पर अपनी डी.लिट्. का शोध प्रबंध पूरा करने जा रहे हैं। उनकी खोज है कि हिप्पीइज्म कोई नई चीज नहीं है। यह बहुत पुरानी चीज है और इसका जनक भारत ही रहा है। स्वयं भगवान शिव हमारे आदिहिप्पी रहे

हैं। उनका रहन-सहन, खान-पान सबकुछ आज के हिप्पियों से मिलता-जुलता है। वह थे तो ऐश्वर्य के देवता, पर श्मशान में रहते थे। न उन्हें भोजन की फ्रिक थी और न वस्त्र की। खुद भाँग, धतूरा और गाँजा पीते थे। भूत और पैशाचिकों के नाम से उन्होंने हिप्पियों की एक अच्छी-खासी गोल जुटा रखी थी। सेक्स के मामले में भी वे हम लोगों जैसे थे।'

"क्या मतलब?"

"मतलब यही है कि जैसे आज के भारत का संविधान कास्ट, क्रीड, धर्म, सेक्सनिरपेक्ष है वैसे ही हमारा हिप्पीइज्म भी कास्ट, क्रीड, धर्म और सेक्स से निरपेक्ष है। हम लोग कहीं भी सेक्स देखने की कोशिश नहीं करते। यह बात दूसरी है कि लोग हममें सेक्स देख लें। यही हालत भगवान् शिवशंकर की भी थी। उन्होंने कभी भी पार्वती को मोहित करने की कोशिश नहीं की और न कभी किसी देवी की ओर आँख उठाकर देखा ही। इसके अतिरिक्त तुम्हारे अन्य देवता एक नहीं, वरन दूसरी नारियों के पीछे वैसे ही दौड़ते रहे, जैसे दिखावे के पीछे आज की सभ्यता दौड़ रही है।"

इतना सुनना था कि वह हिप्पी महिला बड़ी प्रसन्न मुद्रा में बुदबुदायी, "डियर जॉन, वेरी गुड सिमिली।" जॉन ने भी हँसते हुए अपना कंधा हिलाया।

तब तक दशाश्वमेघ की ओर से एक दूसरा हिप्पी दौड़ा हुआ आया और बड़ी बेहरमी से धक्का देकर आगे निकल गया। उसने क्यों धक्का दिया, मैं कुछ समझ नहीं सका। गिरते-गिरते जॉन का ही सहारा लेकर बचा। हिप्पी द्वय मेरी इस दशा पर खिलखिलाकर हँस पड़े।

जॉन चिल्लाया—"वेल मिस्टर रिचर्डस, ह्वेअर आर यू गोइंग?"...पर भागनेवाला हिप्पी हँसता और विशेष प्रकार की ध्वनि करता चला गया।

मेरी जिज्ञासा चरम सीमा पर थी। मैंने पूछा, "क्या आप हिंदी के उस खोजी (शोधकर्ता) का नाम बता सकेंगे?"

"अरे नहीं जी! भला कौन हिंदी के डॉक्टरों का नाम पूछता है! मैंने सुना है, यदि हिंदी के डॉक्टरों का केवल नाम-पता ही लिखा जाए तो भी करीब बारह किलो वजन का एक बड़ा भारी-भरकम ग्रंथ हो जाएगा। लेकिन मैं इतना कह सकता हूँ, उस शोधकर्ता महोदय को अपनी इस खोज पर बड़ा विश्वास है। उसका कहना था कि डी.लिट. तो निश्चित मिलेगी ही। शोध-प्रबंध प्रकाशित होते ही हिंदी संसार में एक चमत्कार हो जाएगा। ज्ञान सुमेरू, विद्यावारिधि, साहित्य वाचस्पति ऐसी उपाधियाँ मेरा चरण चुंबन करने लगेंगी और भारत सरकार मुझे 'पद्मभूषण' से कम क्या देगी?"

मुझे हँसी आ गई। मैंने कहा, "आप लोग बड़े मजेदार आदमी हैं। चलिए, मैं आपको पान खिलाऊँ।"

मैंने जेब में हाथ डाला। मेरा मनीबैग निराकार ब्रह्म की तरह अदृश्य था। मैं घबरा गया। उसमें भारी रकम थी।

मुझे घबराया हुआ देखकर वे दोनों हँसने लगे, मानो उन्हें मेरी नवीन स्थिति का पहले से ही ज्ञान हो।

जॉन बड़ी बेतकल्लुफी से अपने लहजे में बोला, ''फिकर मत करो माई डियर। दम मारो दम।'' और वे दोनों हँसते हुए चले गए।

मनीबैग की अभावजन्य व्यग्रता आज तक अपने साथ लिये नए पैदा होनेवाले भारत का पूर्वाभास मेरे मस्तिष्क के किसी कोने में चुपचाप बैठा है।

□

## सोर्स जो काम न आया

पं. रामेंद्र शुक्लजी से मेरी न तो आत्मीयता है और न कभी दोस्ती ही रही है, फिर भी मैं उनकी वल्दियत सकूनत तक से वाकिफ हूँ। मेरे मुहल्ले के नद के वे मगरमच्छ हैं, जो डूबकर पीते तथा डूबकर ही जीते हैं और अपना शिकार पाते ही बगुला भगत की तरह धर दबोचते हैं।

व्यक्तित्व बिलकुल इंद्रायन के फल की तरह। दूर से लाल-लाल और आकर्षक, पर भीतर से अपरिमित कड़ुवाहट लिये हुए। इंद्रायन को जरा सा मुख में रखिए तो थूक देंगे, वैसे ही शुक्लजी को भी मुँह लगाने के बाद कुछ ऐसे ही अंजाम हो सकते हैं कि उनको थूकने के अतिरिक्त कोई चारा ही न रहे। बहरहाल, इससे आपको क्या लेना-देना!

मैं एक कैफियत बयान कर रहा हूँ।

पश्चिमी सभ्यता जैसे डाइवोर्स की ओर बढ़ रही है, शुक्लजी वैसे ही सोर्स की ओर बढ़ते थे। ''सोर्स' के ही बल पर उनके जीवन की गाड़ी बराबर चलती रही है। शुक्लजी पिता की एकमात्र संतान हैं। सुना है, माता-पिता ने भगवान के पास बहुत बड़ा सोर्स लगाया, तब ये धराधाम पर अवतीर्ण हुए और इनके अवतार लेते ही इनके माता-पिता सोर्स लगाने की संपूर्ण कला उन्हें सौंप कर पृथ्वी से स्वर्ग की तीर्थयात्रा पर चले गए। परिणामत: सोर्स की संपत्ति इन्हें उत्तराधिकार के रूप में मिली।

लड़कपन से ही स्वास्थ्य खराब रहता। डॉक्टरों से सोर्स लगा मौत को चकमा देते रहे। स्कूल गए, तो हर कक्षा सोर्स की बदौलत पार की। हाई स्कूल में नकल करते पकड़े गए। सोर्स का अमोघ बाण मारा, मामला 'फिट' कर लिया। ऐसे ही एक के बाद एक परीक्षाओं के नाले 'सोर्स' के लंबे बाँस के सहारे डाकते चले गए। एल-एल.बी. की। वकील हुए। सोर्स की बदौलत विवाह हुआ, क्योंकि ससुरालवालों का खानदान यदि हिमालय था तो ये सतपुड़ा भी न थे। वे यदि गंगा थे तो वह कर्मनाशा।

बीवी इतने ऊँचे खानदान की सुसंस्कृत और जनाब ऐसे कि पटने का तो सवाल

ही नहीं था! प्रकृति में एक-दूसरे के बिलकुल छत्तीस। फल यह हुआ कि बीवी से कोई काम लेने के लिए शुक्लजी को सोर्स लगाना लाजिमी हो जाता था।

कानूनी ज्ञान की टाँगों के अभाव में शुक्लजी की वकालत सोर्स की बैसाखी पर चल न सकी। फिर भी मुकदमों की दलाली पर किसी प्रकार जीते-खाते रहे, किंतु कैरियर में कोई निखार नहीं आया।

सुना है, भगवान जिसे देता है, छप्पर फाड़कर देता है। अचानक शुक्लजी की तकदीर का छप्पर फटा। उनकी बीवी के मामा के बहनोई राज्य के मंत्री हो गए। अब 'सोर्स' साक्षात रूप धारण करके शुक्लजी की मुट्ठी में रहने के लिए उद्यत हो गया।

पहले तो उन्होंने अपने और श्रममंत्री के संबंध को खूब प्रचारित किया। स्वयं पर की गई उनकी कृपा के संबंध में अनेक झूठी-सच्ची कहानियाँ गढ़ीं। उनसे काम करा लेने के लिए ठीके किए जाने लगे। धीरे-धीरे शुक्लजी एक ओर मिल मालिकों के आका बन गए तो दूसरी ओर मजदूरों के खुदा।

उनकी बीवी को अपने पति का रवैया अच्छा नहीं लगा। उन्हें विश्वास हो गया कि एक-न-एक दिन यह मेरे पिताजी को अवश्य बेच खाएँगे। उन्होंने बराबर मना किया, पर कोई हल नहीं निकला। अंत में एक दिन उन्होंने खीझकर शुक्लजी से कहा, "देखोजी, तुम्हारी चाल ठीक नहीं है। यदि अब किसी से तुमने मेरे पिताजी के संबंध में कहा कि वे मेरे ससुर हैं तो ठीक नहीं होगा।"

"अब आप ही बताइए महादेवीजी, यदि मैं आपके बाप को ससुर न कहूँ तो किसको कहूँ? खैर, यदि आपकी इच्छा है तो किसी दूसरे ससुर की खोज की जाएगी।"

उस समय बात हँसी में समाप्त हो गई। शुक्लजी बीवी के सामने भीगी बिल्ली बने रहते, किंतु जहाँ उनकी छाया हटती कि शेर हो जाते और अपनी बेढंगी रफ्तार से बाज नहीं आते। बीवी की निरंतर फटकार का उनपर यह प्रभाव पड़ा कि अब वे कोई काम कराने की गरज से कभी भी लखनऊ अपने ससुर के पास नहीं धमकते थे।

इतने पर भी वह हर एक का काम कराने का दम भरते थे और बहुत साफ कहते थे, "भाई, जितनी पूजा चढ़ाओगे, उतना प्रसाद मिलेगा। काम यदि जल्दी का और गंभीर है तो उसके अनुसार चढ़ावा भी जरा गंभीर होना चाहिए।"

किंतु लोग जान गए थे कि श्रममंत्री महोदय के यहाँ शुक्लजी का अब पंख भी नहीं फटकता। केवल वे क्लर्कों के यहाँ कुछ उलटा-सीधा कराने की हिमाकत करते हैं। बहुधा लोग उनसे कहते भी हैं—"पंडितजी, इस मामले में जरा मंत्री महोदय से कहिए। मात्र क्लर्कों से कहने से काम नहीं बनेगा।"

शुक्लजी बड़े विश्वास के साथ उत्तर देते—"अरे भाई, मंत्रीजी तो घर के ही हैं। उनसे जब भी जरूरत होगी, कहूँगा ही। पर यह समझिए, भारत के लोकतंत्र की एक

अपनी विशेषता है, यहाँ मंत्री लोग काम कराने के लिए नहीं, वरन केवल उद्घाटन करने के लिए बनते हैं। काम तो सब क्लर्क ही करता है।'' इतना कहने के बाद वे अकसर बहुत पुराना पिटा-पिटाया दोहा दोहराते—

'मंत्री करै न चाकरी, अफसर करै न वर्क।
दास मलूका कह गया, सबकुछ करता क्लर्क॥''

ऐसे ही वे लोगों को भरमाए रहते, दुकानदारी जमाए रहते। धीरे-धीरे वह मजदूर यूनियनों की राजनीति भी करने लगे और उनमें से एक यूनियन के अध्यक्ष भी हो गए।

अब वह अपने दिन यूनियन के लोगों के बीच और रातें नेतागीरी की महत्त्वाकांक्षा के सपनों में बिताने लगे।

उनके लिए एक ही बात अब खटकनेवाली रह गई थी। वह थी—सुमेर यादव का बढ़ता प्रभाव। यादवजी भी मजदूरों के नेता हैं, बात के धनी हैं। ईमानदारी से उनका व्यक्तित्व वैसे ही सुशोभित है जैसे एयर होस्टेज की आकृतियाँ मुस्कराहट से सुशोभित रहती हैं। यह निश्चित था कि यदि यही दशा रही और वर्करों का उनकी ओर झुकाव वैसा ही बढ़ता रहा तो अवश्य ही एक दिन ऐसा आएगा जब शुक्लजी की नेतागीरी जहन्नुम रशीद हो जाएगी।

फलतः शुक्लजी की आँखों में यादव का प्रभुत्व किरकिरी की तरह गड़ने लगा, पर वे कर ही क्या सकते थे? सोर्स लगाकर गिरे को उठाना सरल है, पर उठे को गिराना आसान नहीं। शुक्लजी बहुत परेशान रहा करते थे। उनकी दुकानदारी उखड़ने लगी थी। उन्होंने अनेक तिकड़में लगाईं, कुचक्र रचे, पर सब बेकार।

अचानक एक दिन बिल्ली के भाग से सिकहर टूटा। एक संध्या को शुक्लजी को अपने गुर्गों से खबर मिली कि डिपो में, स्टोर-रूम के बगलवाली तिकोनी कोठरी में जुआ हो रहा है और उसमें सुमेर यादव भी खेल रहा है।

अब क्या था! आव देखा ना ताव। धड़ से शुक्लजी ने शहर कोतवाल को फोन मिलाया—''हलो, कोतवाल साहब हैं? क्या कहा? चाय पी रहे हैं, क्या वे बुलाए नहीं जा सकते? आप भी कैसी बातें कर रहे हैं? वे जनता के नौकर हैं, उन्हें 24 घंटे फोन पर 'एवेलेबल' रहना चाहिए।...क्या आपने मुझे पहचाना नहीं। मैं राजेंद्र शुक्ल बोल रहा हूँ।...कौन शुक्ल? आप मुझे नहीं जानते क्या? कितने दिनों से बनारस में हैं? और इसमें रहना चाहते हैं या नहीं? हाँ, तो सुनिए, मैं राजेंद्र शुक्ल...मजदूर यूनियन का अध्यक्ष और राज्य के श्रममंत्री का दामाद बोल रहा हूँ।...हाँ-हाँ-हाँ...अब आपको पहचान गए। बड़ी कृपा की आपने। क्या कहा? कोतवाल साहब ही टेलीफोन पर आ रहे हैं। बहुत खूब! बुलाइए उन्हें।'' टेलीफोन कान में लगाए हुए शुक्लजी ने एक बड़ी गर्वीली मुसकाराहट अपने पास बैठे लोगों पर बिखेरी, गोया किला फतह कर लिया हो।

लगता है, शीघ्र ही कोतवाल साहब टेलीफोन पर आ गए। शुक्लजी ने बोलना आरंभ कर दिया, "जी हाँ, आप ठीक कहते हैं, मैं श्रम मंत्री का ही नहीं, वरन उत्तर प्रदेश सरकार का दामाद हूँ।" और इसके बाद वे जोर से हँसने लगे। ज्यों ही हँसी रुकी, उन्होंने कहा, "मैंने एक विशेष कार्यवश आपको फोन किया है। हमारे डिपो के स्टोर-रूम के बगल में जो तिकोनी कोठरी है, उसमें जुआ खेला जा रहा है। सुना है, बहुत बड़ा जुआ है। जरा जल्दी ही छापा मारिए। इसका ध्यान रखिएगा कि इसमें बड़े-बड़े लोग फँसेंगे और यह भी हो सकता है कि उन्हें छुड़ाने के लिए बड़ी-बड़ी हस्तियाँ आपसे सिफारिश करें।...हा-हा-हा, क्या कहा आपने कि हमसे बड़ी कोई हस्ती बनारस में हो ही नहीं सकती। आपने पहचाना ठीक है। अच्छा नमस्कार। जरा जल्दी कीजिएगा।"

टेलीफोन रखते ही उन्होंने अपनी दाहिनी जाँघ पर थाप मारी और बड़े रोब से बोले, "देखा श्रीवास्तवजी, नाम सुनते ही कोतवाल साला पानी-पानी हो गया।"

श्रीवास्तवजी ने मुस्कराते हुए सिर हिलाया और बोले, "पंडितजी, यादव का मामला है, बड़े-बड़े लोग "इंटरेस्टेड' हो जाएँगे।"

"मेरे यार! तुम भी कैसी बातें करते हो? क्या करेंगे ये बड़े लोग! मैंने कोतवाल साहब को अच्छी तरह आगाह कर दिया है। सुना नहीं, उन्होंने कहा कि आपसे बढ़कर बनारस में कौन हस्ती हो सकती है! घबराइए नहीं, अब साला चंगुल में आ गया है। आटे-दाल का भाव मालूम होगा।...बड़ी लंबतरानी हाँकता था।"

इसके बाद शुक्लजी घर से तो निकले नहीं। अपनी चांडाल चौकड़ी के साथ बैठे-बैठे फोन से खबर लेते रहे। उन्हें पता चल गया कि जितने जुआरी थे, सबके सब गिरफ्तार कर लिये गए।

माँगी मुराद मिली। बोतलें खोली गईं। एक-दूसरे की सेहत की मुबारकबादी के साथ-साथ जाम खनक उठे। रात और हसीन हो गई।

रात शेखचिल्ली के सपनों से घिर गई। शुक्लजी ने स्वप्न में देखा, सुमेर यादव पर लोग थूक रहे हैं। उसे गालियाँ दे रहे हैं। ढेले मार रहे हैं। और ख्याति उर्वशी और रंभा बनी हुई मेरे बाल सहला रही हैं। उन्होंने सपने में उस उर्वशी का हाथ पकड़ लिया, फिर पता नहीं क्या हुआ कि हड़बड़ाकर जाग उठे। घड़ी देखी। दोनों सुइयाँ नीचे की ओर लटक गई थीं। साढ़े पाँच बज चुके थे। उठकर बिना मुँह साफ किए ही कपड़े पहने और थाने की ओर लपके, गोया बैल अपनी नाँद की ओर चला हो।

दूर से ही उम्होंने देखा कि थाने के बाहर कुछ लोग खड़े हैं। पकड़े गए लोगों को शायद छुड़ाने आए हैं। अनवर, रमेश, सुखदेव, महंगू सभी शुक्लजी को दिखाई दिए। सभी उनकी यूनियन के ही थे।

दूर से ही अनवर ने कहा, "पंडितजी, दारोगा साहब तो कुछ सुनते नहीं।"

"क्यों सुनें! आप लोग जुआ खेलें और बदमाशी करें और कहें कि दारोगाजी सुनते नहीं हैं। बड़ी गंदी बात है।" शुक्लजी तड़पे। कोई अपना भी फँस सकता है, यह सोचने के लिए उनका मस्तिष्क बिल्कुल तैयार ही नहीं था। उनके मन पर तो अनेक मुद्राओं में बनती-बिगड़ती कालिख पुती सुमेर यादव की तसवीर बराबर आ रही थी।

शुक्लजी की ऐसी बेरुखी देखकर उनके अपने आदमी बड़े हैरत में पड़ गए। महंगू तो मन-ही-मन कुड़बुड़ाया—"इ देखऽ ओ। हजार चूहा खा के बिलरा चलल उपदेश देवै।' किंतु यह सुनने के लिए शुक्लजी बाहर खड़े नहीं रहे। वे झटके से औरतों के आँसू की तरह भीतर ढुलक आए।

बाहर खड़े लोगों को उनकी आवाज अच्छी तरह सुनाई पड़ रही थी। "अरे अभी भी कोतवाल साहब सोए हैं क्या? जरा जगाइए और बताइए कि 'सरकार के दामाद साहब' आए हैं।" इसके बाद वे बनावटी हँसी हँसे और बोले, "हाँ भाई, ये भी बता देना कि मैं किसी की सिफारिश करने नहीं, वरन् इतना बड़ा जुआ पकड़ने के लिए कोतवाल साहब को बधाई देने आया हूँ। ऐसे थोड़े से लोग हैं, जिन्होंने पूरे समाज को खराब कर रखा है।...इन अवांछनीय लोगों को जरूर सजा मिलनी चाहिए।"

थाने के बाहर खड़े शुक्लजी के मित्रों को आज शुक्लजी पर बड़ा आश्चर्य था। उन्हें वह बिलकुल बदले दिखाई दे रहे थे। "आज क्या हो गया है पंडितजी को?" सुखदेव बोला।

"यह सब मोटाई का मंदिर है। साला नेता हो गया है न। वह दिन भूल गया जब चप्पल चटकाता फिरता था।" महंगू ने क्रोध में कहा।

"हाँ मियाँ, हम लोग तो इसके लिए सफेद-सियाह सब करें और यह हमारे साथ नमकहरामी करे। एक तो खुद फोन करके इसने हम लोगों के आदमियों को पकड़वाया, दूसरे सवेरे-सवेरे यहाँ चला आया सिद्धांत बघारने!" अनवर बोला।

"विनाशकाले विपरीत बुद्धिः।" यह आवाज पं. राघव की थी, "जहाँ डिपो में घेरकर चार लात जमाया गया, तहाँ दिमाग ठंडा हो जाएगा।"

उधर भीतर कोतवाल साहब बिना वरदी पहने नीचे आए और सरकारी दामाद की आवभगत की। दोनों ने एक-दूसरे को बधाइयाँ दीं। हँसी-गुलछर्रे के बीच चाय पी गई। और तब जुए में पकड़े गए व्यक्तियों की सूची शुक्लजी को देखने को मिली।

देखते ही शुक्लजी को ऐसा लगा, जैसे सारी कोतवाली उनके दिमाग में भाँगड़ा कर रही हो। आँखों के सामने कुहासा छा गया। उसमें जितने नाम उन्हें दिखाई दिए, उनके ही दल के लोगों के थे। उन्होंने बड़ी व्यग्रता से पूछा, "इसमें सुमेर यादव का नाम नहीं है?"

''जो पकड़े गए हैं, उन्हीं का न नाम इसमें होगा!' कोतवाल साहब ने मुस्कराते हुए कहा।

''तो क्या यादव पकड़ा नहीं गया था? बड़ा गड़बड़ हो गया कोतवाल साहब। इसमें तो सब हमारे ही आदमी गिरफ्तार हो गए हैं!''

''तो मैं क्या करूँ जनाब? आपके ही कहने पर तो यह पकड़-धकड़ हुई। हमें क्या मालूम था कि सरकारी दामाद की इच्छा जुआ न पकड़कर केवल सुमेर यादव को पकड़ने की है, तब हम लोग वैसा ही करते। कोई तिकड़म लगाते।'' कोतवाल साहब चुटकी लेते हुए बोले।

शुक्लजी बड़े पसोपेश में पड़े। उन्होंने सिगरेट का एक लंबा कश खींचा और कहा, ''मैं बहुत बड़ा धोखा खा गया। कोई युक्ति निकालिए कोतवाल साहब।''

''किस बात की?''

''इन सबको छोड़ दिया जाए।''

''राम, राम, यह कैसे हो सकता है! किसी साधारण आदमी की सूचना पर गिरफ्तारी होती तो बात दूसरी थी, सरकारी दामाद के कहने पर गिरफ्तार हुए लोग ऐसे छूट थोड़े ही सकते हैं! उनकी जमानत तो कचहरी से ही होगी।'' कोतवाल साहब ने पुनः चुटकी ली।

शुक्लजी ने बड़ी कोशिश की, पर कुछ हल न निकला। जिंदगी में पहली बार उनका 'सोर्स' काम नहीं आया। जब वे मन मारे हुए कोतवाली से निकले, तब पिछली रात के सपने में आई ख्याति की उर्वशी उनके सामने भयानक चुड़ैल की तरह दाँत बाए, बाल बिखराए अट्टहास करती हुई खड़ी थी।

□

## ग.बो.

अजीब थे वे। जहाँ कोई पहचान का मिल जाता, उससे चिपक जाते, जैसे आजकल के नेता कुरसी से चिपकते हैं; और फिर उनसे जान छुड़ाना नामुमकिन हो जाता था। घंटों इधर-उधर की बातों में उलझाए रहते। दिल्ली की राजनीति से लेकर सड़क की झाड़ूवाली की अदाओं तक की बातें वे बेतकल्लुफ होकर धड़ल्ले से कर सकते थे। याददाशत भी कमाल की थी। वाकफियत में तो जनरल नॉलेज के बड़े-बड़े प्रोफेसरों को मात कर देते थे।

दम तोड़ते मरीज के लिए दवा लेने जा रहे हों या आपकी गाड़ी छूट रही हो अथवा कॉलेज का 'कॉलिंग वेल' हो गया हो, पर इसकी उन्हें कोई फिक्र नहीं रहती। यदि वे मिल गए तो खैर नहीं, तो जोंक की तरह जरूर चिपटेंगे और घड़ी मुसीबत के समय आपको बहुत पीछे, बिलकुल पीछे छोड़कर जरूर आगे निकल जाएगी।

जैसे अर्जुन की निगाह परीक्षा के समय मछली की आँख पर ही थी, वैसे वे भी अपने शिकार पर सदा आँखें लगाए रहते थे। जहाँ कहीं सड़क या गली में कोई परिचित दिखाई पड़ जाता, दूर से ही 'सलाम गुहार' करते और हाँक लगाते हुए उसे किसी-न-किसी प्रकार अवश्य रोक लेते थे। वह इसका भी खयाल नहीं करते थे कि उसके साथ कौन जा रहा है, कोई 'संभ्रांत' व्यक्ति है या उसका लड़का अथवा शिष्य। उसकी छोटी बहन है या कठिन वक्त में मुसीबत की तरह पीछा करती बीवी चली आ रही है अथवा तुनकमिजाज उसकी कोई प्रेमिका है। उनको इन सबसे क्या मतलब? तूफान मेल की स्पीड में वे अपनी दास्तान छेड़ देते थे। बात करने का उन्हें अजीब मर्ज था और मर्ज भी लाइलाज!

इसी से हम लोगों के साथ-ही-साथ और लोग भी उन्हें 'सुखहरण' कहते थे, यद्यपि उनका नाम दुखहरण सिंह था। पंद्रह-बीस वर्षों के लंबे परिचय तथा बहुत प्रयत्न करने के बाद भी मैं यह जान नहीं पाया था कि नाम के आगे सिंह लिखनेवाले इन महाशय की वास्तविक जाति क्या है? ये ठाकुर हैं, भूमिहार हैं, अहीर हैं, कुरमी हैं

या नाई ? यों प्रकृति और स्वभाव से तो 'पंच सकार' चूर्ण की तरह इनमें पाँचों जातियों का आनुपातिक मिश्रण ज्ञात होता था। उनकी धंगलई में उनकी ठकुराई, हर बात को बारीकी से किसी भी ओर मोड़कर अपना उल्लू सीधा करने की योग्यता में उनका भूमिहारपना, किसी व्यक्ति को उजड्डों की तरह हाँक लगाकर रोक लेने में उनका अहीरत्व, बात करते ही करते किसी चाय की दुकान में बैठकर उलटे छुरे से साफ मूड लेने में उनका नाईत्व तथा अवसर के समय पैसा न निकालकर केवल टेंट सहलाते रह जाने की निपुणता में उनका कुरमीपन स्पष्ट लक्षित होता था।

मुझ पर भी शामत ही सवार थी, जो आज सवेरे उधर निकल पड़ा। बात यों हुई कि धोबिन कई दिनों से आई नहीं थी। कपड़े गंदे हो गए थे। मैं उसके घर जा रहा था। सिंह साहब खुद तो नहीं, पर उनका घर अवश्य ही धोबिन के घर का बगलगीर था।

मुझे आते देखकर वे परम आह्लादित से दिखाई दिए और बिना किसी भूमिका के बातें करते हुए बोले, "शर्माजी, राधा इस वर्ष इंटर की परीक्षा दे रही है। आप उसे 'इंपार्टेंट' बता दीजिए।"

"इस समय मुझे छुट्टी नहीं है। घर में कोई था नहीं। कपड़े लेने की गरज से चला हूँ। बहुत ही आवश्यक कार्य से जाना है। फिर कभी का रखिए।" मैंने कहा।

"नहीं साहब, ऐसा कैसे होगा ?" वे बहुत अधिकार के साथ कहते रहे, "...बाबा कबीरदास का वह दोहा आपको याद नहीं है क्या ? काल करन जो आज कर, आज करन सो अब...अरे जनाब बड़े लोग कह गए हैं कि जो वक्त चला जाता है, वह फिर थोड़े ही आता है। पता नहीं आप आज किस शुभ घड़ी में निकल आए हैं ! मैं आपको छोड़ नहीं सकता।"

निदान वे मुझे फँसाकर ले ही नहीं गए, सही माने में मैं 'किडनैप' कर लिया गया। राधा बुलाई गई। उसने किताब खोलकर ज्योंही मेरे सामने रखी, त्योंही बगल के घर से गधा 'तार सप्तक' में बोल पड़ा।

सिंह साहब ने परम गद्गद होकर कहा, "देखा राधा, कमाल हो गया ! इस समय मास्टर साहब जो बताएँगे, देख लेना, हूबहू वही परचे में आएगा !"

इस अप्रत्याशित प्रसन्नता का कारण मुझे कुछ समझ में नहीं आया।

मैंने पूछा, "ऐसी कौन सी बात हो गई सिंह साहब ?"

उन्होंने हँसते हुए कहा, "आपके बोलने के पहले गधा बोल पड़ा है।"

"तो इससे क्या ?"

"जिस कार्य के करने के पूर्व गधा बोल देता है, उस कार्य का परिणाम सदा अच्छा ही होता है।"

"तो क्या आप गधे को ज्योतिषी मानते हैं ?"

''और नहीं तो क्या! न सौ ज्योतिषी और न एक गधा! आदमी की बात झूठी हो सकती है, पर गधे की बात कभी झूठ नहीं होती।''

''तब आप 'इंपार्टेंट' गधे से ही पूछ लीजिए।'' मेरे स्वर में व्यंग्य के साथ-ही-साथ थोड़ी रुक्षता भी थी।

''हाँ, पूछ तो रहा ही हूँ।'' वे धीरे-धीरे बुदबुदाए। फिर अचानक उन्होंने अपने को सँभालकर कहा, ''मास्टरजी, आप नाराज हो गए क्या?'' आप विश्वास कीजिए। मैं बहुत अनुभव की बात कह रहा हूँ। हमारे सिर पर पड़ी है। राधा की माँ को गर्भ था। अचानक वह बहुत बीमार पड़ गई। असह्य पीड़ा हो रही थी। मैं घबरा गया। रातोरात उसे लेकर अस्पताल चला। रिक्शे पर बैठा नहीं था कि गधा बोला। अस्पताल में जाते ही लड़का हुआ। हम लोगों को तो उम्मीद थी कि इस बार भी लड़की होगी।''

''आखिर ऐसी उम्मीद आपने बना क्यों रखी थी?''

''उस बार आसार ऐसे ही थे। इसके पहले मुझे सब लड़कियाँ ही हुईं थीं।''

''क्या मैं यह मान लूँ कि गधे के कारण ही आपको पुत्ररत्न की प्राप्ति हुई हैं?'' मैंने हँसते हुए पूछा।

''आप भले ही हँस लें, पर बात तो ऐसी ही है। यदि गधा न बोला होता तो मुझे अपने इकलौते बेटे का मुँह देखना नसीब न होता।''

मुझे उनकी बातों पर हँसी आ रही थी, फिर भी मैं गंभीर बना रहा। मैंने पूछा, ''आप घर में पैदा हुए थे या अस्पताल में?''

''अरे वाह रे मास्टरजी, आपने भी क्या पूछा? भला मेरे जन्म के समय अस्पताल-वस्पताल का कहाँ रिवाज था! आखिर आपके पूछने का मतलब क्या है?''

''यदि आप अस्पताल में पैदा हुए होते तो मैं आपसे पूछता कि जब आपकी माँ अस्पताल गई थी, तब गधा बोला था या नहीं?'' मैंने कहा।

''नहीं। मेरी माँ अस्पताल नहीं गई थीं, पर आप यकीन कीजिए कि मेरे जन्म के पूर्व जरूर कहीं-न-कहीं गधा बोला होगा। अपनी दृष्टि में, उसकी शुभ बोली का ही परिणाम मैं हूँ।''

मुझे हँसी आ गई। मैंने हँसते हुए कहा, ''तब तो आप एक गधा अवश्य पाल लीजिए।''

''पर अपने पाले हुए गधे के बोलने पर शुभ फल नहीं होता। जैसे रास्ते में मुरदा देखना शुभ होता है, किंतु वह दूसरे के घर का होना चाहिए। अपने घर का मुरदा तो मूर्तिमान अशुभ है। वैसे ही अपने घर के गधे का बोलना भी शुभ फल न देकर अशुभ फल ही देगा।''

मैं हँसता हुआ सिंह साहब के तर्क पर देर तक हँसता रहा।

किंतु वे मुझे समझाने की हर चंद कोशिश कर रहे थे, ''आप इसे झूठ समझते हैं मास्टरजी! आप पढ़े-लिखे आदमी हैं न। दिमाग खराब हो गया है। अनुभवजन्य बातों में आपका विश्वास नहीं। आप विश्वास कीजिए, मैं अभी आपको हाल की एक घटना सुनाता हूँ। गत तीन दिसंबर को जब पाकिस्तान ने भारत पर आक्रमण किया था और रात में प्रधानमंत्री राष्ट्र के नाम अपना महत्त्वपूर्ण भाषण प्रसारित कर रही थीं, तब गधा बोला था। मैंने सुबह उठते ही सारे मुहल्ले में कहला दिया था कि इस लड़ाई में भारत अवश्य जीतेगा। और जब जीत हो गई, तब सभी लोगों ने गधे की बोली की महत्ता स्वीकार कर ली। आपको यदि विश्वास न हो तो मुहल्ले में जिससे चाहे, उससे पूछ लीजिए।''

''तब आपने श्रीमती इंदिरा गांधी को क्यों नहीं लिखा कि आपकी जीत इसलिए हुई कि आपने जिस समय युद्ध की महत्त्वपूर्ण घोषणा रेडियो से की थी, उस समय मेरे घर के बगल का गधा बोला था।'' मैंने कहा।

''हम छोटे आदमियों की बातें ये लोग भला क्या सुनते!'' वह टूटे दिल से बोले।

''तब अपने नगर के छोटे नेताओं से क्यों नहीं कहा?''

''जैसे आदमी आज आदमी की बातों का विश्वास नहीं करता, वैसे ही गधे गधे की बोली का विश्वास नहीं करते।''

इस बार मैं जोर से हँसा। मुझे लगा, सिंह साहब कभी-कभी पते की बात भी करते हैं। मैं बोला, ''किंतु मैं तो आपकी बातों का विश्वास करता हूँ।''

मैंने सोचा, किसी प्रकार इनका मुँह बंद करो और जान छुड़ाओ। मुझे जल्दी थी ही। मैं राधा की पुस्तक खोलकर उसे 'इंपोर्टेंट' बताने लगा।

मैंने उसकी पुस्तक में परीक्षा की दृष्टि से महत्त्वपूर्ण स्थलों पर निशान लगाना आरंभ कर दिया। मैंने देखा, ऐसे स्थलों पर पहले से ही निशान लगे हैं और ग.बो. लिखा है।

मैंने सोचा, राधा की अध्यापिका ने 'इंपार्टेंट' बता दिए हैं। निशान जो लगे हैं, वे ठीक स्थलों पर लगे हैं। हो न हो, ग.बो. कहीं राधा की हिंदी अध्यापिका के नाम का संक्षिप्त रूप हो।

''तुम्हारी अध्यापिका ने जो 'इंपोर्टेंट' बताए हैं, तुम उन्ही स्थलों को तैयार करो। उन्होंने खूब सोच-समझकर निशान लगवाए हैं।'' मैंने कहा।

''मेरी अध्यापिका ने तो मुझे कुछ भी नहीं बताया है!'' वह आश्चर्यचकित हो बोली।

''क्यों? इसमें निशान तो लगे हैं।'' मैंने निशान लगे स्थल उसे दिखाए।

वह हँसने लगी।

क्या मैं भूल कर रहा हूँ? वह मेरी मूर्खता पर तो नहीं हँस रही है? मैंने अपने

मस्तिष्क पर जोर डाला। सोचने लगा, ग.बो. से कौन सा नाम हो सकता है, गणिका बोस या गरिमा बोस? गणिका बोस तो कोई भला आदमी अपनी बालिका का नाम रख नहीं सकता। जरूर ही यह गरिमा बोस होगा!

"क्या तुम्हारी अध्यापिका का नाम गरिमा बोस है?" मैंने पूछा।

वह और जोर से हँसी। मेरी भूल का वह सही-सही अंदाज लगा बैठी। उसने कहा, "ग.बो. हमारी किसी भी अध्यापिका के नाम का संक्षिप्त रूप नहीं है। जिन-जिन स्थलों पर पढ़ते समय गधा बोला था, मैंने स्वयं उन स्थलों पर निशान लगा ग.बो. लिख दिया है।"

इतना सुनने के बाद मेरी क्या स्थिति हुई होगी, इसे आप आसानी से समझ सकते हैं। मुझे ऐसा लगा कि खुद मूर्खता मुझे जोरे से गुदगुदा रही है। फिर भी मैं अपनी हँसी रोके रहा।

अब मुझे बहाना मिला। मैं उठकर चलते हुए बोला, "जब गधे ने ही तुम्हें 'इंपार्टेंट' बता दिए हैं, तब मेरी क्या आवश्यकता है! उन्हीं स्थलों को तैयार करो, वह जरूर आएँगे, जरूर आएँगे।"

मैं सिर पर पैर रखकर नौ-दो ग्यारह हुआ। सिंह साहब चिल्लाते रह गए, "अरे धोबिन के यहाँ से कपड़े तो लेते जाइए।"

किंतु अब उनकी सुनकर मैं नई जहमत मोल लेनेवाला नहीं था।

□

# मुंशी बरकतलाल

सुना है, जब पैदा हुए थे तब घर में 'हून' बरसने लगा था। खुदा ने छप्पर फाड़कर दिया था। ऐसी छप्पर फटी कि साल भर में ही परसिया गाँव में मुंशी बनवारीलाल की पक्की हवेली बन गई। ला-मुहाला बेटे का नाम बरकतलाल रख दिया गया।

घरवालों को ऐसी बरकत बख्शनेवाले की जिंदगी नोटों की गड्डियाँ बाँटनेवाले खजाँची के हाथ की तरह खाली की खाली रह गई। उम्र का पचासा बजने को आया, पर देह पर हलदी न लगी।

खानदान जमाने से उर्दू और फारसी की वाकफियत रखता था। बाप-दादा पटवारी होते आए थे। कलम की कमाई खाते थे। पर बरकतलाल के खोपड़े में अक्ल की जगह भगवान ने वह वस्तु रख दी थी, जिससे चिपरी बनती है। लाख सिर पटकने पर भी इल्म उनसे उतनी ही दूर रहा, जितनी कामिनी के चेहरे से मूँछ या आदमी से पूँछ।

बचपन में उन्हें एक के बाद एक कई मदरसों में बैठाया गया। घर पर भी एक मुंशीजी पढ़ाने आते थे, पर पत्थर पर दूब न जमी। पढ़ने के लिए उन्हें गाँव और घर के लोगों ने कोसा भी, बुरा-भला भी कहा। कई बार मार भी पड़ी, पर कोई नतीजा न निकला। उलटे बरकतलाल का मन दबता चला गया। एक दिन वे रात को चुपचाप निकल भागे। गाँव का एक लोहार बंबई जा रहा था, उसी के साथ हो लिये। वहाँ पहुँचने पर कुछ टेढ़े-सीधे अक्षरों में एक चिट्ठी लिख दी कि मेरे जैसी नालायक औलाद आपके चरणों में रहने के काबिल नहीं थी।

बाप ने भी दिल पर पत्थर रखकर एक नाकाबिल बेटे का वियोग सह लिया, लेकिन उसे बुलाया नहीं। इसीलिए बरकतलाल के आरंभिक जीवन के कई वर्ष बंबई की सड़कों पर धूल फाँकते बीत गए। शादी की उम्र प्रधानमंत्री की कार की तरह सामने से निकल गई और वे जिंदगी के फुटपाथ पर खड़े-खड़े देखते रह गए।

यों भी, पुराने कायस्थ परिवार में वर देखते समय इसका खयाल रखा जाता था कि लड़का चाहे और किसी चीज का धनी हो चाहे न हो, पर कलम का धनी अवश्य

हो। यह तो भगवान ही जाने कि वे लोग कलम से लिखने का ही कार्य लेते थे या किसी और का।

लुब्बो-लुबाब यह समझिए कि बरकतलाल की शादी न हो सकी। उम्र बीतती गई और विवाह की आकांक्षा हाय बनकर दिल में समाती गई। ठूँठे पेड़ की तरह फल-फूल की कामना से रहित होकर घर की खेती-बारी देखते, मवेशियों की देखभाल करते और शाम होते ही गाँव की चौपाल में कीर्तन करने जुट जाते। गला भी क्या था! सुभान अल्लाह! मालूम नहीं होता था कि आदमी ही रामधुन गा है। इतना सब होने पर भी मिजाज कुत्ते की दुम की तरह टेढ़ा था। जरा सा कुछ हुआ नहीं कि भौंकने लगे।

एक वाकया बयान करूँ।

क्वार का महीना था। 'परसिया' की शाम रामलीला के कोलाहल से आरंभ होती थी। गाँव की रामलीला भी अजीब थी, जिसमें अभिनेता को पूरी स्वतंत्रता रहती थी। वे संवाद से लेकर वस्त्र विन्यास तक अपने मन का कर लेते थे।

आज धनुष यज्ञ था। रोज की अपेक्षा आज मंच ऊँचा बना था। देश-देश के राजागण शिव का धनुष तोड़ने का प्रयत्न करके भारत की योजनाओं की तरह असफल हो रहे थे। इस बार एक-दूसरे महाराज उठे। पेट फुलाए हुए, कुछ विचित्र भूषा बनाए हुए मंच पर पहुँचे। उन्होंने दंड बैठकें कीं। फिर धनुष को प्रणाम किया और बड़ी विनम्रता से बोले, "हे धनुष महाराज! आप टूट जाते तो बड़ी कृपा होती। कम-से-कम हमें हलदी तो लग जाती। इतनी उमर बीत गई, पर शादी नहीं हुई। बहुत से 'बरदेक्खू' आए, लेकिन हमें देखकर बया के घोंसला की तरह मुँह लटकाए चले गए।"

अभी संवाद पूरा भी नहीं हुआ था कि बरकतलाल चिल्लाए—"बंद करो रामलीला। ई...साले रामनाथवा की यह मजाल कि हमारे ऊपर बोली बोले। मैं इसकी जबान खींच लूँगा। धनुष की ऐसी तैसी। मैं इसका सिर फोड़ दूँगा।"

इतना कहते हुए बरकतलाल अपना लंबा डंडा ताने हुए मंच की ओर बढ़े। 'हड़कंप' मच गया, जैसे यज्ञ-स्थल पर कोई हिंसक जंतु घुस आया हो।

रामलीला के अधिकारियों ने बीच-बचाव करना चाहा। कुछ लोग बरकत लाल को पकड़ने के लिए दौड़े, पर वे माननेवाले कब थे! न आव देखा और न ताव। लाठी चला ही दी। फिर क्या था? दोनों ओर से जमकर मार होने लगी। राम-लक्ष्मण तो सिर पर पैर रखकर भागे। विश्वामित्र की दाढ़ी गिर गई। परशुराम अभी तक आए ही नहीं थे। खैरियत समझिए कि आग नहीं लगी। गैस की चिमनी फूटकर ही रह गई। सारा 'टंट-घंट' गुड़ गोबर हो गया।

दूसरे दिन गाँव में काफी तनाव था। बरकतलाल और रामनाथ का कहीं सामना

हो जाता तो जरूर लाठियाँ बजतीं, पर लोगों ने ऐसा होने नहीं दिया। बीच- बचाव करते रहे।

दिन का थका-माँदा सूरज आराम करने की जल्दी में था। शाम हो चली थी, पर गाँव का रामलीला मैदान विधवा की माँग की तरह सूना था। बच्चों का गिरोह भी इधर नहीं आया था। जैसे सबको मालूम हो गया था कि आज रामलीला नहीं होगी। एक अजीब सी दहशत हर एक के दिल में थी। लगता था कि मार होगी, जमकर होगी!

बरकतलाल यदि किसी से डरते या दबते थे तो अपने बड़े भाई महताबलाल से। पिता तो नब्बे के करीब थे। करारे के पेड़ थे। अब गिरे तब गिरे। दिन भर पड़े-पड़े 'खटिया की ओनचावन' तोड़ते थे और तंबाकू पीते थे। औसतन पाँच मिनट में एक बार अवश्य ही खाँसते हुए खरखराते गले से अपने सबसे छोटे साहबजादे बरकतलाल को जरूर कुछ बुरा-भला कहते थे।

पिता की इस आलोचना का बरकतलाल पर वैसा ही प्रभाव पड़ता, जैसा भैंस के आगे बीन बजाने का। बाप को तो वे कुछ समझते ही नहीं थे। उनकी बौछारें एक कान से सुनते और दूसरे कान से निकाल देते थे। जेल से छूटते ही सेंध पर पुनः हाजिर होनेवाले बेहया 'जबरजंग' चोरों की तरह सबकुछ सुनने के बाद भी गरदन झाड़ते हुए वे तंबाकू चढ़ाकर पिताजी को थमा देते थे। यदि कभी कोई कुछ कहता तो बड़े इत्मीनान के साथ बरकतलाल फरमाते, 'जानते नहीं हो, हिंदुओं के बुजुर्गों के दिमाग का स्क्रू उम्र के साथ-ही-साथ ढीला होता जाता है। अब लाला की भी बुद्धि काम नहीं करती।''

पर महताबलाल बरकत की लगाम कसे रहते थे। क्या मजाल कि उनकी इच्छा के विरुद्ध वह कुछ कर सकें!

यह मामला भी गाँव के कुछ सुलझे तथा मानिंद लोगों ने महताबलाल के सामने पेश किया। अर्ज किया कि बरकतलाल ही सारे खुराफात की जड़ हैं।

उन्हें कुछ दबाया जाए।

उस समय बरकत खेत पर आलू बोआ रहे थे। बुलाने के लिए एक बनिहार तुरंत भेजा गया। उससे सारा मामला समझकर वे फनफनाते हुए बिल पर हजिर हुए।

''क्या हंगामा बरपा कर दिया है?'' महताबलाल ने अपने मुंशियाना लहजे में कहा।

आए हुए लोगों पर पहले बरकत ने नजर से अंगारे बरसाए। फिर भाई की ओर मुखातिब होकर मुँह लटकाए हुए बोले, ''मैंने क्या किया?''

''लोगों का कहना है कि तुमने ही रामलीला में मार शुरू की।''

''मार शुरू न करता तो क्या उन्हें माला पहिनाता, जिसकी चार पुश्त हमारे ओसारे

में हाजिरी देते बीत गईं, उस रमनाथवा की यह हिमाकत कि हमारे ऊपर बोली बोले।''

''नहीं भइया, वह बोली नहीं बोल रहा था। आपने गलत समझा। उसके संवाद का ढंग ही यही है।'' गाँव के एक बूढ़े ने कहा।

''हाँ-हाँ, मैं तो गलत ही समझता हूँ। सारी समझ तो भगवान ने आपको ही दे रखी है।'' बरकतलाल क्रोध में ऐंठे। लोग चुप हो गए। मूढ़ के मुँह कौन लगे!

इस बार बड़ी होशियारी से बरकतलाल ने परिवार की प्रतिष्ठा का सवाल उठाकर अपने भाई का दिल अपनी ओर फेर लिया। लोग समझाते रह गए कि रामनाथ ने जान-बूझकर कुछ भी नहीं कहा है, पर महताबलाल पर कोई असर नहीं हुआ।

अंत में उन्होंने बड़ी रुक्षता से बरकत की ओर देखकर कहा, ''जब अपना ही सोना खोटा है तब परखनेवाले का क्या दोष!'' मैंने हजार बार इस कमीने से कहा कि गाँववालों की कम-से-कम सोहबत करे, पर इसकी खोपड़ी में बात ही नहीं बैठती। खैर, जैसा करेगा वैसा फल भोगेगा।'' फिर आए हुए लोगों से बोले, ''अच्छा अब आप लोग तशरीफ ले जाइए। आज से बरकत की रूह भी रामलीला मैदान में नहीं जाएगी।''

लोग चुपचाप चलने को हुए। उन्हीं लोगों में महंगू का बेटवा भी था। वह बिना कुछ आगा-पीछा सोचे पता नहीं क्यों बोल पड़ा, ''अगर 'ई' फिर वहाँ आए तब?''

बरकत ने क्रोध से फुफकारते हुए बोलना चाहा—''तेरे बाप...''

लेकिन महताब बीच में भभक पड़े—''खबरदार, जरा सा भी अल्लिफ से बे किया तो जबान खींच लूँगा।''

बरकत चुप हो गया। सब बड़ी खामोशी से चलते बने।

बरकत के मन में एक बात सालती रह गई कि जिनके साथ बैठकर मैं गला फाड़-फाड़कर रामधुन गाता था, वे साले भी हमारी खिलाफत करने भैया के यहाँ पहुँच गए थे। किंतु बात ऐसी नहीं थी। लोग आए थे किसी प्रकार समझा-बुझाकर मामला रफा-दफा करने, जिससे झगड़ा खत्म हो और रामलीला होने लगे। किंतु बातों का ऊँट कुछ ऐसा बैठा कि बात बनने की जगह थोड़ा बिगड़ गई। महताबलाल ने अपने भाई को सख्त हिदायत दे दी कि वह गाँव के किसी भी समारोह में भाग न ले। किसी से व्यर्थ का सरोकार न रखे। केवल काम से काम रखे।

उन्होंने यह भी कहा कि यदि बहुत ज्यादा भक्ति चरमराए तो ओसारे में बैठकर लाला के सामने ही रामधुन गा लिया करे।

कुछ दिनों तक बरकत ने भाई की आज्ञा का पालन वैसे ही किया, जैसा भरत ने त्रेता में किया था या भारत का राष्ट्रपति अपने प्रधानमंत्री का करता है। पर धीरे-धीरे कुछ ही दिनों में मन की गाँठ खुलती गई और अंत में एकदम खुल गई।

पहले तो गाल फुलाए-फुलाए बरकतलाल रामलीला और कीर्तन में चुपचाप 'गोड़ फेरने' भर आया करते थे। बाद में बोलचाल भी हो गई।

यह बात महताबलाल को अच्छी नहीं लगी। उन्हें यह पसंद नहीं था कि बरकत नीचों को मुँह लगाए, बात-बात में तू-तू मैं-मैं करे और परिवार की प्रतिष्ठा को धूल में मिलाता रहे। पर वे क्या करते? उसकी आदत से लाचार थे।

बरकतलाल का स्वभाव भी खूब था। गाँव के लोग उन्हें परेशान करते, मामूली छोकरे भी चिढ़ाते, फिर भी उनके बीच गए बिना उसके पेट का पानी नहीं पचता था।

जहाँ शादी की बात चली और किसी ने जरा भी फिकरा कसा कि बरकत के अहं को गहरी ठेस लगती थी और वे भभक उठते थे। यों वे खजूर की तरह सीधे और गधे की तरह सरल थे। उन्हें बड़ी आसानी से मूर्ख बनाया जा सकता था। लोग चिढ़ाते थे, पर इस होशियारी से कि उसकी दुलत्ती न लगे।

चिढ़ा-चिढ़ाकर, खीझकर, दूसरों की माँ-बहन से उलटा-सीधा रिश्ता जोड़कर आपस में ही निपट लेना वे बेहतर समझते थे, पर कभी अपने भाई से कुछ कहते नहीं थे। यदि कोई उन्हें महताबलाल से शिकायत करने की धमकी देता तो वे भीगी बिल्ली बन जाते और कहते—"अरे यार, तुम लोग भी अजीब हो! कहाँ की बातें कहाँ ले जाने की सोचते हो।"

गाँव के छोटे-बड़े सभी उनकी इस कमजोरी को समझते थे और मजा लेते थे।

बरकतलाल के जीवन की एक घटना बड़ी मनोरंजक हुई।

महताबलाल के बड़े लड़के चंदर की शादी तय हो गई। चाचा कुँवारा रहे और भतीजे की शादी हो! गाँववालों को मसाला मिला। लोगों ने कीर्तन के समय यह प्रश्न बड़ी गंभीरता से बरकत के सामने उठाया, "तुम्हारे भाई को ऐसा नहीं करना चाहिए। आखिर तुममें क्या कमी है, जो वह तुम्हें कुँवारा रखकर अपने लड़के की शादी कर रहे हैं।"

"कोई कमी होगी तभी न!" रामजस ने चुटकी ली। हलकी मुस्कराहट लोगों के चेहरों पर दौड़ गई।

बरकत कुछ नहीं बोला। वह हाथ में करताल लिये गंभीर था, जैसे कुछ सोच रहा हो।

चिनगारी को आग के नीचे दबती देखकर केदार ने बरकत की पीठ पर एक थाप मारी और बोला, "वाह रे वाह, कौन कहता है कि मेरे छह फुटे बरकत में कोई कमी है!"

"अच्छा तो तुमने फुट लेकर अपने दोस्त को नापा भी है।" यह आवाज हलबल की थी।

"नापना तो दूर रहा, केदार ने तौला भी होगा। तौलने में बड़ा होशियार जो है।" हँसते हुए लालचंद ने कहा और ठहाका लगा।

"क्यों जी, जब इन्हें तौला गया होगा तो जरूर ही कमी का अंदाज लग गया होगा।" सीधा और सज्जन समझा जानेवाला मुखराम यादव भी दिल्लगी में शामिल हो गया।

नौबत यहाँ तक आई कि बूढ़े सुमारू के इशारे पर चौपाल के लौंडे बरकत की धोती का पुछेटा भी खींचने लगे, पर बरकत का चिढ़ना आज और दिनों जैसा नहीं था। उसके मर्म पर तो चोट लगी थी, किंतु वह ऊपर से शांत दिखाई दे रहा था। वह चारों ओर के प्रहार से अपने को बचाता रहा। उसका मन रो रहा था, पर अधरों पर मामूली मुस्कराहट थी। जब बहुत परेशान हो गया तो चुपचाप वहाँ से भाग चला।

"बड़ी खराब बात है। इतना गुदगुदाना चाहिए कि हँसी आए। नाराज मत हो बरकतलाल। ये लौंडे हैं लौंडे।" कहते हुए सोमारू दादा उसे रोकने के लिए उठे।

सोमारू की आवाज की बनावट पानी में तेल की तरह स्पष्ट थी।

पर लौटना तो दूर रहा, बरकत ने पीछे मुड़कर देखा भी नहीं। दूसरे दिन चंदर का तिलक था।

आस-पास के कई गाँवों के लोग आमंत्रित थे। बरकत की 'बखरी' के सामने के मैदान में पूरब तरफ भट्ठी बनी थी। हलवाई बैठा था। सवेरे से ही लिपा-पुता तथा बंदनवार से सजा बरकत का ओसारा बाजारू वेश्या की तरह चहक रहा था।

बरकत उसी मैदान के पश्चिमी किनारे पर तिलकहरू के बैठने के लिए शामियाना लगवा रहा था। वह परम प्रसन्न था।

बरकत के मन की एक अपनी विशेषता थी। वह शीशे की तरह साफ था। उस पर कोई भी भावना अधिक देर तक टिकती नहीं थी, फिसलकर बह जाती थी। आज उसे देखने से ऐसा नहीं लग रहा था कि यह वही बरकत है, जो शादी के मामले में चिढ़कर कल चौपाल से उठकर चला आया था।

किसी ने उससे कहा भी, "बड़े खुश नजर आ रहे हो यार! लगता है जैसे तुम्हारी ही शादी है!"

आज बरकत को यह समझते देर नहीं लगी कि यह व्यंग्यबाण मुझे चिढ़ाने की गरज से ही मारा गया है। उसने छूटते ही जवाब दिया—"मेरी नहीं हो रही है तो क्या हुआ, मेरे भतीजे की तो हो रही है!"

"आज बड़ी समझदारी की बातें कर रहे हो, बरकत!"

"भतीजा ब्याहने जा रहा हूँ जनाब! अब समझदारी की बात नहीं करूँगा तो कब करूँगा?"

लोग अपना सा मुँह लेकर रह गए। उन्हें विश्वास नहीं था कि इतना सुनने के बाद भी बरकत शांत रह जाएगा।

थोड़ी देर के बाद महताब ने उसे बुलाया और पूछा, ''शामियाना लग गया?''

''हाँ, लग तो गया, पर अभी दरी और चाँदनी बिछवानी हैं।''

''लेकिन इतनी चाँदनियाँ हैं कहाँ? दोपहर तक आवेंगी। तब तक उस काम को रोक दो। हलवाई के यहाँ पानी नहीं है, उसका इंतजाम करो।''

बरकत हुक्म की तामीली में साहब के अर्दली की तरह चल पड़ा। हलवाई के यहाँ आकर देखा। पाँच बड़ी-बड़ी कंडालें रखी थीं। सभी अभागे भिखारियों की हथेलियों की तरह खाली थीं। दो बाल्टियों में थोड़ा-थोड़ा पानी रखा था।

पहले बरकत ने किसी मजदूर को इस काम पर लगाने की कोशिश की, पर कोई खाली दिखाई नहीं दिया। कुछ तो दरअसल अपना काम कर रहे थे। कुछ बरकत को कंडालों की इंक्वायरी करते देखकर मामला समझ गए और करवा काट गए।

लाचार होकर बरकत ने खुद बाल्टी उठानी चाही, लेकिन हलवाई ने रोक दिया— ''बक्कू भइया, हमारी बाल्टियाँ मत छुओ। देख नहीं रहे हो भट्ठी पर भी पानी का अकाल है।''

''पानी लाने के लिए ही तो ले जा रहा हूँ।'' बरकत ने कहा।

''पर बाल्टी मत ले जाइए । ऐसे ही पानी लाना है तो कहीं से दूसरा बरतन ले आइए।''

बरकत ने हलवाई से सरबर करना ठीक नहीं समझा। सीधे 'बखरी' में गए और ताँबे का एक बड़ा घड़ा लेकर गाँव के पंचायती कुएँ पर पहुँचे।

कुआँ बरकत के घर से मुश्किल से दस कदम पर था, पक्का और बहुत बड़ा। चारों ओर पानी भरने के लिए लोहे की चरखियाँ थीं, जिनसे पंचायती डोर बँधी थी। कई लोग इस समय कुएँ से पानी निकाल रहे थे।

बरकत को देखते ही केदार बोला, ''अरे वाह भइया! तुम भी पानी भरने चले आए!''

''क्या करूँ भाई, कोई पनिहार खाली नहीं है।''

''तब हम लोगों से कहते। तुम्हारे भतीजे का तिलक है तो क्या वह हमारा भतीजा नहीं है।'' केदार ने कहा।

''अरे हमें बक्कू भइया अपना समझे तब तो?'' सोनई बोला।

''तुम्हीं लोग तो हो अपने भाई। अपने गाँव के लोग अपने नहीं होंगे तो क्या पराए गाँव के लोग अपने होंगे?'' इतना कहते हुए बरकत अपने घड़े में डोर का फंदा लगाने लगा।

हलबल ने केदार की ओर इशारा किया और मुस्कराया। ''लाओ बक्कू भइया, मैं फंदा लगा दूँ।'' बढ़कर केदार बड़े ही नाटकीय ढंग से घड़े का गला फँसाने लगा।

उस समय कुएँ की जगत पर दो स्त्रियाँ थीं। दोनों इस नाटक पर मुस्कराती हुई अपने घड़े भरकर चली गईं। मैं कह नहीं सकता कि दोनों ने हलबल के इशारे का रहस्य समझा था या नहीं।

इधर केदार घड़ा बाँधकर अपनी बाल्टी लेकर चलता बना।

बेचारे बरकत को क्या मालूम कि उसके खिलाफ गंभीर षड्यंत्र किया गया है। केदार ने उसके घड़े का नहीं, वरन उसका गला फँसाया है। वह मासूम गधे की तरह इस छल से दूर था। उसने बिना किसी शक और शुबह के घड़े को चरखी पर चढ़ाया और डोर छोड़ दी। 'झम' की एक आवाज हुई और घड़ा डोर से अलग हो पानी पर तैरने लगा।

''अरे यह क्या कर दिया बरकत! तुम्हें यदि पानी भरने की इच्छा नहीं थी तो न भरते। आखिर घड़े को कुएँ में छोड़ने से तुम्हें क्या लाभ मिला?'' इस नाटक में सोनई ने अपनी भूमिका अदा की।

बरकत तो हक्का-बक्का सा रह गया। हलबल ने कहा, ''राम-राम, सैकड़ों रुपए का घड़ा इस तरह नहीं फेंकना चाहिए था!''

''अरे, मैंने जान-बूझकर थोड़े ही घड़ा फेंक दिया। वह तो केदार ने ऐसा बाँधा था कि खुद ही खुलकर गिर गया।'' बरकत की आवाज में खीझ और झुँझलाहट थी। उसने ठीक ही कहा था, पर सत्य सुननेवाला वहाँ कौन था!''

''केदार को कुछ मत कहना, हाँ। उस बेचारे ने तो इतना कसकर बाँधा था कि क्या कहूँ? अपनी करनी तो देखते नहीं कि बेतहाशा डोर में ढील दी और झटके से घड़ा खुल गया।'' सोमई की जबान में ऐंठ ज्यादा थी।

''खुद तो लापरवाही की और बेचारे केदार को दोष देते हो!'' हलबल बोला।

तब तक अपने घर पानी पहुँचाकर केदार भी तमाशा देखने आ गया था। जब उसने सुना कि बरकत मेरे सिर दोष मढ़ रहा है, तब वह तड़पा, ''तुम्हें शरम नहीं आती बक्कू! मुझे दोषी बनाते हो, इसी को कहते हैं होम करते हाथ जलना। तुम खुद लापरवाह हो। तुम्हारी कमाई का घड़ा होता और तुम इस बेरहमी से फेंकते, तब तुम्हें पता चलता! यह सब तो महताब भइया के दम का जलूसा है। गुलछर्रे उड़ा लो।'' इतना कहकर वह थोड़ा रुका। फिर बातों का सिलसिला दूसरी ओर मोड़ते हुए बोला, ''अभी महताब भइया को सारी बातें बताता हूँ. कि पानी भरने की जहमत से बचने के लिए बक्कू ने जान-बूझकर घड़ा पानी में फेंक दिया।''

चारों ओर से सभी बरकत को नोचने लगे। चार मुँह, एक मुँह भकुआ। और

महताबलाल का नाम सुनते ही बरकत के होश-हवास दुरुस्त हो गए। वह कुछ रुआँसी भावना में बोला, ''विश्वास करो, मैंने जान-बूझकर घड़ा कुएँ में नहीं फेंका। फिर भी तुम लोग कहते हो तो मैं अपनी ही गलती मान लेता हूँ। अच्छा अब बताओ मैं क्या करूँ?''

''अब तो कुएँ में उतरकर ही घड़ा निकालना पड़ेगा।'' सोनाई ने कहा।

''अब करोगे क्या? धीरे से लोहे का सिक्कड़ पकड़ो और कुएँ में उतर जाओ।'' सबने बस एक ही बात का समर्थन किया।

कुएँ के भीतर लोहे का सिक्कड़ लगा था, जो पानी की सतह से कुछ नीचे तक जाता था। उसे कुएँ में उतरने और निकलने के ही खयाल से लगाया गया था। बेचारा बरकत लोहे के सिक्कड़ के सहारे कुएँ में गिलहरी की तरह उतर गया।

उधर कई महाशय महताबलाल के पास पहुँचे। उनसे जड़ दिया कि बरकत कुएँ में कूदकर जान देने को तैयार है। वे कह रहे हैं कि हमारे क्वाँरे रहते भइया अपने लड़के की शादी कर रहे हैं। हमें तो डूब मरना चाहिए।

अब क्या था? डायनामाइट में बत्ती लग गई। महताबलाल लाल हो गए। बरकत की कमजोरी से सभी वाकिफ थे। इस बात में जरा भी असत्यता हो सकती है, इसका अंदाज तक महताबलाल को नहीं हुआ। उन्होंने बड़ा सा डंडा उठाया और पागल कुत्ते की तरह कुएँ की ओर दौड़े। उसके पीछे-पीछे बहुत से लोग थे।

कुएँ की जगत पर चढ़ते ही महताब चिल्लाए—''निकल साले...कमीने कहीं के। तुझे खिला-पिलाकर इसी दिन के लिए पाला था कि तू मेरी जड़ खोदे! मेरे लड़के की शादी तुझसे देखी नहीं गई। जान देने चला है। हरामी कहीं का...। अरे, नीच तू अब तक जिंदा कैसे है, मर क्यों नहीं गया!''

महताब क्रोध में काँप रहे थे। उन्हें स्वयं ज्ञान नहीं था कि वे क्या बकते जा रहे हैं। धीरे-धीरे भीड़ बढ़ती चली गई। अच्छा-खासा मजमा लग गया। असलियत तो दो-चार ही लोग जानते थे। सभी इस मत के थे कि बरकत ने अच्छा नहीं किया। उसकी शादी नहीं हुई तो इसमें महताब का क्या दोष? अपने भाग्य को वह क्यों नहीं कोसता? यदि मरना ही था तो कभी मर गया होता। आज जब 'तिलकहरू' आनेवाले हैं तब मरने चला है! ''कोई सुनेगा तो क्या कहेगा? इतने बड़े खानदान में दाग लगा दिया कमीने ने।''

इसी तरह लोग बरकत को बुरा-भला कहने लगे। जनमानस महताब के पक्ष में था। और महताब घायल नाग की तरह कुएँ के ऊपर से फुफकारते रहे। बड़बड़ाते हुए डंडा पटकते रहे।

उधर कुएँ के भीतर बरकत हक्का-बक्का रह गया। उसे कुछ भी नहीं मालूम कि

क्या हो गया? भैया क्यों बिगड़ रहे हैं? इतने सारे लोग मेरे खिलाफ क्यों पड़े हैं? वह बेचारा हाथ जोड़कर दो-चार बार गिड़गिड़ाया भी, पर उसकी आवाज ऊपर आने के पहले ही भर जाती थी।

भूकंप से घिरे निरपराध जीव की तरह बरकत कुएँ में सिक्कड़ के सहारे बैठा था।

अंत में वही चांडाल चौकड़ी केदार, हलबल और सोनाईवाली आई और महताब को समझा-बुझाकर ले गई। बरकत कुएँ से घड़ा लेकर बाहर कब आया, किसी को नहीं पता।

□

# सर्कस सुंदरी

वह सेंट्रल पुस्तकालय में सहायक लाइब्रेरियन थी। मोटी-नाटी, साँवली, थुल-थुल। क्रीम, पाउडर और लिपस्टिक लगाए सफेद साड़ी में सजी-सँवरी जब मटकती हुई चलती थी, तब लगता था कि चूना-पुता कोई छोटा पीपा ढुलकता चला आ रहा है और कहीं-कहीं से उसकी पुताई छूट गई है।

समय का अतिक्रमण उसका स्वभाव हो गया था। दस बजे के स्थान पर वह ग्यारह, साढ़े ग्यारह और कभी-कभी बारह बजे तक आती थी। वातावरण में इंटिमेट की गंध बिखेरती सीधे इठलाती हुई 'बॉस' हेड लाइब्रेरियन के कमरे में चली जाती थी।...जब वह उसके कक्ष से अपना 'मेकअप' ठीक करते हुए निकलती, तब घड़ी की छोटी सुई बारह का अंक पार चुकी होती।

यों तो नाम शांति था, पर न उसके रूप में इस नाम की सार्थकता थी और न प्रकृति में। वह कभी स्थिर नहीं रहती। अपने काउंटर पर तो दिन में शायद ही एकाध घंटे के लिए बैठती, बहुधा अपने सहकर्मियों के साथ ही 'हेलो हाय' करती रहती। इसी से कुछ लोग उसे 'मिस चंचला' भी कहते। कुछ प्रसिद्ध सिनेमा अभिनेत्री टुनटुन से उसका जोड़ लगाते हुए खुन-खुन की संज्ञा गढ़ लेते और कुछ उसके साँवले मुख पर लाल चटकीले रंग की लिपस्टिक के कारण 'तंबाकू की टिकिया में लगी आग' भी कहा करते। पर इन संबोधनों का अस्तित्व हम मित्रों के बीच ही में रहता। कभी-कभी यदि उनका हलका छींटा भी उस पर पड़ता तो वह जलते तवे पर एकदम छनछना उठती।

पढ़ने-लिखनेवाले विद्यार्थियों के लिए वह विधवा के लिए सिंदूर और अनपढ़ के लिए फाउंटेन पेन की तरह व्यर्थ थी। हाँ, मेरे ऐसे छात्र, जो तफरीहन लाइब्रेरी में चले जाते थे, उनके लिए 'मसाला' थी। हम ठीक उसके काउंटर के सामनेवाली बेंच पर बैठते और कोई-न-कोई शगूफा छोड़ा करते।

एक दिन वह हमारे साथी रमेश पर इसलिए नाराज हो गई कि वह उसे एकटक ध्यानावस्थित होकर निहार रहा था। बाकायदे मैडम ने उसकी शिकायत की और रमेश

हेड लाइब्रेरियन के यहाँ तलब किया गया।

"क्यों जी, तुम मिस शांति को घूर रहे थे?" बॉस ने पूछा।

"जी नहीं।" रमेश का सीधा उत्तर था।

"तब मुझ पर आँखें गड़ाए क्या कर रहे थे?" शांति झुँझलाई।

"अपनी आँखें से आपको छू रहा था।"

हेड लाइब्रेरियन अपनी मुस्कराहट पर रुक्षता ओढ़ते हुए बोला, "तुम ऐसा क्यों कर रहे थे?"

"क्योंकि मैं इन्हें आँखों के अतिरिक्त और किसी अंग से छू नहीं सकता।" रमेश आवश्यकता से अधिक गंभीर था, "एक बार मेरा हाथ इनके हाथ से टकरा गया कि 440 वोल्ट का करेंट मुझे लगा, मैं झटका खाकर इतनी दूर गिरा कि सर, आज तक मेरी कमर में दर्द है।" उसने अपनी कमर पर हाथ रखते हुए कहा।

'बॉस' ने फिर अपनी मुस्कराहट दबाई, "मैं सबकुछ समझ गया, रमेश! तुम निश्चित रूप से शरारती हो। अब आगे से मुझे ऐसी शरारत सुनने का मौका न मिले।"

"तो सर, क्या मैं इन्हें देख भी नहीं सकता हूँ।" रमेश कक्ष से निकलते हुए बोलता गया, "वस्तुतः मैं इन्हें देखता भी नहीं। महज सोचता हूँ कि ऐसे सुंदर अधरों पर केवल एक वंशी रख दी जाती तो लोग कृष्ण को भूल जाते।"

कक्ष के बाहर परदे के पीछे खड़े हम लोग इतना सुनते ही खिलखिला पड़े।

अपने रूप की प्रशंसा ऐसी चिकनाहट है, जिस पर शायद ही किसी औरत के पैर न फिसलें, फिर शांति जैसी फुरसत के समय भगवान के विशेष हाथों से गढ़ी औरत का धड़ाम से गिर पड़ना और भी स्वाभाविक है। अब वह रमेश के सम्मुख लगभग गिर चुकी थी। उसे विश्वास होने लगा था कि यह लड़का मेरे सौंदर्य पर मरता है। रमेश भी रोज ही कोई-न-कोई ऐसी हरकत अवश्य करता, जिससे शांति के विश्वास की नींव भी पुख्ता होती चलती।

धीरे-धीरे रमेश और शांति एक-दूसरे के निकट आते गए। दोनों चायखाने में साथ दिखाई भी देते। कभी-कभी एक रिक्शे पर लाइब्रेरी भी साथ आते। इन लोगों की निकटता पर कुछ लोग बोली भी बोलते—"आखिर इस लड़के को मरना था तो इस मोटकी, काली कलूटी पर!"

किंतु कुछ सीरियस लोग भी यह कहते सुने गए, "अरे भाई, प्रेम अंधा होता है और अंधेपन में हाथ कहाँ पड़ जाएगा, कुछ कहा नहीं जा सकता। फिर लैला को मजनूँ की निगाह से ही देखना चाहिए।"

इसी प्रकार जितने मुँह उतनी बातें, पर असलियत हम लोग समझते थे। रमेश जैसा 'प्रैक्टिकल जोक' करनेवाला दूसरा लड़का हमारे गोल में नहीं था।

एक दिन लंबी शिखावाला पोंगा पंडितनुमा एक लड़का लाइब्रेरी में आया। उसे अलंकारों पर अच्छी पुस्तक चाहिए थी। रमेश ने सीधे मैडम के काउंटर पर जाने का इशारा किया।

"मुझे अलंकारों पर एक अच्छी पुस्तक चाहिए।" उसने पहुँचते ही कहा।

"अलंकार...अलंकरण मीन्स डेकोरेशन।" शांति सोचने लगी, 'अच्छा, आप हाउस डेकोरेशन पर किताब चाहते हैं? इसके लिए आप मिस्टर केलकर से संपर्क करें।"

"मैं हाउस डेकोरेशन पर नहीं, अलंकारों पर पुस्तक चाहता हूँ। काव्य के अलंकारों पर।" पंडितजी ने कहा।

रमेश ने दूर से ही देख लिया कि मामला कुछ गड़बड़ा रहा है। वह काउंटर पर चला आया। "आप क्या चाहते हैं पंडितजी?" सबकुछ जानते हुए रमेश ने प्रश्न किया।

"भाई साहब, मुझे काव्य के अलंकारों पर पुस्तक चाहिए। उसमें विरोधाभास का कोई अच्छा उदाहरण देखना चाहता हूँ।"

"तो आप बताते क्यों नहीं कि मुझे विरोधाभास का उदाहरण चाहिए।" रमेश ने अपना सिर खुजलाते हुए सोचने का अभिनय किया, "हाँ, तो सुनिए—लिपस्टिक लगाए, पाउडर पोते एक औरत और उसका नाम था शांति।" इतना कहते ही वह उछल पड़ा, "बनी-ठनी औरत और नाम शांति! आप निश्चित मानिए पंडितजी, विरोधाभास का इससे अच्छा दूसरा उदाहरण नहीं हो सकता।"

वह लड़का मुस्कराता रहा और मैडम छनछनाती रही।

मेरे ही सामने एक दूसरी घटना और घटी।

इतिहास का एक सीधा-सादा शोध छात्र आया और आफत का मारा शांति के काउंटर पर पहुँचा—"मैडम, मुझे पानीपत पर चढ़ाई के संबंध में एक पुस्तक चाहिए।"

"पानीपत पर चढ़ाई, ओ समझी।" मैडम ने अपने दिमाग पर जोर डाला, "पर्वतारोहण संबंधी पुस्तकें आपको आलमारी नंबर 21 में मिलेंगी।"

उस शोध छात्र ने अपना माथा ठोंका और अभिनव-ज्ञान की इस साक्षात मूर्ति को बड़े गौर से देखता रहा। शांतिजी ने सोचा कि यह भी मेरे रूप-रस का दीवाना कोई भौंरा है। उसने 'वैनिटी बैग' खोला और अपना मेकअप ठीक करने में लग गई।

जब वह शोध छात्र आगे बढ़ा तब अपने मित्र से यह कहते हुए सुना गया, "आखिर यह किस मर्ज की दवा है।"

उसके मित्र ने रमेश की ओर संकेत किया।

"तुम्हारे कहने का तात्पर्य?" शोध छात्र ने पूछा।

"मतबल यही कि वह लड़का मर्ज है और यह मैडम उसकी दवा। आप इसे इस प्रकार भी कह सकते हैं कि मैडम स्वयं मर्ज है और वह लड़का इसकी दवा।"

तब से मर्ज और दवा साथ-साथ अनेक स्थलों पर देखे गए। शहर में सर्कस आया। उसने विज्ञापित किया कि अगले रविवार को एक ऐसा खेल दिखाया जाएगा, जो सभी दृष्टियों से अनोखा होगा। कभी किसी सर्कस कंपनी ने ऐसा 'शो' आज तक नहीं किया है। यह शो भी केवल एक दिन होगा। सर्कस के इतिहास का यह अद्भुत चमत्कार देखना मत भूलिए।

विज्ञापन इतना धूम-धड़ाके से किया गया कि रविवार के तीनों 'शो' के टिकट बिक गए। हम लोगों ने भी सीटें रिजर्व कराईं। रविवार के पहले ही शो में भीड़ टूट पड़ी। पंडाल में तिल रखने की जगह नहीं। माइक पर उस विचित्र प्रदर्शन का अब भी विज्ञापन चल रहा था।

सर्कस शुरू हुआ। एक के बाद एक खेल दिखाए जाने लगे, पर उस विशेष खेल के लिए सब लालायित थे। क्या होगा वह विशेष खेल! और कैसा रोमांचक होगा उसका प्रदर्शन! समय गुजरता गया। आखिर उस विशेष शो की घोषणा हुई। एक बड़ा सा शेर का पिंजरा लाया गया। भीड़ को देखते ही शेर ने दहाड़ मारी। एक सजी-सँवरी सर्कस-सुंदरी अपना लिपस्टिक ठीक करती हुई पिंजरे में घुसी। दर्शकों का कलेजा धड़कने लगा, जैसे 302 का मुजरिम अपने फैसले का अंतिम अंश सुनने जा रहा हो।

ऊपर जल रहे बल्बों की डोर ढीली की गई और धड़धडाते हुए बड़े-बड़े बल्ब पिंजड़े के पास आ गए। बिजली की तेज रोशनी में लोगों ने देखा कि शेर अपनी जीभ से उस सर्कस-सुंदरी के होंठों पर लगी लिपस्टिक चाट रहा है। कितना रोमांचक और कितना खतरनाक! एकदम सन्नाटा! पिनड्राप साइलेंस!

पूरी लिपस्टिक साफ हो जाने के बाद वह सुंदरी पिंजरे से निकली और अपने होंठ दिखाते हुए चारों ओर घूमी। तालियों की गड़गड़ाहट से पंडाल गूँज उठा।

पिंजरा हटाया गया। अब मैदान में जोकर आए, "देखा आपने खेल? है कोई माई का लाल, जो ऐसा खतरनाक खेल दिखा सकता हो?" एक जोकर ने आवाज लगाई।

"यहाँ कोई माई का लाल नहीं, सब माई के काले बैठे हैं काले! इनमें किसी में हिम्मत नहीं है, जो ऐसा खेल दिखाए।" लोग हँस पड़े।

जब दो-तीन बार इस प्रकार की आवाज लगाई गई और चुनौती दी गई, तब अगली पंक्ति से उठकर एक युवक जाली फाँदकर खेल के प्रांगण में आया। 'अरे यह तो रमेश है।' मैं और मेरे मित्र उसे देखते रह गए।

जोकर ने मजाक करते हुए पूछा, "तू ऐसा खतरनाक खेल दिखाएगा?"

"हाँ दिखाऊँगा।"

''तब होंठों में लिपस्टिक लगाओ।''

''मैं सर्कस-सुंदरी की नहीं, बल्कि शेर की भूमिका निभाऊँगा।'' पूरा पंडाल खिलखिला उठा। जोकरों को भी लगा कि यह कहाँ से सेर का सवा सेर चला आया।

''तब तुम्हारे जैसे गीदड़ शेर के सामने खेल दिखाने कोई सर्कस-सुंदरी नहीं आएगी।''

''इसकी मुझे परवाह नहीं।''

''तब खेल कैसे होगा?''

''मैं अपनी सर्कस सुंदरी खुद लाया हूँ।'' और रमेश ने अगली पंक्ति में बैठी एक महिला की ओर संकेत किया। तब तक महिला बड़े झटके से उठी और लाँघती-फाँदती भीड़ को चीरती एकदम बाहर की ओर बढ़ी। कुछ लोग जोर से हँस पड़े—''अरे यह तो लाइब्रेरीवाली शांति है।''

वह बंदूक से छूटी गोली की तरह सनसनाती चली गई। मुड़कर पीछे की ओर देखा भी नहीं। इसके बाद रमेश की वह सर्कस-सुंदरी फिर कभी उसके साथ नहीं देखी गई।

□

## गुलामी एक प्रेमिका की

मुझे आज तक अफसोस है कि मेरे जीवन में कोई प्रेमिका नहीं रही। ले-देकर बस एक पत्नी, वह भी एक ही। उस एक से प्रेमिका और पत्नी दोनों का काम चलाता हूँ। घर की गोलक है, जब चाहा तब हाथ डाल दिया। और ताली गुम हो गई तो तरसते रहे।

इसके लिए आप मुझे भले ही अभागा कहें या मेरी किस्मत को कोसें। पर क्या कहूँ? ऐसा भी नहीं कि मेरी ओर से कोई प्रयत्न नहीं हुआ। कई सुंदरियाँ नजर पर चढ़ीं भी। कई से आँखें टकराईं, पर मेरी ही आँखें चूर हुईं। उधर क्या हुआ, पता नहीं। आप यही समझिए कि मामला पचास प्रतिशत पर रह गया। मैं तो उन्हें चाहता था, पर उन्होंने कोई ऐसी हरकत नहीं की, जिससे मैं समझ सकूँ कि वे मुझे चाहती हैं। बस एक हाथ से ताली बजाते जिंदगी गुजर गई।

ऐसा भी नहीं कि नाक-नक्शे, सूरत-शक्ल में बहुत भद्दा हूँ। बहुत अच्छा नहीं, सामान्य तो हूँ ही और सहृदय भी। फिर भी नेल्सन ऐसे भद्दे, रावण और कंस जैसे अधार्मिक, चंगेज खाँ और नादिरशाह जैसे क्रूर, औरंगजेब जैसे नीरस व्यक्तियों की जब प्रेमिका हो सकती है, तब मेरी क्यों नहीं हुई? बहुत दिनों तक यह बात मन की रुई में सुई की तरह धँसती रही। निदान एक दिन मैंने भृगुसंहितावाले ज्योतिषी सरस्वती फाटक के द्वारका प्रसाद शर्मा को अपनी जन्मकुंडली दिखाई। उसने अपनी पुरानी पोथी उलटी-पुलटी और पढ़कर बताया कि "आप प्रेम के संदर्भ में शापित हैं। आज से अनेक जन्मों पूर्व आप बहेलिया थे। उस क्रौंच के जोड़े में नर पक्षी को आपने ही मारा था, जिसकी मादा का विलाप देखकर वाल्मीकि कवि हो गए थे।"

ज्योतिषी ने बताया कि उस दिन दो मुख्य घटनाएँ घटी थीं—एक कविता ने जन्म लिया था और दूसरे आप जन्म-जन्मांतर के लिए प्रेम के संदर्भ में शापित हुए थे। भृगुसंहिता के अनुसार तब से मैं पृथ्वी पर अनेक जन्म ले चुका हूँ। हर जन्म में बिना

लैला का मजनूँ, बिना शीरी का फरहाद और बिना हीर का राँझा रहा हूँ।

फिर भी मैं दुःखी नहीं हूँ। निराश अवश्य हूँ। अब मैंने अपने को प्रेम-व्रेम के पचड़े से वैसे ही दूर कर लिया है, जैसे संन्यासी गृहस्थी से, सिंह बस्ती से चिंतामग्न मस्ती से स्वयं को दूर कर लेता है। दुःखी इसलिए नहीं हूँ कि यदि मैंने क्रौंच को मारा न होता तो कविता न पैदा होती, कविता न होती तो संसार में प्रेमी न होते। वस्तुतः मैं हर प्रेमी को कवि मानता हूँ और हर कवि को प्रेम का संक्रामक रोग बिखेरनेवाला प्रेमी। मेरे इस 'करतब या बलिदान' से ही आज प्रेम की फसल पृथ्वी पर लहलहा रही है। क्या यह मेरे लिए कम गौरव की बात है?

भले ही मेरी कोई प्रेमिका न रही हो, पर ऐसे मेरे कई मित्र हैं, जो प्रेमिकाओं के पीछे ही तबाह हो गए। उन्हीं में एक सज्जन हैं मुंशी हरिहर लाल 'आशिक'। आशिक उनका तखल्लुस ही नहीं, बल्कि एक आईना है, जिसमें उनकी शख्सियत की हर रेखा साफ-साफ उभरती है। उम्र यही साठ की होगी, पर सत्तर जैसे दिखाई देते हैं। कपास जैसे बालोंवाला उनका कमानीदार व्यक्तित्व हमेशा अनुभव के बोझ से झुका दिखाई देता है। फिर उस पर बाबा आदम के जमाने की काली शेरवानी और आँखों पर पुराने ढंग के मेटलिक फ्रेम का चश्मा उनके व्यक्तित्व को प्राचीन दस्तावेज की तरह बेशकीमती बना देता है।

मुख पर पड़ी बहुत सारी झुर्रियाँ संस्मरणों की कब्रगाह लगती हैं। आपको देखकर मुंशीजी जहाँ जरा सा मुस्कराए कि झुर्रियों की कब्रों से मुरदे खड़े होने लगते हैं और बातचीत की भूमिका के रूप में एक पिटा-पिटाया पुराना शेर मुंशीजी के मुँह से निकल पड़ता है—"इश्क ने हमको निकम्मा कर दिया, वरना हम भी आदमी थे काम के।"

फिर वे खुद सुनाने लगते हैं—

"क्या हमारी जिंदगी थी, बुलबुल की तरह चहकती हुई, हवाओं में खुशबू की तरह महकती हुई और मुहब्बत के भभकते हुए चूल्हे में शोलों की तरह धधकती हुई।...कि मेरा दिल एक तवायफ से टकरा गया और मैं उसी का हो गया।" एक क्षण के लिए मुंशीजी रुके और फिर अपनी याददाशत को सहलाते हुए बोले,

"हाय कौन से जख्म का खुला टाँका,<br>आज फिर दिल में दर्द होता है।"

एक क्षण रुककर मुंशीजी फिर बोलने लगते हैं—"हाँ, तो दिल फिर उस तवायफ को दे बैठा। क्या गजब का हुस्न था! क्या अदा थी और कैसी जवानी कि कदम कोठे पर जो गए तो लौटे नहीं। फिर बरबाद होने का सिलसिला शुरू हो गया। घर-दुआर छूटा, संगी-साथी छूटे, अपने लोग छूटे, पर वह तवायफ हुस्नाबाई नहीं

छूटी। मैं दिन-रात उसी के यहाँ रहने लगा। व्यापार खत्म हुआ। घर बिक गया, पर मैं अपने प्रेम में समर्पित हो गया। वह भी मुझे चाहती थी। कहती थी कि मैं तुम्हारे बिना रह नहीं सकती। अब एक क्षण के लिए भी मैं वहाँ से हटता नहीं था। हम दो साँप एक बिल थे, दो शरीर एक दिल थे।'' मुंशीजी की बातों का क्रम एक निर्झर की तरह झरता जा रहा था, जिसमें टोका-टोकी की कोई गुंजाइश नहीं थी। उन्होंने बड़े स्वाभिमान के साथ एक वाकया बयान करते हुए कहा, ''एक दिन मैं सारनाथ चला गया था। जाड़े की शाम थी। लौटने में देर हो गई। रात घिर आई। बाजार सुनसान हो चले। देखा—हुस्नाबाई बाहरी बारजे पर ठिठुरती हुई मेरी प्रतीक्षा कर रही है। उसकी उनींदी आँखों में शराब थी। मुझे देखते ही वह मुस्कराई, कैसी गजब की थी वह मुसकान, सो कैसे बताऊँ? यही समझिए कि वह मेरी स्मृति से ऐसी चिपक गई कि आज तक छूटी नहीं। मैं उसी का हो गया।''

मुंशीजी कुछ सोचते हुए थोड़ी देर के लिए रुके, फिर अपनी कहानी का क्रम ट्रेजेडी की ओर बढ़ाते हुए बोले, ''कुछ दिनों के बाद मुझे अनुभव होने लगा कि मेरे वैभव के साथ ही उसका प्रेम भी झुकने लगा है। अब उसे दूसरे ग्राहक मुझसे अच्छे लगते हैं। मेरा वहाँ रहना भी उसे रास नहीं आता था। कई बार उसने मुझसे चले जाने के लिए भी कहा। एक स्थिति तो ऐसी भी आई कि उसने मुझे धक्के देकर नौकरों से निकलवा दिया। मैं रात भर उसके दरवाजे पर पड़ा रहा।''

''आपको अपमान महसूस नहीं हुआ!'' मैंने बीच में ही टोककर पूछा।

''कैसा अपमान शर्माजी?'' वे बहुत गंभीरता से बोले, ''शायद आपने कबीरदास का दोहा नहीं पढ़ा है—

''पीया चाहे प्रेम रस, राखा चाहे मान।
एक म्यान दो खड्ग, देखा सुना न कान।''

''पर वह प्रेम कहाँ था, वह तो प्रेम का नाटक था।''

मैंने कहा, ''क्या जिंदगी एक नाटक नहीं है।''

वे छूटते ही बोले, ''जिंदगी को नाटक मानते ही आप जिंदगी के रस से वंचित हो जाते हैं। इसी तरह मैं इस प्रेम को नाटक मानकर प्रेम रस को सुखाना नहीं चाहता।'' इतना कहकर वे चुप हो गए। गड्ढे में धँसी और चश्मे के भीतर से झाँकती आँखें कुछ खोजती मालूम हुईं। फिर वे कुछ सोचते हुए बड़ी गंभीरता से बोले, ''अरे, प्रेम में तो ऐसी स्थितियाँ आती ही रहती हैं। प्रेम करना कोई हँसी-ठट्टा नहीं मिस्टर—

''यह इश्क नहीं आसां, इतना ही समझ लीजै

इक आग का दरिया है, और डूब के जाना है।''

''तो जनाब, मैं उस आग के दरिया में डूबता-उतराता रहा। हुस्नाबाई मुझे किसी तरह अलग करना चाहती थी। उसने कई बार मुझे फटकारा, दुत्कारा, धक्के दिए, पर मैं मिट्टी का माधो टस-से-मस नहीं हुआ। पंख कटे पखेरू की तरह फड़फड़ाता रहा।

''एक बार हुस्नाबाई का पैर पकड़कर मैंने आरजू भी की कि अब मुझे मत निकालिए। अब मेरा कौन रहा? जाऊँगा भी तो कहाँ जाऊँगा! जवानी तो आपके कदमों में गुजार दी। बुढ़ापे की ठोकर खाने के लिए मत छोड़िए। आप जो चाहे सो कीजिए, पर मुझे यहीं रहने दीजिए। जैसे और नौकर रहते हैं, मैं भी वैसे पड़ा रहूँगा। जूठा-मीठा जो मिलेगा, खा लूँगा। कोने-अँतरे में सो जाऊँगा।''

''मेरी आरजू सुन ली गई। मेरे प्रेम ने समझौता कर लिया। खतरा टला, तब से पान के डब्बे भरवाना, तरकारी-भाजी की व्यवस्था करना, बच्चों को नहलाना- धुलाना, स्कूल ले जाना आदि मेरा काम हो गया।''

''आप वहाँ किस हैसियत से थे और आज किस हैसियत से हैं, यह सोचकर आपको दुःख नहीं होता?'' मैंने पूछा।

''अरे, दुःख काहे का जी।'' वह बड़ी मस्ती में बोले, ''मुहब्बत में ऐसी जिंदगी भी बड़ी रसदार होती है। यही समझिए—देख लेता हूँ। तपिश दिल की बुझा लेता हूँ।''

''अब भी देख लेने की तपिश बनी रहती है?'' मैंने कहा।

मुंशीजी अपनी प्रकृति के अनुसार मुस्कराए और जवाब में बड़ी अदा से जौक का एक शेर जड़ दिया—

''ये दर्द सर ऐसा है कि सर जाए तो जाए।
उल्फत का नशा अब कोई मर जाए तो जाए।''

अब मुझे साफ लगने लगा था कि जीते-जी मुंशीजी पर से इश्क का नशा उतरनेवाला नहीं है।

बातें चलती रहीं और दिन के लगभग ढाई बज गए। मैंने कहा, ''मुंशीजी, क्यों न आज मैटिनी शो देख लिया जाए!'' मुंशीजी बड़े सहज भाव से तैयार हो गए। अफ्रीका के जंगलों पर एक बड़ी अच्छी फिल्म थी, ज्योंही उसमें दहाड़ता हुआ शेर दिखाई पड़ा, मुंशीजी खड़े हो गए और धीरे-धीरे कुरसियों के बीच से सरकते हुए बाहर की ओर चले गए।

कोई हादसा जरूर है, मैंने समझा। मैं भी उठा और उनके पीछे-पीछे हो लिया। हॉल के बाहर आकर मैंने मुंशीजी से पूछा, ''बात क्या है?''

उन्होंने दाएँ-बाएँ देखकर कहा, ''शेर देखते ही मुझे हुस्नाबाई की याद हो आई। अब लड़कों को स्कूल से लाने का समय हो गया है, मुझे माफ कीजिए।'' हजार रोकने पर भी मुंशीजी चले गए।

''आपको लगता होगा कि यह गुलामी भी कैसी है?'' पर प्रेमिका की यह गुलामी कितनी दिलचस्प है? यह मुंशीजी ही बता सकते हैं।

□□□